源氏研究

GENJI KENKYU

2000／第5号

源氏物語図色紙「紅葉賀」
（堺市博物館蔵）

翰　林　書　房

KENKYU

源氏研究◎2000第五号◎目次

GENJI KENKYU

GENJI

表紙・目次・扉・本文デザイン――石原　亮

[国宝]紫式部日記絵巻　五島本第一段　鎌倉時代・13世紀　東京・五島美術館蔵

[館蔵]春の優品展ー日本画と中国工芸

■期間　2000年4月1日(土)—5月7日(日)
■休館日　毎月曜日
■開館時間　午前9時30分—午後4時30分(但し、入館は午後4時まで)
■入館料　大人700円／学生・小人500円
■概要　館蔵品の中から花鳥画を中心とする近代の日本画30点、宇野雪村コレクションの文房具の中から中国の硯(端渓、歙州など)15点と中国の陶芸(宋時代と明時代の青磁、青花と五彩など)15点を選び約60点を展示する。会期中展示替あり。

■特別展示　国宝 紫式部日記絵巻　五島本第一段・第二段・第三段
展示期間＝2000年4月29日(祝)—5月7日(日)
■ギャラリートーク(紫式部日記絵巻の解説)
4月29日(祝)、5月3日(祝)、5月5日(祝)
各日同一内容、午後2時より(開場・受付は午後1時30分)
五島美術館講堂にて(入館者聴講自由、椅子席100名先着順)

■展示予定　[特別展]珠玉の東南アジア美術　5月13日(土)—7月23日(日)
館内整備のため休館　7月24日(月)—9月8日(金)
[館蔵]秋の優品展　9月9日(土)—10月29日(日)
開館40周年記念特別展 [国宝]源氏物語絵巻
11月3日(祝)—11月26日(日)
■交通　東急大井町線「上野毛駅」下車徒歩5分

五島美術館
158-8510 東京都世田谷区上野毛3-9-25 電話(03)3703-0661

The Gotoh Museum
9-25, Kaminoge 3-chome,
Setagaya-ku, Tokyo 158-8510
Telephone:(03)3703-0661

源氏研究

GENJI KENKYU

1999.11.1　山の上ホテルにて

特集
源氏文化の視界

2000年代の源氏研究
——知の遺産・個性・研究語訳

［座談会］
藤井貞和
三田村雅子
河添房江
松井健児

「文学」の崩壊

松井　藤井さんから、この座談会のための話題として、成立過程論の問題と、研究者の主体性の問題、それから現代語との関係という三つを、わざわざ資料まで送っていただいて、ご提示いただいていますから、その辺りを中心にして、『源氏物語』研究の今後についても伺えればと思っています。

　それで、まずは現在の研究状況ということを話題にしたいのですが、いまや、文学概念そのものが地殻変動を起こしているというか、文学そのものが崩壊しつつあるということをひしひしと感じますよね。それでいて、一方では『源氏物語』の大ブームがある。そのギャップがとても大きい感じがいたしまして、そういったところから藤井さんの感じていらっしゃることをお話いただければと思います。

藤井　最初は大きいところから(笑)。文学の崩壊ということを、ほんとうにひしひしと感じる現代ですよね。文学のほうから具体的にもう少し突っ込んで、それは何かというときに、三つほど数えられると思ったんです。

　いきなり〝研究〟について言うと、ずれるかもしれませんけれども、国文学が社会に機能しなくなったというのが、私は第一番だと思うんです。たとえば源氏帝国主義という形で、小林正明さんや安藤徹さんの論文があるように、昭和十年代に国文学や『源氏物語』研究などが社会に大きく寄与したというのかしら、軍国主義的な世の中で寄与したという面から見ると、社会に機能しなくなってきてよかったという面もあるけれども、一方で、戦後において、たとえば日本文学協会を中心にした研究の中で社会に一定の影響力とかメッセージを与えられたということもなくなってしまった。国文学の敗北というか、後退現象というのが、私は文学の崩壊の第一かなと思うんですね。

　二番目には、文学の崩壊と言いますが、現象的にはジャーナリズムが圧倒的に勝利を収めている。ベストセラーズというと、百万部だ、二百万部だというのが普通の時代が来てしまって、われわれから見て、これが本当の文学だと思える場合は、もう寥寥と、見る影もなくどこかに見えなくなってしまっているということ。ジャーナリズムの面から流行しているように見えて、実は文学の崩壊の現象ではないかというのが二つ目ね。

　三つ目としては、近代文学、明治から大正、昭和といった、日本文学の中でもいわば一番面白いというか、文学者たちが一番努力して頑張った、だいたい近代文学百年というのが、いま過去のことになり、それを知らなくてもやっていけるような世の中が来たというか、近代を通過して現代があるはずなのに、その近代がすっぽり抜け落ちても平気というような時代が来ておりますね。これは文学の崩壊現象と言ってよい。

　分けるとその三つぐらいが具体的な文学の崩壊で、そのことと『源氏』ブームとが、表と裏の関係であるというのが、まずざっとした分析ではあるんです。

松井　いま三つ挙げていただいた、国文学が社会に機能しなくなった、影響力がなくなった、それからジャーナリズムが表立って席巻してしまっている、それと近代文学百年がもうすでに制度疲労を起こしているのではないか、ということだったのですけれども、いわゆる国文学研究、研究そのものというのはどこに位置付けられるわけですか、この三つの中の。

藤井　いま国文学と言ったのは、私としてはまず国文学研究を中心に思い浮かべるのです。ただ、もう少し言えば、それを孤立させないようなネットワークづくりが必要であるという意味で、研究に限らず、それを取り囲むような国文学文化みたいなものも考えなきゃいけないという感じがしますよね。

河添　それはたとえば、良妻賢母を生み出す母体として戦後に機能していた国文学科の制度の崩壊とか、それから実作とか批評とか、国文学研究を支えるジャーナリズムみたいなものが昔はあったけれども、そういうものが切れてきたという。国文学科は壊滅しつつあるし、周囲を支えていた批評家たちやジャーナリズムも、どんどん国文学を離れていったという、そういう認識ですか。

藤井　国文学科の崩壊現象というのは、あまりほうっておけない感じが確かにしますよね。いま、それこそ大学改革の中では、もう戻れない不可逆的な動きになっているから、その面での崩壊現象はもう押しとどめようもないので、それは一つ受け止めるしかないなということではあると思いますよね。

三田村　これからは文学というのを表立って言えなくて、「隠れ文学」みたいな感じで、文化学をやっているふりをしながら文学を語ったりとか、そういう時代になってきつつあるのかなという感じもしますね。

藤井　両刀使いというかね。隠れ文学ね。そうなんだ。もう結論が出てきたりして（笑）。

松井　文学概念そのものを、どのようにイメージするかということだと思うのですが、藤井さんの中でも、かつてお持ちであった文学概念というものは、現在では違うものに変質してきてしまっているという感じですか。それとも、ご自分の文学概念というものは不変であって、しかし、いわゆる現実とか社会とか制度的なものとのギャップがどんどん広がっていってしまったということですか。

藤井　文学概念が何かということについては、恐らく最初から最後まで答えは出ないと思うんですよ。それはみんなの共通の目的としてどこかにあるにしても、そこに向かって迷い道をうろうろしながら、みんなで進んでいくしかない現象でしょうね。だから、もしかしたら最初からあった、しかし、見えなかったことが次第に見えてきた、とか、未分化だった問題があらわに乖離現象を示すにつれて、ほんとにどうしようかというところで、みんなで立ち止まってしまう、というような状況かもしれませんよね。

松井　まったく同じことが、文学研究概念にも言えて、従来の国文学研究の体質、性質そのものが、ここへ来て大変な変動というものに迫られている。それはパラレルなもののように思うのですが。

藤井　それは、それこそ「隠れ」ではないけれど、表と裏との関係では、同じ問題として出てきています。

成立過程論・テキスト論

松井　成立過程論について、藤井さんからいくつかの資料を送っていただいて、読ませていただいたのですが、さまざまな意味で印象的だったのは、『源氏』の第三部を対象とした、呼称と巻との関係を示す一覧表です。この元になっているものは、藤井さんの「匂薫十三帖の冒頭をめぐる時間の性格」というご論文に付載された一覧表ですよね。その論文自体は、日本文学研究資料叢書の『源氏物語Ⅳ』にも収められていますので、一般にも比較的容易に読むことができますが、残念ながら、この一覧表とその解説に当たる第七節は掲載されていません。おそらく紙幅の関係と、内容的にも、夕霧や紅梅大納言の呼称矛盾から、第三部の成立過程や時間の性質に及ぶという、論の趣旨自体は伝わるということで割愛されたのだと思いますが。（新刊の藤井氏『源氏物語論』岩波書店刊に、全編が再録された―後補）。

　それで、その初出誌の方ですが、東京大学の平安文学研究会から出された『へいあんぶんがく』という、同人研究誌の第二号で、一九六八年に出されたものですよね。

藤井　持ってるの。

松井　はい。

藤井貞和

河添　調査が行き届いていますね（笑）。

松井　この論文は、藤井さんの修士論文の一部ですが、内容は第三部の成立過程論ですね。こうした資料をお送りいただいて、研究状況の中で、少し忘れられてしまったようなものを、もう一回見直したいというメモをいただいているのですが、その当時の文学研究観であるとか、文学観というものを、藤井さんの中で、もう一回検証されようとしていらっしゃるのかな、という感じがしたのですけれども。そういうこととは関係ありませんか。こういう話題を出されたという理由からお話していただければ。

藤井　私、決して世の中にうらみつらみがあるわけではなくて、今、こういうジェネレーションギャップみたいなことを埋めておく責任が、多少あるかなという気持ちが出てきたんです。そういう意味では、五〇年代、六〇年代ぐらいの研究で、たとえば成立過程論も行き詰まりつつ、でも、まだ捨てたものではないよという。細々と、それこそ吉岡曠さんみたいな方も続いてゆく。ただ、世の中は、成立過程論のもうちょっと先がありそうなところを、テクスト論に取って代わられてしまったために、『源氏物語』研究としては、まだやり残したままで次のステップに来てしまった感じが、二〇世紀後半の現象かなという感じがするんですよね。

ジェネレーションギャップというのは、つまり成立論みたいなものの中心になった人も、あるいはそのしっぽにぶらさがっていた人も含めて、今、いわば高齢化現象が起きている。そして中堅、若手が大きな成果を見出してきたんだけど、そのためにあるギャップが生じているとしたら、一貫性と言うとまずいけれど、『源氏物語』の業界では、断絶を超えて、何かもう少し問題として出しておく必要があるのは何かと思うとき、成立論のようなものが残っていやしないかということを、感じたという程度ではあるのですけれども。

河添 今いわれた崩壊の危機にある国文学の知の遺産というものを、いかに主体的に引き受けるべきかというところで、成立論というものをもう一度見直してみようというのは、藤井さんらしい責任の取り方だとも感じます。『解釈と鑑賞』の別冊で、八六年に出た『源氏物語をどう読むか』という成立過程論の特集に、藤井さんは「疑問を抱きながらも」という題で書かれていましたね。そのときは、系列化によって現行の『源氏物語』が成立してきたところだけは認めてもいいということで、どちらかと言うと、その題からして成立論からすごく引いた感じがしたんですけれども。それが今また成立論に乗り出してきたのは、世代間の断絶を埋めたい、知の遺産を何とか次の世代に引き受けてもらいたい、という思いが強いわけですか。

藤井 責任を感じるとか、そんな小生意気なことを言ったのかどうか。アンチ成立論的な方も含めて、やはり世代交代が進んでいるというのを、あまり過去のことにしないで、実りあるものは現在に再登録して、そして過去の遺産であるものは、それはそれで研究史のほうへ登録するというような、そういう手付きがちょっと必要かなということではあるんですけれども。

河添 ただそのときに、藤井さんがいま掘り起こす成立論を、次の世代が引き受けられるか、という問題になってくると思うんです。つまり創作と批評と研究の三位一体を生きる藤井さんだからこそ、成立論のようなものがもう一度よみがえり得るのであって、次の世代が藤井さんの路線を継承していけるかと言うと、なかなか難しいのかもしれないと。

藤井 風巻景次郎の成立論などは、非常に微妙なところまで踏み込んで、つまり成立過程論では割り切れない部分を、彼独特の文学センスみたいなところまで踏み込んで、かえって挫折をあらわにしたような印象が残ってるんですよね。だから、決して易しい技ではないけれども、ただ、『源氏』研究の人口が、今、飛躍的に多いから、手分けしてやれば、という時代でもあると思うんですよ。

それからもう一つ、七〇年代、八〇年代といったテクスト論を通過した目で見るという、これは風巻さんなどにはなかった新しい視野なので、『源氏物語をどう読むか』に関連して言えば、玉鬘系の後記挿入説といったところに、いわばみんな乗り上げているのだけれども、もしかしたらテクスト論的な積み上げが、ベルリンの壁みたいなのを壊すんじゃないかという、狭いチャンネルかもしれないけれど、可能性は感じることは感じるんですよ。

松井　個人的な話になりますが、今、授業で成立論などを話題にしても、学生の心理的な抵抗はまったくありませんね。

藤井　どういうふうに話題にしているのか、もうちょっと具体的に、どうぞ。

松井　具体的に言いますと、『源氏物語』研究史というものを、大学院で話し合っていまして、今年、テクストにしているのが、ハルオ・シラネさんの『夢の浮橋』なんです。その第五章で「増殖する物語」と「テクスト成立論」という節がありまして、タイトルだけ読むと、いかにもテクスト論的な感じがするのですけれども、中身はほとんど成立論の紹介ですね。その部分のレポーターなども、まったく新鮮な目で武田宗俊さんの論文を読みますし、あの成立論議をもう一回、頭からしっかりと読みますよね。七〇年代、八〇年代で、構造論、表現論、テクスト論というように動いてきた研究状況があるわけですが、彼らにしてみれば、それもすでに過去のものなんですね。ですから、それ以前の成立論だとか構想論というものもやはり過去のものなんです。彼らにとってみればそれらは皆、等し並みにあるわけです。われわれにしてみれば……。

河添　積み上げの歴史の中にあるという。

松井　はい、われわれのように、個人的な、抜き差しならない、いろいろなものが混ざってしまうようなものがないものですから、非常に冷静に、フラットに見ていて。

河添　今はもう、そういう時代。

松井　それでやはり、情報はとにかく提示しなければいけないということは強く感じました。それと、いまの『源氏物語をどう読むか』という、成立過程論の特集が出された要因のひとつに、おそらく、『朝日ジャーナル』を舞台にして行われた、大野晋氏と高橋亨氏の論争がありましたよね。大野氏が『源氏物語』を成立論の立場から論じられた著書に対して、高橋氏が違うスタンスから書評を掲げて、それに対して大野氏が反論を掲載されたという出来事ですが、こちらからは何も示さないのに、レポーターはそのコピーまで持って来たんです。

　それで、あらためてお二人の見解を読むことになったのですが、その記事が『朝日ジャーナル』に掲載されたのは八四年のことで、まさに八〇年代の真ん中ですよね。これはとても象徴的な感じがしまして、こうした対立が、そのような時期にまさに出るべくして出たという感じがしたわけです。二つの言語観というか、二つの歴史観というのか、それがまさにぶつかったときだと思うんです。

　それはやはり、それ以前には、歴史社会学派以降、あるいは国文学の正統的な文献実証主義の流れの中でつちかわれてきた、主体だとか内面だとかというものを表出するものとして言葉があるんだという、いわゆるシニフィアンとシニフィ

松井健児

エが分離する以前の言語観があったと思うんですね。ですから、その時代の歴史社会学派の研究というのは、やはり歴史反映論的な見方が強かったと思うんです。それに対して、テクスト論以降の時代に入ると、シニフィアンとシニフィエが分離してしまうわけです。そうなると、もはや、言葉というものは内面だとか主体というものを表す窓ではない、道具じゃない。むしろ言葉が主体や内面をつくっていくという考え方が出てくるわけです。あるいは、それこそシニフィアンは浮遊しますから、言葉そのものが新たな意味をつくっていくのだという。プレゼンテーションの時代じゃなくて、リプレゼンテーションの時代になったわけですよね。そうすると、もう言語観がまったく違うわけですから、『源氏』研究においてもその二つが、お互いにもみ合っていたのが七〇年代から八〇年代への流れだったと思うんです。

　今度、雑誌の特集号をざっとタイトルだけ見てみましたら、その辺りを文体論という言葉でまとめようとしていますね。文体論といったら、古いという言い方をしたら失礼かもしれないけれど、いわゆるシニフィアン、シニフィエの一体的な……。

三田村　主体があると。

松井　主体があるということですね。そういう言語観のタームだったと思うんです。それが構造主義の影響で、構造論だとか表現論というように、徐々にずれていって、そしてテクスト論が本格的に出てくるのが八〇年代。『ユリイカ』で『源氏物語』の特集号が組まれたのが、まさに一九八〇年です。その後、八二年に鈴木一雄氏が『解釈と鑑賞』の別冊で、『源氏物語Ⅰ・Ⅱ・Ⅲ』という、過去の論文を再編する、三冊の特集号を出されましたね。そのときのまとめ方が、成立論、構想論、主題論、文体論、表現論です。八二年の段階で、研究状況のとらえ直しをしなければならないような状況が出て来ていたんだと思うんです。そしてついにその対立が表面化して、話題になったのが八四年の『朝日ジャーナル』、そして八六年の『源氏物語をどう読むか』だと。

　あとはその流れで、藤井さんも、テクスト論的な積み上げとおっしゃったのですけれども、それこそ『源氏物語』研究における言語論的な転回の流れは、脈々とあるわけで、そうした大きな言語観の違いは、いやでも私自身感じました。そういう状況を、今、メタレベルから見渡してみれば、結局、どのような言語観をみずからのものとして、共感しつつ研究を進めていくのかということを、意識せざるを得ないような状況として、再びあるのではないかという気がするんですね。この論文は、藤井さんが六八年という、日本の大学機構の歴史の中でも、非常に象徴的な年に発表されたわけですし、その内容もあえて言えば、それこそ堅牢な成立過程論だったと、私はあらためて読ませていただいたのですが。

藤井　堅牢な何。

松井　成立過程論。「匂宮」三帖の執筆過程を具体的に推定されているわけですから。「旧竹河」という言い方も出てきますし、「紅梅」の巻の内容が、どこそこのあたりで書き換えられたんだということまではっきりおっしゃっている。その藤井さんが、六八年に書かれたものから、七〇年代、八〇年代へと、そうした言語観の対立やもみ合いの時代を生きてこられて、というか、生きてこられてという言い方もちょっと（笑）。

三田村　ひどい（笑）。

藤井　歴史の生き証人（笑）。

松井　藤井さんはご自分の研究のスタンスを、成立過程論から、違うものへと変遷されてきたわけです。それを今になって、こうして話題にされるということはどのような思いがあったのかと。私としての感じなのですけれども。

河添　それに関連して一言付け加えさせていただくと、六八年という数字を引っくり返した形で八六年の『源氏物語をどう読むか』の特集があるわけですね。そして、この九九年という世紀末に再び持ち出されるというのは、藤井さんの九〇年代、さっき聞き損なっちゃったんですけれど、やっぱり核に湾岸戦争の問題があって、湾岸戦争に対しての文学の社会的役割とか主体の問題って、藤井さんがそれこそ胸付八丁で格闘されたことですね。いろんなことがあったと思うんですけど、そういう問題はこの成立論の形成とかかわっているのかどうか。藤井さんの九〇年代の捉え直しの中で、この提言に至るまでの、その辺のお気持ちを聞きたいんです。それからもう一つ、研究語訳の問題と、私はどうもこの成立論は地続きに見えてしまうんですね。藤井さんの創作体験、自分が創作をしているときのスタンスが、この成立論と研究語訳の二つの形で出てきているような感じがして、その辺を確かめたいというか、そういう把握でいいのかどうか。

藤井　どう言えばよいのでしょう。

河添　どうぞゆっくり。

松井　伺いたいことはたくさんありますから。

三田村　私も藤井さんと世代的に重なっているところもあるのかな。私も成立論から始まったんですよね。だから、研究として成立論がすごく好きでというか、『源氏物語絵巻の謎』の本を書いたのも、自分にとっては一つの成立論を書いたような気がするんです。何か原点のような感じがして、それが自分の中で重要な可能性を持っていて、それをその後の研究の歴史の中で削ぎ落としてきたという思いがあって、やっぱりどこかで再生させたいというか、そのことの持ってる命をちゃんといつか出したいというところがありますね。河添さんや松井さんはその後の世代だから、ほとんど迷う余地なくテクスト論の時代に生きてきたけれども、私はその両方に足を掛けつつ、何だか自分はどこにあるのかなと思いつつ、いつもやってきたという感じだったのだけれども。

藤井　そうですよね。『源氏』研究の大きな流れとして、テクスト論という在り方も、それこそ影のような形で、成立論が背景にあって進んできたという感じはするんですよ。それは『源氏』と関係のない、たとえばフランス文学の研究なんかの、怒涛のように日本に押し寄せてきたというテクスト論にとって、ちょっと分かりにくいこともしれません。彼らには分かりにくいということだけであって、『源氏』の中ではそういう文脈でテクスト論があるんだよと、たとえば三谷邦明さんにしても、成立過程に対する緊張関係というのがテクスト論を支えてきた。これはそれこそフランス文学研究者なんかのテクスト論者に分からなかったことだと思いますよね。

結局、大きな二つの流れが『源氏』研究の中にはあって、どっちが大木で、どっちがやどり木かわからないけど、それがからまり合う関係で進んできていて、だから、九〇年代に入ってからも、そういうふうなからまり合う状況を抱えようという共通認識が、いつもあり続けたとは思うんですよね。

松井　藤井さんの中で。

藤井　研究として。テクスト論というのが全盛時代で、私としてはテクスト論の大きな流れに対して違和感を感じたけれども、しかし、世界同時性と、それから同じ時代を共有して、呼吸しているということでは、その状況を抱え込まざるを得ないわけでしょう。そういうふうにして九〇年代というのが、胸付八丁みたいなところから、いま多少はそれを越えて、見晴らしがよいというのかしら、だんだん下り坂になってくるとよく見えるという（笑）。

三田村　そういうことじゃないと思いますが（笑）。

藤井　そういうところは多少あるかもしれませんね。

河添　ナラトロジーに対する藤井さんの違和感や批判が、時制とか人称とか、語りの研究になったように、テクスト論に対する同時代性を抱え込みながら、やっぱり違和感みたいなものを常に感じていらしたということなんですね。

藤井　感じ続けてはいます。

カルチュラル・スタディーズ

松井　藤井さんの現在のご発言にしても、基本的には、研究というものの枠を決める欧米中心主義といったものに対する批判意識が、強烈におありになると思いますし、さらに言えば、怒涛のように押し寄せてくる力を自分のものとして感じざるを得ないけれども、何かそこに違和を感じるという。なぜ違和を感じるのかと言うと、それが要するに制度として機能する、その制度性そのものに対する批判意識がおありになるからだろうと思うのですが。それは文学そのものの持っている制度性だろうし、研究そのものの持っている制度性の問題という感じがするんです。それが、今現在カルチュラル・スタディーズが、それこそ悪い言い方をしてしまえば、新たに制度化されつつあるわけですが、そういうものに対しても、また藤井さんなりに、違ったスタンスから発言をしていこうとされていると思うのですが、いかがですか。

藤井　カルチュラル・スタディーズについては、河添さんにしても、三田村さんにしても言いたいことがたくさんおありだと思うんですけれども。いわば東洋の老大国である日本というか……。

河添　老大国（笑）。

藤井　老大国でしょうね。

三田村　老小国（笑）。

藤井　日本社会からは、カルチュラル・スタディーズそのものがちょっと扱いにくいと思うんですね。アメリカのような若い野蛮な国が（笑）、一生懸命になったとき、良心的に活躍しようとしたときにこういう学問が出てくるという。三田村さんも河添さんもアメリカでの学会に参加されて、そういう雰囲気の中で感じ取ってこられたことを、ぜひこういう所で、お話として出していただけるとありがたいのですけれども。

日本社会では、たとえば沖縄の口承文学が視野にあります。沖縄の復帰が七二年で、それを機会に、七〇年代というのは、史料などの発掘も含めて、研究が大きく進展したということがあると思うんですね。それからこれは細々かもしれませんけれども、アイヌの文化、文学というのが、日本社会の中でのいわば異文化というか異言語の問題として、無視できないよというかたちで、考える人には見えてきたということがあったと思うんです。ただ、それがそのままでは孤立したり、先行きが不安なままにどうしたらいいのか分からない。場合によっては、アイヌの、たとえばコシャマインの像を爆破しようとか、そういうかたちで解決せざるを得ない。そういう人が出てきてもしょうがないというか、分かるような気がします。だけど、カルチュラル・スタディーズみたいな研究が導入されることによって、つまり制度化とはちょっと違う、研究の通路というか廊下というか、それをつくり出していって、同じような思いをしている人を、横断的に見通しよくするといったことでうまく機能すれば、日本社会の中でも実りあるものになると思うんですね。まだこういうふうなカルチュラル・スタディーズの問題提起というのは、これからの問題だと思うし、さっきアメリカの悪口を言ったことは取り消しますけど、よりインターナショナルな規模で、共通課題として、これはやっていかないといけないことだと思いますね。

だから、『源氏物語』のような古典も、そういうところに参加してゆくというか、後で話題になるかもしれませんけれども、『源氏』だけでいくと非常に独善的になったり、閉鎖的で良しとされてしまうんだけれども、それを絶えず別世界へ戻していくとか、返していくとか。古典は、いわば補助学というと言葉は悪いけれども、中心は、さっき言ったように近代文学みたいな形態を立ち上げてゆくということに対して、古典がもうちょっと補助学的な位置に、少し控えめになっていくようなことも、これからは必要になって

河添房江

くるかもしれませんよね。

河添　カルチュラル・スタディーズについてなんですが、最近、藤井さんが『季刊iichiko』に書かれた「『源氏物語』の文化技術」で、それこそ言語文化としての技術とか、文化技術としての言語とかってことを言われて、題からしてカルチュラル・スタディーズに対する警戒であり離反、というふうに私は受け止めたのですが。

今のお話を伺っていて思ったのは、カルチュラル・スタディーズというのは、イギリスでの本来のスタートは、割合に流動的というか、大衆文化とか、あるいはもう少し少数者の文化というところまで踏みこんだ、広がりのあるものだったと思うんですよね。ところが、日本に輸入されたのが遅かったというか、九六年に例の大きなシンポジウムがありましたね、『カルチュラル・スタディーズとの対話』（新曜社）という本になりましたが。ああいう中で、カルチュラル・スタディーズがジェンダー批評やポスト・コロニアル批評を包括するものと位置づけられて、日本においてはそれぞれの研究がますますステレオタイプ化してしまった。入り口は違っていても、結局権力構造を撃つとか、出口は一つという形、何かその可能性が狭められてしまった感じがあるんです。ジェンダー批評もポスト・コロニアル批評もそれぞれ出所が違うものなのに、同じイデオロギー批判になっていって、それは世界的にみても同じ現象なのかもしれませんけれど。今のカルチュラル・スタディーズの方向性だけでは、息苦しい感じがしてしまうんですね。だから、もっと出所というか、出発点に戻る形で、何か別の可能性を考えていくことが必要なのかと。すみません、話が逸れたかもしれませんけど。

藤井　逸れてないです。

三田村　今、若い人の近代文学の論文を読んでいると、みんな対象は違うんだけれど、結論は全部同じ。なんで同じパターンを、つまり小森陽一さんや金子明雄さんや、中山昭彦さんなどが出した方法を応用して、全部同じ答えになっていくみたいな形で、ほとんど論文を書いたことの意味がないような論文がものすごく大量に再生産されていて、そうでないと引用されないという雰囲気が全体的にありますよね。古典のほうはそれほどでもないなと思うんだけれども、まさにそういうカルチュラル・スタディーズの世代ですね。

私もカルチュラル・スタディーズの風をうけて絵巻論を書いているわけで、その意味では影響されていますが、自分にしか通用しないような古めかしいものにこだわって、自分流を貫ぬいているという感じです。

松井　先ほどの藤井さんの、カルチュラル・スタディーズには未来があるというお話は、私の伺った趣旨で言うと、日本文化なり日本語という言語圏の中の、異質性だとか多言語性というものを、カルチュラル・スタディーズは対象化する、少なくともその方法にはなるだろうと。しかも、そうした研究動向の中に国文学も参与できて、やがては、文学崩壊の一つの原因であった、国文学が社会に機能しなくなったというところで、少しでも機能できるであろうというような文脈で伺ったんですけれども。

確かにそれは一つの方法として、今、現に古典文学でカルチュラル・スタディーズは可能か、あるいは『源氏物語』でカルチュラル・スタディーズは可能かということは、若い研究者は真剣に考えていると思うんですよね。その試みもいくつか出始めていると思うのですけれども。ただそのときに、それこそパラレルで立ち上がってきたのが、カルチュラル・スタディーズというものと、文学研究というものを対立させてしまって、カルチュラル・スタディーズは文学研究じゃないんだとかいう、文学研究なのか、カルチュラル・スタディーズなのかという奇妙な対立が表面化してきてしまいましたね。

そのときに、また先ほどの繰り返しになりますけれども、それこそ文学はどんどん崩壊していって、全部カルチュラル・スタディーズ、文化研究であればいいと、文学研究というのは幻想なんだという形で、ますます現在の文学の崩壊現象を加速する方向に動いていくという感じ。そういう点はいかがですか。

藤井　松井さんが分析されるとおりかもしれません。つまりカルチュラル・スタディーズは、確かに本屋さんに行くと、十冊以上、ワーッとその関係書が並んでいるような状況で、そういう意味では、いま流行してるわけです。流行してるときっていうのは、そこにエネルギーが集中してるから、それこそ文学研究者もそれを読んだり、取り入れようとしたりして、元気のあるうちはよいですよね。ただ、エネルギーが少し弱まってくると、あれは文学だったの、カルチュラル・スタディーズだったのと、すみ分けを始めて、あとは何をやればよいんだと、またその先が見えなくなってくるということが起きるわけでしょう。だから、さっき河添さんもちらっと言われたけれども、カルチュラル・スタディの出所みたいなものを、もう一つきちっと確かめるとしたら、それは文学研究者の役割かもしれない。もっと初発のところでは、文学研究にとって大事な問題がたくさんあったはずだから。

河添　それを置いてきているような。

藤井　置いてきたという感じですね。

松井　河添さん、それはどういうものを。具体的に伺えれば。

河添　松井さんの質問で思い出したんですけれども、昨日ちょうど日本文学協会の大会があって、近代文学の金子明雄さんが「文学を文化研究する」という題で話されていました。そのときに印象的だったのは、今、文学研究と文化研究は対立項のように扱われているけれども、それはにせの対立なのじゃないかということをちらっと言っていたことです。金子さんの趣旨は、その対立構造こそ、悪しき文学本質主義や文学研究本質主義のようなものを温存するだけではないか、ということかもしれませんけど。私流の解釈でいくと、元々とのところまで立ち戻って考えれば、文学研究と文化研究はそんなに極端な、現在私たちを締めつけてるような対立構造にはなっていないんじゃないか、もう少し元のところだと、サブカルチャー的なものや、日常生活の細部に注目したりとか、文学研究を活性化する要素をカルチュラル・スタディーズは持っていたはずなのに、階級ばかりか、ジェンダーもエスニシティも取りこんだイデオロギー批判で、文学研究の中の見えない制度や権力を撃つみたいな方向で、結局、文学や文学研究はいけないんだみたいな、悪者みたいな（笑）。

三田村　必ずそうなってしまうの。

河添　それだけが文化研究の典型というのは、今、非常に惜しい状況に来ているんじゃないでしょうか。そういうスタンスは、研究者の世代間の断絶をいよいよ深めていくし。カルチュラル・スタディーズに関わっている若い研究者は、優秀な人たちなんだから、歴史的に見直してほしいというか、カルチュラル・スタディーズそのものをそれこそ文化研究して、その先も考えてほしいというか。

三田村　今は国旗・国歌法案とかいうので、国自体がすごく右傾化してるから。

河添　たしかに保守反動化してるから、そういう動きも必然かもしれませんけど。

三田村　右傾化したことに対して、みんな戦おうと思うからどれもイデオロギー批判になっちゃって。あらゆる文学が全部イデオロギー批判になると、それはすごくステレオタイプでつまらないですね。『源氏物語』も二千円札になってしまうとか批判されたりして（笑）。それはどうしたらいいんでしょうね。

河添　『源氏物語絵巻』も見事に体制に利用されちゃったわけですしね。

三田村　漱石と並んで。『漱石研究』と『源氏研究』が体制派みたいなイメージがあると困りますね。

河添　藤井さんは、国旗・国歌法案への反対表明をもじって、「万葉集／源氏物語法制化に反対」というパロディーの文書を古代文学研究会のほうで配られたそうですが、現実の方がまさに後追いしているというか。

研究と個性

藤井　ほんとにどうしてよいか分からないけれども、そういう意味でステレオタイプ化した研究状況というのは、とにかく隘路を突破するために、たとえば個性という言葉がありますけれど、論文の個性というものをみんなお互いに尊重し合うというか、個性というと、いつも研究者の個性みたいになるんだけれど、もちろん研究者の個性が支えるんだけれども、でも、研究者一人ひとりは個性的でしょう、それがステレオタイプ化していく。もしかしたら論文の個性を輝かせる方向が、お互いに尊重しあうところが、ちょ

三田村雅子

っと行き詰まっているというような感じが……。抽象的にしか言えないんですけれども。

たとえば『万葉集』研究なんかを中心に、共同性ということが主張されてしまって、それはよいように見えたけれど、結果的には、どんどんステレオタイプ化を助長してきたじゃないかという。幸い『源氏』のほうでは、そういう共同性の主張みたいなことはあまりなくて、むしろ個性の主張があったと思います。ただ、それが論文の個性へつながらなかったというところを、もう一つ突破できないかなっていう。

何度言っても抽象的にしか繰り返せないんだけれど、どう言えばよいのでしょう。ジェンダー研究にしても、女性だからっていうわけじゃないですよね。女性の個性が論文で輝かなければ、やはり同じことの繰り返しになるというようなところがね。でも、『源氏』ならできるんじゃないか。河添さんの『性と文化の源氏物語』とか、そういったものでみんなで突破口にしていってほしいって、そんなことを感じたりしながら。そう思いますね。

三田村　今、「読み」の個性って難しいですね。個性的であると思っていること自体が、ある解釈共同体みたいなものの中にとらわれてしまっているのではないかって気がしますね。最も重要で、最も輝く個性というのは、実は人々の認識を最もよく集約した個性ですよね。そうすると、それはもっと広い見方をすれば、むしろ全体の認識を総合化していく共同体の意識というふうにも言えるわけで、どのレベルで個性ということを考えたらいいのかが、ちょっと分からなかったんですけれども。

河添　解釈共同体における個性というのは、要するに、そういうルールの中で、お互いに差異化していくことでしか表現できないという状況ですか、三田村さんがおっしゃりたいのは。個性と言うけれど、結局、それは同じ解釈共同体の中での単なる差異化の問題に過ぎないという。一方では共同体を集約するものだからということですね。

松井　それこそカルチュラル・スタディーズの研究対象ですよね。文学者であれ、研究者であれ、個性的と言われてきたものをメタレベルから見れば、それは時代であるとか、制度だとかメディアだとかといったものによってつくられている、非常に均一的な個性に過ぎないじゃないかということを、具体的に検証しているのはカルチュラル・スタディーズですよね。それだからこそ若い世代の研究者が、研究史そのものを論文化していきますよね。たとえば先ほど名前の出た安藤徹さんに、『紫式部日記』の読みがどのように形成されてきたのかを論じたものがありますが、それはそのまま、「源氏物語の作者の日記」という、研究者を呪縛している価値付けが、どのように歴史的に形成されたのかを明らかにしたものでしたよね。そのうえで、自分自身はどのようなスタンスを取るべきかということを問題にしていきますよね。

ですから、個性的であるということは、今、多くの研究者が思っているわけで。ただ、そのときに個性、個性って叫んでも、没個性にどんどん陥っていくわけですから、それに対してどうやって具体的に対抗していくのかということを、もう少しシステムとして考えるような時代になりつつあるんじゃないかなという気がするんですけれども。ただ、その歴史的な検証というものも、あまりにも突き詰めてしまうと、ひとつには人間機械論につながるわけですよね。個性といわれているものも、結局、歴史的に産出されているものだと。国文学というものも、要するに近代という枠組みの中で出来上がっているものだというところで、ますます閉塞してしまうわけでしょう。

今は、あることを主張するときに、それを言葉にしてしまっていいのかという、大変なためらいがあると思うんですよね。それを一度、自分で相対化しなければならないという。もちろん主体の脱中心化ということは、研究の大前提ですが、その相対化の度合いが、かつてよりもきついというか、よく言えば精緻になっていると思うんですよね。

三田村 無意識まで全部ね。

松井 まさにディスクールとして分析される。誰のために、誰に向かって、どのような立場から発言しているのかを、すべてチェックされる時代ですよね。そんなふうにして自分の論文も読まれている。そして、そういうことをあなたは自覚して言っているのかと、必ず弁明責任を求められるわけですよね。それを片方で意識しつつ、でもこれが自分の率直な読みなのですよ、ということを明らかにしていくのは、やはりあるためらいというか、しんどさがつきまとう。もちろん、だからこそ研究としてのアイデンティティーを確保できるのではあるのですけれど。

三田村 藤井さんみたいに物語を語ったほうがいいのかな（笑）。

河添 一人称じゃなくて（笑）。

松井 四人称(笑)。新たな文体をつくるしかないのかな、という感じがするのですが。

河添 そうなんですね。個性の武器っていうのも、藤井さんならではの提案という感じもして。私たちが、どう引き受ければいいのかみたいな（笑）。

藤井 自分はちょっと考えが狭過ぎるのですよね。みんなからは古いって言われるかもしれないけれども、論文という基礎的なことで立ち上げていって、オリジナルなものがそこにあるべきだというような、何か非常に規範的なものがどこかにあったんですよね。

だからそれこそ、たとえばマンガならマンガみたいなのが出てきて、いまでもマンガは拒絶反応が強いのですけれども、しかし、サブカルチャー論としては、たとえば書いている研究者がマンガを好きかどうかは別として、マンガによって照らし出される『源氏物語』の中があれば、マンガをオリジナリティとしては認めないけれども、論文の個性としてはそれもありというふうに認めていくように、ならなきゃいけないんじゃないかって、これは私の反省でもありますけどね。そうしないと、初々しい個性と渡りあうためには(笑)。

松井 渡りあうために教養としてでもマンガを読む(笑)。

藤井 そういう時代に負けたのかなと思いながら。たとえば文部省なども、共同の研究には金を出すとかいうようなときに、個人の研究が、『源氏』という共同研究の業界に埋もれていくんじゃなしに、一つひとつの論文としては生きられる時代をわれわれが共有しているんだというふうに、むしろ対抗措置をつくっていかないと、ほんと負けるよという。イデオロギー的に負けるのはしょうがないかもしれないけれども、もっと身近なところで、それこそお金のばらまき方で負けてしまうと、それはあとあと取り返しがつかなくなる感じがするんですね。

河添 そうですね。来月に国文学研究資料館で「二十一世紀の源氏物語研究」というシンポジウムがあって、そこでの話で、解釈共同体から情報共同体の時代への転換というのをちょっと考えているんですけれど。インターネット社会は、私たちの研究や教育環境を、それこそ否も応もなく急速に縛っていくと思いますが、その一つとして、インターネットをつかった共同研究、コラボレーションですか、そういう動きが外部からの要請もあって、これからどんどん出てくると思います。そこにはお金もつくでしょうし、研究者も巻きこまれていく。情報共同体の時代が、良きにつけ悪しきにつけ私たちを縛っていくとすれば、それに対抗する思想というか、コンセプトやガイドラインのようなものを今から考えておかないと、ほんとに個性の埋没というか、大変なことになってしまう気がするんですね。解釈共同体の枠が壊れていい面と、情報共同体のなかで自分を見失うという危険を、二十一世紀に両方ひきかぶることに……。

松井 今のはカルチャーだとかメディアの問題ですけれど、カルチャーにも二種類あって、メインカルチャーとしての『源氏』ブームと、サブカルチャーとしての『源氏』ブームがあると思うんです。メインカルチャーとしての『源氏』ブームは、それこそ紙幣に使われるとか……。

三田村 そっちがメインなの。

松井 それがメインでしょう。いや、どうでしょうか。

三田村 規範的に。

松井 規範的に。

三田村 構造的に。

松井 そうです。要するに権力と手を結びやすい、制度化しやすい、抑圧の状況を生みやすいというのはメインカルチャーの一つの側面でしょう。それに対してサブカルチャーというのは、もっと多面的に『源氏』で遊んでしまおうということですから、そういう意味でのサブカルチャーとしての『源氏』ブームは、一方で確かにあると思います。ただ、そういう動きに対して、研究者の側からあれは本当の『源氏』ではない、あれはただのブームだからというようなことがあったとしたら、それこそそれが新たな抑圧構造を生んでいくという気がするのですけれども。

ですから、そういう意味で今の『源氏』ブームは、一面では非常に恐ろしい気もしますが、一面では、ますますサブカルチャー的に『源氏』で遊んでしまおうという状況は、それなりに歓迎すべきことだと思うんです。そのような形で過去ずっと、九百年くらい『源氏』そのものが流れてきたわけですよね。片方でメインカルチャー化していく動きがあり、一方では、サブカルチャーとして様々なメディアに変換されて、新たな文化をつくり上げてきたわけですよね。ところが、他のメディアに変換されたものを、最終的には権力の側が吸いあげて包摂していく。そうして再びメイン化していく。その繰り返しだと思うのですけれども。不思議なことに『源氏』というのは、必ず新たなメディアと結び付いて生き延びてきましたでしょう。

河添　そうですね。『源氏』関係のホームページでも両方ありますね。公的な機関とリンクするホームページと、草の根的な、文学愛好者の初歩的な内容なのに、とてもはやっているホームページと、まさに両方あります。しかも、それがお互いにリンクしたりしていて。

三田村　でも、私はマンガは、権力とすごく結び付いてると思うので、サブカルチャーと言えるのかどうか疑問ですね。

松井　それは経済機構としてですよね。資本主義社会の中での。

三田村　千七百万部売れていて、最も大きな販路を持っている。ベンヤミンが言うように、現代社会においては、少数に独占された『源氏絵巻』みたいな宝物的価値の問題ではなくて、いかにたくさんの読者を持つかということが価値であり、権力なんだから、まさにそれは権力そのものだと思いますし、それが入試体制の中にうまく組み込まれながら、人々の大学受験とか、「大学生とは」とかいうことの規範意識の中に微妙にすり込まれていくわけだから、マンガは紙幣よりも大きい影響を持っていますね。微妙にメインとサブが、奇妙に交錯しているでしょう。かつてのように写本文化が上で、版本とか絵本とかが下でという形ではなくて、むしろマンガカルチャーのようなものが上位概念としてある時代を、今私たちは生きているのかなって。そう思わないと。

松井　なるほど、そうですね。サブカルチャーのふりをしながら、実はもっと恐ろしい権力機構の中に組み込まれているという。まさにそのとおりですね。

三田村　私たちの文学研究というのは、文字信仰というものをあまりにも持ち過ぎていたんじゃないかというのを今すごく思っています。玉上琢彌さんが言うように、音読論じゃないけれども、物語というのは声もあるし、響きもあるし、それから同時に絵という、全体として楽しい体験としてあったものを、文字というものが近代社会の中で一番コンパクトに整理できて、そして一番コンパクトに伝えやすいメディアであったからこそ、肥大化した文字社会というか、文字信仰の中にずっと生き続けてきたわけですよね。
確かに私たちは文字（文章）の解読に関してはプロになったかなという。でも、文字からイメージを引き出す力だけに限定して、異常に能力を開発させてしまったという感じがしないでもないですよね。実は今の時代というのは、インターネットを通じて、画像が簡単に送れる時代になって、画像も音声も同時に享受できるということがものすごく簡単にできるようになったときに、今までとはまったく違った、もっと豊かな『源氏』文化を感じることができるんじゃないか。絵や音の同時享受みたいなものが実は物語の本来の豊かさだったんだという形で、考え方を切り替えていかないといけないのじゃないでしょうか。

河添　それを考えないと、たとえばインターネットを使っての『源氏』研究といったって、結局、今までの研究をより効率よくやるということにしかならないですしね。書かれた文字ばかりか、画像や音声も、その相互の浸透もすべて互角のテクストという認識を、インターネットは強化したわけですから。そういう発想の転換というか、パラダイムチェンジをしないと、インターネット時代の新しい研究の可能性なんていうのは見えてこないと思います。

最近いろいろ調べてみて、『源氏』の本文のデータベース、とくに画像データベースの増加は、国立大学の電子図書館構想とも連動して、目を見張るものがありますね。京都大学の電子図書館なんか、すごいの一言。インターネットが、単なるコミュニケーション・ツールから、研究情報の知のボックスとしてようやく整い始めたという感じもします。これからは画像データベースばかりか、音声データベースなんかもどんどん出てくるでしょうし。まさに今までとは違った『源氏』文化を感じることができるかもしれない。ただ、そこにはさっき松井さんもほのめかしたような、危険なにおいがまとわりつくみたいな。

三田村　方法論がまだ出来てないのね。

河添　出来ていないですね。落とし穴もたくさんあると思うし、難しいですね。

藤井　三田村さんが「私は絶望しない」と、さっき、ちらっと聞こえないぐらい小さい声で言われたけど、そういう意味では、三田村さんはどんどん先駆的に「〈音〉を聞く人々」とかああいう論文の中で一貫してやってきているという、まさにそれが一つひとつの個性としては、今、だいじになっているんだと。

研究語訳

松井　研究と個性という問題を、藤井さんのほうにひきつけるとすれば、先ほど話題になった、研究論文そのものに枠が与えられてしまっている中で、藤井さんは、『季刊 i i c h i k o』（五〇・五一合併号）で示された『源氏物語』の研究語訳か、あるいは『新潮』（九九年七月号）に掲載された「つぎねぷ」という小説で、『源氏』について語るというようなことを、計画的に試みてこられて、それが今年になって一挙に結実してきたと感じるのですけれども。それは藤井さんの戦略でもあるし、ご自身の研究観、『源氏』観の現れとしても拝見しているのですが、研究語訳ということを考えざるを得なくなったというのは。

藤井　どこから出てきたかですか。

河添　聞きたいですよね。

藤井　私が最初に本を出したころから、現代語訳を原文のかたわらに置くようなことは続けてはきたんです。つまり研究論文の本文だけ提出すると、それで読んだつもりになるという自分を少し抑制するという。玉上さんなんかも、そんなことをやっておられたなとは思うんですよね。そういう意味では、ずいぶん古く考えたことの多少復活という面が、一面ではあるのかもしれません。

もう一方では、全然関係ないかもしれませんけど、古代研究というか、古代文学というものにわれわれは関わっているわけですけれども、もっと複数のスタンダードがあって、それこそ口承文学の視野からも近づかないといけないとか、それから中世っていう世界は何だろうとか。それから具体的に中世文学の研究者はたくさんいるでしょうけども、その後を追い掛けてでもよいから、抽象的でもよいから、中世とは何かということを考える必要があるっていうことですよね。古代だけで孤立させるんじゃなくて、自分の内なる中世をぶつけるというのか、並行させるというのか、そして現代がやって来たっていう。あるいは近代がその後にやって来る。さらに、古代、中世、近世、近代にかかわらない口承文学的な世界の流れという、そういうトリプルスタンダード的なものを、そういう並行現象みたいなものをつくり出すという意味では、古代も、たとえば現代語の中に解放するというのか、泳がせるというんでしょうかね。『源氏物語』を中世語には翻訳できないでしょうけど、中世的な世界に下りてみるとか。そのことの一環として、現代との距離感や、現代の中に、『源氏物語』という大きなお魚を、いけすに泳がせてみるというような、そんな意味合いで研究語訳を考えてみたいなということはあったと思うんです。説明になりましたでしょうか。お魚……。

松井　この研究語訳という試みは、これからも続けられるのですか。

藤井　それは夢としてはね。これはだれもができるはずのシステムではあると思うんです。

松井　そうですね。決めてしまえば。

藤井　最終的にみんなでエイってやれば、『源氏物語』一冊研究語訳になるわけで、そうすると、たとえば近現代の研究者、読者、文学者たちが、『源氏物語』の原文を読めなくても、研究者の提供した研究語訳で十分研究ができるというふうにならないかというのが……。これは夢ですけどね。

河添　その場合、いま瀬戸内寂聴氏のとか、現代語訳がたくさんあるわけですね。作家の現代語訳では研究者や一般読者がイメージできないものが、研究語訳にはあるっていうことですよね、藤井さんの提言としては。その辺をもう少し具体的にどういうところが、作家の現代語訳と違う研究語訳の新しさというか、メリットなのか。

藤井　『源氏』研究の業界は、だいたい日進月歩というか、刻々と新しい「読み」によって変わったり、進化させられたりして動き続けますよね。だから、作家の現代語訳がそれと連動していれば、私は文句を言わない。それでいいよと。だけど、作家たちも大変勉強家であるというのは分かりますけれども、ただ、研究と結びつかないところでなされているのではないかというのは、一般読者に対してはっきり言いたいですよね。そういう意味で研究者がやってあげなければ。

たとえば小学館版で言うと、あれは秋山虔さんだろうか、偉いなと思うのは、絶えず書き換えて、新編全集で三度目になりますか。途中、完訳を入れてというふうに。その度に変わっていくというのは、秋山さんを持ち上げるわけではなくて、研究者の良心としてきちんとなされているると思うんですよね。だから、瀬戸内さんが同じことをやるなら、それで偉いというか、研究者のようにして次にまたすぐ書き、新しい研究の進歩に合わせて、新しい現代語訳に書き換えていかれるということをきちんとされるならばよいのです。そういう意味では、瀬戸内さんはそうするわけじゃなくて、むしろ瀬戸内さんの作品になっていくわけですよね。作品として結晶し、一般読者のためのものになっていく。だから、研究の業界として、それとは別個に日進月歩の研究語訳の世界をつくり上げたらどうだろうと。それこそインターネット的な情報でできるのであれば、研究語訳をいったん入れて、毎月研究が進むたびに改定していくんですよ。

河添　できると思いますね。そうなんです、インターネットの場合は、常に情報を簡単に入れ換えられるというのが、メリットでもあり、デメリットでもあり。

三田村　植木みたいですね。毎日チョキチョキ切ってなきゃいけないみたいな（笑）。

河添　毎日じゃ、ついていけないですね。

松井　今日は研究会があってこう仕上がったとか（笑）。

三田村　手入れが悪いとかっていうことになるわけね。

松井　『今昔文字鏡』という、漢字フォントを九万字収めたというソフトがありますが、あれなどはまさにもう。

三田村　あれはそうですよね。変えてますね。収録されてない文字があっても、私はこの文字を使いたいんですというと、登録できるんですね、どんどん。

河添　夏に出た岩波の『源氏』のCD—ROMも、そうですね。自分のデータをどんどん登録していけるので、それこそインターネット上の研究語訳のテクストにも使えますしね。

松井　双方向ですね。藤井さんのお話を伺っていると、はっきり言葉には出されませんが、研究者の義務ということをおっしゃっているわけですよね。現代語訳というジャンルを、それこそ研究として立ち上げろとおっしゃっているのだと思うんです。そういう点は、藤井さんの一貫した姿勢のような感じがしますね。

以前に「けり」の問題を、藤井さんがさかんに発言していらっしゃったころ、国文学研究資料館で共同研究をさせていただいたのですが。そのとき、オーストラリア国立大学のロイヤル・タイラーさんが『源氏物語』の英訳のお仕事をされていて、藤井さんがタイラーさんに向かって、「けり」は過去時制じゃないんだから、過去で訳してはいけないという無理難題のようなことを、繰り返しおっしゃるんですね。

「けり」というのは、確かに藤井さんのおっしゃるように、時制というよりアスペクトにかかわるわけですから、広く言えば現在というか、非過去ですよね。ただ、タイラーさんにしてみれば、英語の物語様式のものは、過去形で訳すことが大前提にあるから、変えようがないんだっていうことを、やはり繰り返しおっしゃる。すると藤井さんは、最後には、これは過去で訳したけれどもそれは訳の問題であって、実状は違うということを、必ず序文で断ってくれとまでおっしゃる。それで私が、藤井さんにそこまでのこだわりの理由を伺うと、一言「研究者の義務だから」と。

藤井　頑固じじいだと言っている（笑）。

松井　いえいえ。でも、「けり」の問題にしても、古典の人称の問題にしてもそうですよね。欧米中心主義の学の制度そのものに対して、繰り返し疑問符を投げ続けていらっしゃる。

河添　昨日の日文協でも、研究者としてもやっぱり翻訳まで責任を持つべきだって、そこまで話が進みました。そういう姿勢を藤井さんは最初から持っていましたね。今、松井さんが資料館での共同研究の話をされて思い出したんですけれども、藤井さんが隣の研究室にいた頃、コロンビア大学に行かれる前ですか、「桐壺」の巻を英語に翻訳するのをアメリカ人の女性に手伝ってもらったことがあって、そのときに藤井さんが過去形で訳さないでほしいと言ったら、その人がそんなの英語じゃないって。だから、翻訳したものを藤井さんが発表するのはいいけれども、翻訳者として自分の名前を併記することはやめてほしいって抗議された。自分は英語を知っていながら、英語を壊すような翻訳文をつくったのだから、訳者として登録したくないとまで言われたことを思い出して。コロンビア大でもそうだったと思うんですけども、そういう姿勢は、九〇年代もずっと変わってないというか。

松井　藤井さんにしてみれば、今度の研究語訳というものにしても、それこそ日本語の体系そのものを変えていく試みじゃないですか。現代語の。

藤井　現代語がぶっ壊れますよね。

松井　やはり読みづらいですよね。たとえば『源氏物語』の冒頭の部分は、「どちらの（帝の）ご治世にか―、女御、更衣（が）数多くお仕えしてこられてあるなかに、あまり捨て置けない（―高貴な）段階（―家の格）では―あらぬ（方）が、目立って羽振りよくいらっしゃる、（そういう方が）ありきたる（―いたことだ）。」となっています。ただ、この『季刊ｉｉｃｈｉｋｏ』の論文でも、このような研究語訳をすることによって、新しい「読み」が見えてくるのではないかともおっしゃっていて、具体的には、「桐壺」の巻で、桐壺の更衣を直接に呪詛して死にいたらしめた犯人は、後涼殿の更衣ではないか、という新説まで提示していらっしゃる。ですから、こうした試みはこれからも続けていかれるのだろうと思うのですが、これはまさに新しい現代語を創造していくことでもあるわけですよね。

藤井　そうですね。助動詞の一つひとつを訳し分けなきゃいけないから、今までごまかしたりしていた助動詞も調べなきゃいけなくなってきましたね。「つ」と「ぬ」とをどう現代語に訳し分けりゃよいんだろうって（笑）。

河添　そこが『季刊ｉｉｃｈｉｋｏ』に書かれたように、「苦心を要する」ですよね（笑）。

松井　今、河添さんがおっしゃったように、研究語訳をするための目安も書いてみえますよね。ここに必ずダーシを入れるんだとか。

河添　面白かったのは、句読点のところで、「句読点と括弧との多用が研究語訳を可能にする」って書いてあって。

三田村　書いてありましたね。

河添　句読点とは苦闘する点でもある、という（笑）。

藤井　句読点は、いま現在は二つですけども、透谷たちのころは三つ目を利用したり、それから漢文訓読の中では四つ目があったりとか。

三田村　右側にあったり左側にあったり、いろいろなものがありますね。

藤井　そうですよね。二つでは足りないということは、もう共通認識にしてよいのかなとは思うんですね。古典で言うと、句と読とは一応止めるわけだけど、下に続く句読点が欲しいな。勢いとして、止まらないという句読点。

三田村　そういうことがありますね。

「つぎねぷ」

河添　「つぎねぷ」のお話もぜひ伺いたいと思っていたんですが。

藤井　『新潮』七月号（一九九九年）の。

三田村　素晴らしかったです。すごく面白かった。感動してしまいました。

藤井　そういうふうに言っていただくの大変うれしいです。『源氏』を利用した小説などは世の中にたくさんあって、『源氏』に書いてないことや想像したことを加味して、「裏源氏」のようなものを作っていくというのが一般ですよね。これも「裏源氏」ではあるけれども、一応研究者の〝読み〟に耐えられるものを作ろうという。和歌の解釈や、書いてない裏側を書くにしても、それは最低限度その補助線が必要だったということを分かってもらえれば。研究者の〝読み〟を踏み外さない、その辺の〝読み〟に耐えられるものをやってみようという試みではあって、その上に立って、多少パタパタっと想像力を羽ばたかせたけれども（笑）。許される範囲で。

河添　「つぎねぷ」で、弁の尼の語りや侍従の君、それから乳母の娘の語りと、そういう語り手の設定に、瀬戸内さんの『女人源氏物語』のようなものを連想させられたり。それから、語り手の女房みたいなものを設定しているのは、『季刊文学』（第九巻二号）の座談会でもおっしゃっていたように、藤井さんの中で、語り手はゼロ人称、物語は四人称だみたいな認識と、あるいは四人称というものは心内語を含むという、そういうメッセージとつながりますよね。それを体現したものとして、「つぎねぷ」でこういう語り手を出されたと考えていいですか。

藤井　そういうことをちょうど考えているときに、並行してやっていた仕事なので、語り手がどこにいるのかという。あるいは書いているうちに、実際に作者が考えていた語り手、具体的な女房の名前でもよいんですけれども、それが発見できないかと。ここには直接は出てこなかったのですけれども、「竹河」の巻の冒頭に出てくる語り手の悪御達というのは、「真木柱」の最後に出てくる弁の君ではないかとか。そういったものがぽかっと書いているうちに出てくれば……。何かそんなふうなことを考えて。それも実験の中にあったかもしれません。

三田村　橋本治さんなどは意識されましたか。

藤井　橋本さんですか。橋本さんの場合、ある部分を後ろに持ってきたり、歌を作りかえるでしょう。それは抑制しようというふうに思ったけど。

三田村　彼は、「真木柱」の最後に出てくる弁の君とか宰相の君を出してきて「竹河」を書いているんですね。だから、弁の君の語りとか、宰相の君の語りがそれぞれ違うのね、会話が。それとこの文章、弁の尼の語りと右近と侍従と、それから最後の「ものかげ」とは、全部文体も変えて書いてらっしゃるところに、ちょっと共通性もあるのかなって思いました。

藤井　そうかもしれません。橋本さんの試みられたことを意識しなかったけれども。

三田村　同じところがあったわけですね。

藤井　そうかもしれませんね。

三田村　面白かったので、いろいろ聞きたいんですけど。谷崎などを読んでいると、平仮名の行替えなしでタラタラと出てくる文章がときどきありますよね。『盲目物語』のような平仮名文だけで勝負するとか、『細雪』の中でも、所々行替えなしにダーッと続く文章が出てくる。ああいう主客未分化のような文体効果を出していこうという、明らかな意図というか。

藤井　最後のところね。

三田村　そういう感じがありますよね。それから、途中から現代仮名遣いが歴史的仮名遣いに突然変化して、古代語に乗り移っていく過程なんていうのも素晴らしいですね。この仕掛けはすごいなと思って。

松井　「ものかげ」の語りのところは混然一体として、さまざまなものの、それこそ重層する声が聞こえてくるような感じがしますね。

三田村　のり移って（笑）。

藤井　怖いな（笑）。さっきの読点だけでという、内容としても、文末にならないようにどこまで続けられるかっていうのは、まだまだ続けられると思いますけど。見開きだから、原稿用紙で七、八枚分でしょうか。日本語はどこまでいっても文末なしに続くという実験でもありますね。

松井　「ものかげ」のところで、大君の霊のようではあるのだけれども、何か違う霊のようにも読めてくるわけですよね。そこがとても感動的に余韻が広がるわけなんですけれど、ベースになってるのは、やはり「つぎねぷ」ですよね。石之比売《いわのひめ》がうたう『古事記』下巻にある古代歌謡で、石之比売がうたうものですが。ですから、やはりここにも石之比売の声が響いてきますし、一方ではもっと地霊的な、境の神としての橋姫伝承のようなものも、私には思い浮かんできました。

それで、ご本人を前にして伺ってはい

けないのかもしれませんが、藤井さんは、やはりこの古代歌謡に取材して「つぎねぷと言ってみた」という詩を書いていらっしゃって、それが収められた『ピューリファイ！』という詩集が出たのが八四年ですよね。ですから、この「つぎねぷと言ってみた」という詩から、すでに一続きに、この小説の発想が底流していたというか。

三田村　成立論を聞いてしまった（笑）。

藤井　詩の作品も、やはり『源氏』から入り込んでいるという面があって、浮舟が出てきたり、夕顔が出てきたりする、そういう詩集一冊ではあるんですよね。詩作品の「つぎねぷ」そのものは『源氏』とは結び付いていなかったかもしれません。それが逆流して『源氏』のほうへつながったというときに、この散文が出来たのかもしれませんね。

河添　ちなみにどのぐらいの時間で書かれたのですか。

藤井　それはそんなに。まあ一週間ぐらいかな。そのときは集中して、エイってやっちゃいましたけれどもね。

三田村　注文はどういうものですか。小説書いてくださいっていう注文ですか。

藤井　小説かな。

三田村　評論とか何か。

藤井　そういうジャンルがないんですよね。

三田村　何かなと思う。

松井　そうなんですね。小説として読んでいいのか。やはり小説だと思いますが、おっしゃるように研究として。

藤井　も読めるよね。だから、ジャンルを決めなくてもよいですか、ということで書いたんですけどね。高橋悠治さんの音楽が冒頭に書いてある。彼の音楽も一つのこれを書かせる、昇華させる何かだったのかもしれない。

三田村　霊呼ばいですね。高橋さんの作曲した「つぎねぷと言ってみた」という二絃の弾き語りがもとにあって。

河添　それが先にあったわけなんですね。

藤井　音楽のほうが先。その音楽を聴きながら、まとめておきたい仕事だったから、エイってやっちゃったんですけどね。何かそういうきっかけがないと、書かないでそのままになってしまうから。

松井　高橋さんの「「つぎねぷ」とうたう声が」という文章が掲載されていますが。

藤井　悠治さんの文章は、今度は逆に、この小説を編集者が載せるのに当たって付け加えたんですね。だから、音楽が最初で、それから小説が次で、悠治さんの部分が最後ですね。

河添　高橋悠治さんに作曲してもらうなんて、すごいですね。

藤井　下野戸亜弓さんが演奏されてという。

三田村　それはぜひ聴きたいですね。

河添　CDで発売されないんですか。

藤井　そのうち出るんじゃないかな。

河添　これは一冊の本にはならないんですか。

藤井　もうちょっと何本か書けば一冊にはなると思いますが。

松井　ぜひとも読みたいですね。

三田村　ほんとうに素晴らしいんで、感想文か何かを書きたいような気持ちになります(笑)。やはり折口信夫とも似ていますよね。明らかに。

藤井　それは意識して。「つぎねぷ」の一番バックにあるのは、『死者の書』の中の大津皇子との重層性ですね。

三田村　歌がとても重要ですね、ここの中で。散文の部分もそうですけれども、グッと印象が変わるところが、歌っていう裂け目に現れていて。前から浮舟に関する歌についてもずっと書いてらっしゃったことが、こういう文脈でこういう理解だったのかというのが、納得というか、心に落ちたという感じがして。

河添　最近刊行された、若草書房の『詩の分析と物語状分析』を、今回の座談会のためにあらためて読み直してみて、藤井さんにとって『物語文学成立史』という本はすごく重かったと思うんですけれど、あれと対をなすような、和歌文学成立史ともいうようなお仕事、と受け止めてよろしいですか。

藤井　そうですね。和歌っていう形では、やはり書けなかったとは思うんです。和歌研究者もたくさんいらっしゃるし。だから、詩の問題というふうにずらしたときに、ああ、書けたという感じはあったと思います。そういう意味では、ずるいと言われればずるいのです。

河添　この本の凡例もそのときはよく意味が分からなかったんですけれど、今になって非常によく分かるというか、現在の藤井さんの関心をここに重ねてみると、いろんなことがまた分かってくるというのがありますね。

松井　さまざまな研究のスタイルがあり得るのだということを、藤井さんご自身が示してくださったという感じがします。

三田村　刊行されたばかりの『源氏物語論』(岩波書店)を拝見していたら、明石君論でやはりこういう試みをされていて、「これが藤井さんだ」と感じました。

二〇〇〇年代の源氏研究

松井　藤井さんの研究の今後を、最後に伺って、まとめとさせていただきたいんですが、いかがでしょうか。

藤井　そうですね。

河添　『湾岸戦争論』の最後に、物語研究会の会報に書かれたことを再録されていましたよね。九〇年代の展望を五つ提示されて、「歴史と歴史叙述」「短編物語論」「女の物語」「口承文芸・絵・音楽」、そして「物語という媒体（メディア）」。物語はメディアであり得るのかって。もしかしたらこの辺が、今の藤井さんにとっては一番重いのでは、という感じもするんですけれど、二〇〇〇年代に向けて、ぜひ同じような展望を。

藤井　五カ条の御誓文（笑）。

河添　五カ条の御誓文にならなくてもいいですけれど、何かいろいろ予言をしていただきたいと。

藤井　予言としてですか。さっきからお話していることの繰り返しになるかなと思うんですけど、『源氏物語』を中心として平安文学の研究が進んでいるというのはあまり良くない。ちょっと不健康な状況が強過ぎて、それがジャーナリズムの『源氏』ブームを甘えさせてしまっているという面があると思うんですね。だから、補助学という言い方をしてよければ、ちょっと引いたところで、つまりこのままほっとくと、源氏帝国主義の手先にわれわれはなりかねないところの、抑え方というのか。近代文学を中心にして、そして古典を補助学的なところに位置付けて、あるいは基礎的な研究に、すそ野のところに置いていくという構造を、見える形で、世界に示す形にしないと。近代文学、それこそアメリカなんかはカルチュラル・スタディーズとして進むからよいけれども、それ以外のさまざまな国、フランス、イタリアはもちろんそうですけど、そのほか、私も今度、インド、エジプト、ロンドンと回ってみて、さまざまな国で日本研究が進んで、何を提供しようかというときに、見える形でそれをはっきり言う必要がある。

それというのも、『源氏物語』とマンガという、日本の二つの恥の部分が結び付いてしまい、そして受け入れられているということに対して、それは恥ずかしいことであると言いたい。日本文化の恥の文化といわれるものとして、『源氏』とかマンガとかいうのがあるんですよと。それはよいとして、恥ずかしくなく日本文化や日本文学研究が提供できるものは、それこそ言文一致から始まった、漱石もちょっと漱石帝国主義みたいな偉さがありますけど、その陰に隠れた、広い領域で、近代的な文体を立ち上げるために骨を埋めたたくさんの文学者がいる。それは今、インドとかエジプトとかいろんな名前を言いましたけれども、そういう多様に進んでいく日本研究にとっては、すごく大事なメッセージなんですよね。一番大事なことなんですよ。漱石をトップとして、一番大事な、どう言ったらよいのかな。

つまりそれを送り出す側が薄っぺらくなってしまったり、手をこまねいたりしていると、世界から見えてくる日本文化というと、依然として『源氏物語』とマンガという、この二大恥の文化がそのまま直結して世界にアピールするという状況をつづける。これはわれわれの責任じゃないかなと思うんですね。だから、少し引く。つまり『源氏』を翻訳したいと、もしどこかから申し出があったら、『源氏』よりも先に近代文学をちゃんと翻訳しなさいと。『源氏』は英語なんかで出ているんだから、読めばよいじゃないですかというふうにして。そういうことを日本文学研究者がはっきり言わなかったら、世界は分かってくれないと思うんですよね。そういう逆カルチュラル・スタディーズ、輸出していく方向というのは、私の手に余ることだけど、言い続けたいことの一つとしてはありますよね。一つはそれかな。答えになっていないかもしれないんだけど。

河添　そうですね。たとえばアメリカで、日本の女性の研究者が近代文学研究の本を出しても、表紙を飾るのは『源氏』の絵みたいな現象がパターン化していて、それで日本文学の研究書として流通を許される、それが当たり前みたいな制度というのは、すごくおかしいと思いますね。

藤井　おかしいですよね。

河添　日文協の高橋亨さんの話の中でも、今、外国の日本研究においては、本当に国文学の基礎学ができる人が求められているんだそうです。これまでは英語のできる比較文学の研究者が、日本学ができるということで行っていたけれど、今は国文学の基礎学ができる人が求められている状況があると。

藤井　それはまさに同感ですよね。

もう一つ、二つ、これもすべて大ぶろしきですけども、さっき古代、中世、近代という言い方をして、中世研究ももちろん進んでいるんですけれども、今の近代文学とも同じ問題かもしれませんけれど、中世とは何か。物語研究会でも最初のころはそういう問題提起があったんだよね。

三田村　やりましたね。古代と中世、しょっちゅうやりましたね。

藤井　そういう共通認識があったんだけど、それをもう少し……。

三田村　今、中世の研究も物語研究ではメインですね。多いんです。物語研究会の方も今は激動期。

藤井　中世ブームなの。

三田村　群雄割拠で、それぞれまったく違った方向に行こうとしていて、一色ではないですね。非常にさまざまな動きがひしめき合っている。私たちなんかはもうちょっと上の世代で、隠居の身分なんですけども(笑)、立石和弘さんだとか助川幸逸郎さんだとか、安藤徹さんだとか、若い世代がものすごく元気で、それぞれが全然違う方法なんだけれども、頑張っていて、そして必ずしも『源氏』中心主義ではなくなってきたかなというのが今の感じで、その中では中世の研究は、今、大きくなってます。

藤井　そうですか。

松井　三つ目は何ですか。

藤井　三つ目は何だろうな。

河添　無理して五カ条にしなくても(笑)。

藤井　三番目としては、今度はあまり文学とは関係ないのですが、日本社会がちょっと強くなり過ぎているのに対して、もっと小さな国にするというか。古典だけではなしに、日本文化そのものをもっと小さな国にするという、一種の軍縮ですよね。文化的軍縮をね。どう言えばよいんですか。

三田村　リストラじゃなくて(笑)。

藤井　リストラというか、小さな世界から怖がられない国にしていくという、何かそういう基本を。

三田村　しようとしなくてもそうなっていくという危機もありますね(笑)。

藤井　どんどん小さくなっていくことで、コンピューター用語で言えば初期設定をやり直すみたいなことが見えてくるというのかな。文学で言えば、具体的に何だということは言えませんけども、思い込んでしまっている常識的な一つひとつ、それは何となく近代二百年、十八世紀の近世社会の国学者が、宣長は別としても、そのあたりからいろいろ立ち上げてきた問題を二百年ぐらい引きずって、この現代に、それをリセットというのでなく、設定し直すことは、先ほどのたとえば助動詞とか文法の問題とかいうのも、学校文法や受験産業の中で取り返しのつかないようになっている面がありますけれど、それをちょっと待てよと、それこそ文法事項のやり直し。

三田村　それは必要ですよね。学校教育の場で、明治のころからのそのままの文法教育をやっている、絶対に現在の語り論の成果を組み込んでいないということは分かっているのに、それを無理やり教え込まなければならないという矛盾を、みんな教育の現場で抱えていて。

松井　日本文化がこれだけ注目を集めているのは、一つには、日本経済の動きとそのまま連動してしまっている結果だという点は、否定できない側面としてありますよね。だから、そういう面での思い込みを洗い直せという今のお話ですけれど、やはりある種の硬直化と肥大化が進んでいたということでしょうね。

藤井　そうですね。具体的に縮小させていけば、ほんとうに大事な問題が見えてくる。

河添　ちょっと話はそれてしまうかもしれませんが、今、近世の国学者のことを言われたんですけれど、私は藤井さんというのは一種の新国学派ではないか、と思っていたところもあるんです。新というところが、もちろんミソで、リセットとも関わるかもしれませんけれど。やっぱり国学の伝統みたいなものを良い意味で引き受けていらっしゃる部分があると。その辺は、でも、否定されたわけですね。

藤井　否定するということだけど、最後のところは引き受けて、そこから後は許さないけど、おれは最後は引き受けるよみたいな意味では新国学かもしれませんよね。だけど、それを継承させるのではなくて止めたい。リセット。リタイアっていうんでしょうか、よく分かりません。

松井　リタイアじゃないと思いますが。

藤井「再び疲れる」というか（笑）。

松井　藤井さんは以前から、僕が何か発言すると、すぐにナショナリストだと言われてしまうと、随分気にしていらっしゃいましたよね。それは本意ではないと。ただ、国文学研究というものをホームグラウンドにして、真面目にやればやるほど、ふと気が付くと、ナショナリズム的な発想が入り込みそうになるというか、そういう反省はとても感じるんです。

藤井　そうなんですよね。フランス文学の研究者なんかが年取って、みんなナショナリストになっていくって、これは非常に分かりやすいですよね。ああ、そうかなと思うけれども。国文学者はどうすればよいのかというときですね。そういうとき。これはみんなで苦しむべき（笑）、そんなところかしら。

松井　では、今回は三点。

河添　三カ条の御誓文（笑）。

松井　今日はゆっくりとお話を伺うことが出来て、ほんとうに楽しかったです。

河添　ありがとうございました。隣の研究室にいらした頃の、懐かしい時間がよみがえりました。

三田村　ありがとうございました。

特集 源氏文化の視界

青海波再演
――「記憶」の中の源氏物語――

三田村雅子

1 垣代の中から

木高き紅葉の蔭に、四十人の垣代いひ知らず吹きたてたる物の音どもにあひたる松風、まことの深《み》山《やま》おろしと聞こえて吹きまよひ、色々に散りかふ木の葉の中より、青海波のかかやき出でたるさま、いと恐ろしきまで見ゆ。かざしの紅葉のいたう散りすきて、顔のにほひにけおされたる心地すれば、御前なる菊を折りて左大将さしかへたまふ。日暮れかかるほどに、けしきばかりうちしぐれて、空のけしきさへ見知り顔なるに、さるいみじき姿に、菊の色々うつろひえならぬをかざして、今日はまたなき手を尽くしたる入綾《いりあや》のほど、そぞろ寒くこの世のことともおぼえず。　紅葉賀巻

源氏物語紅葉賀巻の青海波は、詠の声、足踏み、袖振るしぐさなどを印象的に語っているが、特に垣代の豪華さにおいて特筆すべきものを示している。四十人という大人数の垣代は源氏物語以前には見えず、源氏物語において初めて試みられた大々的な舞台装置であった。以後、おそらくこの源氏物語の場面を再現しようとするかのように、天皇行幸には青海波が舞われ、四十人の垣代が立てられている。

垣代の垣に注目した論文も既にあるが[*1]、ここでは、源氏物語における垣の機能と、それ以後この源氏物語を模したかたちで展開され続けた垣代の風景を追うことで、源氏文化の広がりと持続と影響力を見ていきたい。

青海波の垣代は、歌垣などとも共通する、人による「垣」であって、青海波の垣代は何十人もの人によって作られ、反鼻という巴型の特殊な板を各自が持ってそれを集団で打鳴らす。魔よけとも思われる集団の騒音と喧噪の中から、舞人が立ち表れ、楽の音が響き渡る。「色々に散りかふ木の葉の中より、青海波のかかやき出でたるさま、いと恐ろしきまで見ゆ」と物語は舞人登場を「かかやき出づ」という光の出現の喩で表現する。

はじめに作られた垣代の大きな輪が小さな二つの輪に分かれ、その二つの輪からそれぞれ輪の中で衣裳を着けた一人づつの舞人が登場してくるのである。物語は輪の中から新しい生命が誕生してくるような、新鮮な驚きをもって舞人の登場を捉えている。

青海波はもとより中国伝来の唐楽として宮廷儀礼の中に取り込まれ、整備されていったものであるが、これがもっとも大規模な垣代と詠を伴ったものであること（規模は違うが太平楽にも、敷手にも、春庭歌にも垣代は見られる）、垣と詠と音楽・舞の相互的な関係が青海波を作り上げていることなど、これが日本東アジア古来の歌垣の発想を深く踏まえたものであることを物語っている。光源氏の袖フルしぐさも、そうした歌垣的な状況下でのものと考えられる。やはり源氏物語中で繰り返し強調される男踏歌がそうであったように、青海波舞の演出は民間における歌垣の構造を宮廷儀礼化したものであった

歌垣が村落共同体の祭りとして、共同体の団結と活性化を図る目的で行なわれたように、青海波という巨大な「垣」は、天皇権威のシンボルとして、天皇に近侍する武士たち（青海波の垣代は相撲の節の後に行な

われる時は相撲の力士たち、通常は近衛府・衛門府の官人たち及び大将の随身たち、内裏で行なわれる時は滝口の武士たちによって編成された）を総動員して編成され、天皇側近の武力共同体を可視的なかたちで表し、詠による「歌」へと昇華するものであった。「垣」に守られて、秩序が維持されたことを寿ぐ呪歌が舞人の一人によって捧げられるのである。

　紅葉賀の場面では、「垣代など、殿上人、地下も、心ことなりと世人に思はれたる有職のかぎりととのへさせたまへり。宰相二人、左衛門督、右衛門督左右の楽のこと行なふ」とあって、上達部[*2]が楽のリーダー（上卿）となっていて珍しい。一般には地下によって行なわれるのが通例である青海波の垣代を、ここでは、殿上人中心に選び、地下については優れた者だけを選抜して集めたとある。単に武士的な勢力ばかりでなく、すぐれた才能、すぐれた容姿・振舞いの宮廷人を選りすぐったミニチュアの理想の宮廷がこの「垣」に再現されて、それ自体、桐壺帝の時代がいかに理想的な聖代かを証し立ている。その宮廷の人々を背景として、地として青海波の舞は「かかやき」出すのである。

　先帝の后腹の皇女である女四宮藤壺を中宮とし、その腹に御子誕生を予想する桐壺帝は左右大臣の上に立つ親政を実現し、左右大臣の後継者として光源氏・頭

堺市博物館蔵源氏物語図色紙「紅葉賀」　光源氏の青海波の舞を描く源氏物語絵は色紙にも、屏風にも多く、源氏物語絵を代表する景物となっている。光源氏の挿頭に白菊が、頭中将の挿頭に紅葉が挿してあるのが見える。光源氏の衣裳と頭中将の衣裳が違うのは、光源氏をクローズアップさせるため。実際の天皇行幸の青海波でも、舞人の下重ねの色を違えて物語の雰囲気を出すように工夫されていた。

中将を擁して、今や不動の体制を樹立するに至っている。桐壺帝の父らしい一院の算賀という機会を得て、桐壺帝は自己の体制の勝利宣言をこの豪勢な青海波に

よって上演しようとしているのである。

しかし、桐壺帝の意図は、そのもっとも中核をなす舞人光源氏が藤壺に寄せる不逞な思いを込めて舞を舞い、藤壺の腹の子を我が子だと確信することで、その壮麗な祭典の意味を逆転させる。桐壺帝の勢威と将来にわたっての繁栄を誇示するはずだった青海波は、光源氏の禁断の野望の実現に向けての輝かしい予祝に変貌しているのである。光源氏と藤壺のひそかな胸の中だけでは……。

そうした二重の時間、二重の意味を、物語は青海波の試楽と本番の二度に分けつつ語っていく。一度目の内裏で行なわれた試楽では舞う光源氏の心境と見る藤壺の思いに焦点を当て、二度目の際には青海波の全景と光源氏の外見に焦点を当てながら、ひたすらその際離れた美しさを語っていくのである。第一の試楽の場面を読んだ読者は、輝かしい舞を舞う光源氏の胸中に渦巻く思いを知っている。その不逞の思いを抱くがゆえに光源氏の舞が一段と見事で、一段と美しいものとなっていることを納得しつつ読み進めていくのである。美しさのゆえにその罪深さが忘れられる瞬間に向けて、物語は確実に一歩を進めている。*3

光源氏の身に付けた衣裳は物語に特記されていないが、青海波舞の慣例通りであれば、天皇の着用する麹塵（青色）の袍を身に着け、片袖を脱いで、重ねの衣を顕にした舞姿であったと考えられる。天皇の衣裳である麹塵の袍を身に着けるという意味で、光源氏は祭りの主催者桐壺帝の似姿《にすがた》のはずであった。しかし、繰り返される「ゆゆし」「そぞろ寒し」の語は、光源氏が父桐壺帝の勢威を荘厳する役割を越えて、この世のものならぬ光を帯び始めるようすをまざまざと描き出す。

青海波には、

『青海波』ハ竜宮ノ楽也。昔天竺ニ被舞儀、青波ノ上ニウカム。浪下ニ楽音アリ。羅路波羅門聞之、伝之。漢ノ帝都見之伝舞曲云々。　『教訓抄』

と、『教訓抄』に伝えられるように、竜宮の音楽を伝え聞いたものという伝承があり、舞人は水紋の衣裳を身に着けるのが恒例であった。水の紋の衣裳をまとい、波を表す袖のうねりとともに庭に舞出《い》でる光源氏の姿は、竜そのものとなってその異貌を表している。降り注ぐ時雨は、雨を呼ぶ舞としての青海波の特質を顕にする。

『教訓抄』はさらに青海波が天下旱魃の際に春日社頭で舞われる曲の一つであるとし、その理由として先程の伝説、竜宮の音楽説を挙げ、青海波には水の声（音）がするとしている（「『青海波』竜宮ノ楽也。又水音タリ」）。水の紋の衣裳は、舞人が水を管掌する竜の似姿であることを暗示するものだったのである。

　日暮れかかるほどに、けしきばかりうちしぐれて、空のけしきさへ見知り顔なるに、さるいみじき姿に、菊の色々うつろひえならぬをかざして、今日はまたなき手を尽くしたる入綾のほど、そぞろ寒くこの世のこととおぼえず。

　日の光と競合するように、「けしきばかり」ふきかけてきた時雨は、祭りの庭にこの世ならぬ竜宮を幻視させ、人々に「そぞろ寒」い肌の粟立ちを招来した。地上の王権が一瞬相対化されてしまう異質のもの、垣代の人々を従えた異界の王の姿[*4]に出会ったような感銘を覚えたのである。

2　白河院五十賀と中宮の青海波

　源氏物語の青海波の叙述そのものは村上天皇の康保三年十月七日の青海波の記事を参考にして叙述したものだと考えられているが、その康保の例は内裏仁寿殿で行なわれたもので、天皇行幸の折ではなく、また誰かの算賀の行事でもなかった。前年の秋から計画した楽の催しが洪水のために延期され、十月にずれこんだだけであった。

　この村上天皇の催しは、日付も同じ長保三年十月七日東三条院詮子の四十賀が行なわれた時の先例となったらしく、詮子のための四十賀をどう行なうかについて検討された資料の中にこの村上天皇の楽の記録があったと考えられる。[*5]

　しかし、詮子の四十賀では結局青海波は舞われることなく終わり、その後も青海波が御賀に舞われることはなかったので、平安時代末の院政期に至ってしばしば行なわれた上皇の賀と、天皇の朝覲行幸と、青海波の組合せはいずれも源氏物語の紅葉賀巻を先例とするものであることが確認できる。平家の人々によって担われた後白河院五十賀（安元の例）はその典型であったが、それ以前にも、白河院五十賀の折（康和の例）、鳥羽院五十賀の折（仁平の例）があり、いずれもそれぞれの時代を代表する盛儀であった。安元の後白河院の五十賀は、後白河にとって曾祖父・父にあたるこれらの院たちの御賀行事を模範として再現されたものであった。それぞれの祭りにはどのような特色があり、どのように源氏物語を意識し、どのように源氏物語をその時代に生かそうとしたのだろうか。具体的に見ていこう。

　康和四年三月十八日に行なわれた白河院五十賀は西本願寺本三十六歌仙集など、豪華な美術工芸品も含めて、国力を傾けて行なわれた一代の盛儀であり、その実施のための準備も前年十月より行なわれ、着々と進む御賀の予行演習は、次第に宮廷世界を舞楽への熱狂に巻き込んでいった。この康和の青海波は何よりその準備段階の肥大と、過剰さによって印象づけられる。各種記録によれば、御賀定めが行なわれた康和三年十月二日から御賀当日（康和四年三月十八日）まで、さまざまな舞御覧が行なわれた。

康和三年十月十七日　御賀行事定め
十九日　御賀楽所始め
二十日　世間この程御賀の事のみ
十一月二九日　中宮殿上人舞御覧　◎
康和四年正月　四日　御賀舟楽修理
十七日　舞御覧　終日御遊（中）
二月　五日　中宮御方南庭御賀舞　◎
八日　調楽、臨時祭調楽の如し（中）
十二日　中宮・天皇御賀舞御覧　◎
十八日　舟楽
二十日　舞御覧
二十五日　内裏舞御覧
二十八日　内裏舞御覧、深更に及ぶ
三月　一日　舞御覧（長）
五日　内裏殿上人舞御覧、中宮◎
七日　始楽事　胡飲酒舞御覧
八日　拍子合わせ
九日　楽屋を飾る　試楽　◎
十一日　堀川左大臣家拍子合わせ、蔵人少将家拍子合わせ
十四日　装束始め
十六日　師隆家拍子合わせ
十八日　御賀当日舞人御覧　◎
十九日　本番　舟楽　◎◎
二十日　後宴　◎
二十四日　臨時楽　◎
二十六日　鳥羽院舞御覧

（◎は中宮の特別な関与が見られるもの）

予行演習は本番までに二十二回に昇り、その他個人の家で行なわれた拍子合わせに至っては枚挙のいとまがないほどであった。御賀本番で演じられた後も、十九日に舟楽、二十日に御賀後宴として、本番が再現され、二十四日に臨時楽があり、二十六日も鳥羽殿童舞御覧があった。「世間此程御賀事耳」〈「殿暦」康和三年十月十九日〉「御賀習練之間、如此習練毎日之事也、及深更退出」〈「中右記」康和四年二月十二日〉「此間所々拍子合」〈「長秋記目録」康和四年三月八日〉「舞師給録事、此間所々有此事」〈「長秋記目録」康和四年三月二十一

日〉と、宮廷の貴族たちは前例のない舞楽偏重にとまどいながら、次第にその熱狂に巻き込まれていった。

これらの試楽の肥大化は、廃《すた》れていた雅楽を再興し、村上天皇時代の盛儀に戻そうとするための努力と修練の跡でもあったが、本番そのものよりも、御賀実現に向けて次第に高まっていく緊張と興奮を描き出しているという意味で、源氏物語の青海波の記述を強く意識している。

源氏物語では、若紫・末摘花二巻に渡って紅葉賀への準備の時間が丁寧に書き込まれ、清涼殿で行なわれた藤壺陪席の試楽の場面は、本番の朱雀院で催されたものよりも一段と真剣で、舞う光源氏の胸の中では一つのクライマックスをなしていた。白河院五十賀の本番さながらの試楽の豪華さ、規模の大きさは、明らかに源氏物語紅葉賀巻を仰ぐべき規範、先例としている。あまりにも頻繁に催される試楽と拍子合わせのために、当日最大の呼び物と目されていた八才の胡飲酒舞の童は所労のため発病し、肝心の本番には出席できなかったほどであった。

十八日に行なわれた舞人御覧では、

垣代ノ殿上人皆悉ク之ヲ立ツ、蔵人頭左中弁重資、頭中将顕雅、以下殿上人侍臣一人モ残ラズ、六位立タズ、頗ル奇怪也、位階ニ依ル、小朝拝儀ノ如シ、剣ヲ帯ビズ、而ウシテ頭中将一人剣ヲ帯ブ、後ニ聞ク、衛府人剣ヲ帯ブベシテヘリ、『中右記』

と、六位以下の地下を排してすべて殿上人による垣代が並び、まるで元日に百官が参列して天皇に拝賀をする「小朝拝《こちょうはい》」の儀のような総動員体制であったことを『中右記』の筆者は記し止めている。翌十九日に行なわれた本番公演では、さらにそれはエスカレートして、殿上人四十人の垣代に顕季、楽器演奏を兼ねて音楽の名手宗通など上達部四名が加わった。

全体として、十八日の行幸当日が天皇の支配下の殿上人勢揃いであったのに対して、それに加えて本番では、白河院の支配下にある院の近臣が立ち並んで、一層充実した「垣」を構成している。青海波の垣が単なる舞台装置を越えて、権力掌握を誇示する示威装置として機能していることをここにも見ることができる。

その垣を背景に舞われた青海波の舞人の衣裳は青打半臂で、銀をもって洲浜形、海浦、波文などが描かれており、腰にさしたのは螺鈿の細剣で、紺の緒がついており、この緒にも水の文が刺繍されてあったという。『中右記』によれば、この時の舞人の一人宗能（筆者藤原宗忠の息子）の剣は道長の瑪瑙《めのう》の剣と緒をわざわざ藤原氏の氏の長者である忠実に借りて着用したものだったという。藤原氏の人々にとって、もっとも神聖な先祖である道長（宗忠・宗能は道長長男の頼宗の子孫）の剣とその緒がここで持ち出されている所にも、この舞にかけた宗忠の一家の意気込みが伝わってくる。当時すでに失われかけていた「詠」を舞人に代わって狛光末が唱えたのも人々の感動を呼んだらしい。

　舞ノ間、堂上地下衆人見ル者皆耳目ヲ驚カス、是レ則チ珍重舞ト為スニ依ルカ　『中右記』

　青海波の舞にかけられた情熱も並々のものでなかったが、世間もまたこの舞の久々の上演に深く感動している。記録に表れる限り、青海波の上演は源氏物語がモデルとした村上天皇の康保四年で終わっていて、その後、このような大がかりな舞のかたちで行なわれたという記録は見えないから、これが百数十年ぶりの再演ということになる。青海波が「珍重舞」であるのは、源氏物語の紅葉賀巻の影響であると見て間違いない。[*6]源氏物語以前に行なわれた青海波は相撲の節の後などに力士などを列ねて行なわれたごく地味な舞であって、とりわけ「珍重」しなければならない理由はない。

　ここで、青海波の演奏にからんで「光景漸暮」「光景已傾」〈『中右記』康和四年二月五日・三月十八日〉と、日の光の移ろいを記述する部分が記録に見えるのも、他にこの種の記述がほとんど見られないことから、源氏物語の青海波舞を彩る日の光「入り方の日影さやかにさしたるに」「日暮れかかるほどに」を意識したものであると考えられる。[*7]

　青海波の舞が宮廷世界にクローズアップされたのは源氏物語が模範にした康保四年の折が最初で、その印象を鮮やかに物語世界に生かしていった源氏物語の記述抜きにこの脚光の浴び方は理解できない。青海波の舞をしかけた人々も、それに感嘆した人々も、ここに源氏物語の世界そのものを見ているのである。

　本来、青海波の垣代は舞人と近衛官人、随身と滝口の武士によって構成されるのがもともと（『仁智要録』『教訓抄』）であって、源氏物語のように殿上人が交じるのは例外であったが、その例外が極端までおし進められたのがこの度の青海波だったのである。六位がいないのは「頗《すこぶる》奇怪也」という『中右記』の評は、本来地下の武士たちによって演じられるべき垣代を殿上人に勤めさせるやり方に対する宗忠の違和感を示していよう。

　垣代に参加した人々が前例に反して「剣」を帯びていなかったことも、注目されている。今回は頭中将一人が剣を着け、その他の人々は剣を着けなかった。「剣」を帯びることで、天皇の武力支配を象徴化する儀礼は、ここでは「剣」を帯びることなく行なわれて、脱軍事化が著しい。[*8]

　そのことは、身分の低い武士階級の者だけの参加でなく、宮廷を挙げての催しとしてこの青海波の舞が位置づけられたことを示している。文官をも含めた殿上人集団全体が全体として天皇・院に対して服属儀礼を行なうような趣となっているのである。

そのことはまた、今回の青海波に、堀河帝の中宮白河院の妹篤子内親王の意向が深く関与していることと関係があろう。この御賀の試みには当初から中宮篤子内親王が深く関与しており、試みの舞も多く中宮の御前で行なわれた(35ページ参照)。「宮御方殿上人之有舞」「宮女房見物」とまず第一に舞御覧は中宮方で始められ、二月五日の中宮御方の南庭での舞御覧は、垣代三十人弱を備えた舞御覧であり、さらに二月十二日の中宮御方南庭での舞御覧では、大太鼓に左右の鉦鼓、左右の鉾を立てた本格的なもので、伺候した殿上人はすべて束帯の正装であり、御賀当日の六曲すべてが演奏され、深夜まで練習が続けられた。三月五日・七日には中宮上御曹司で童舞の披露が行なわれ、三月九日の試楽でも、清涼殿の二間と次の間は中宮の御座所となっていた。行幸翌日の舟楽では「宮の女房」が公達と同船し、その女房装束は「美麗無極」なものであったという。三月二十四日のアンコールである臨時楽の際は、中宮の女房の華やかな打出しの衣が注目されていた。このように中宮のこの度の青海波への関心には並々ならぬものがあり、それが中宮がご覧になっているという記述の繰り返しに表れているのである。[*9]

中宮であり、後三条天皇の第四皇女でもある篤子内親王は、ある意味では、先帝の女四宮であり、桐壺帝の中宮ともなった源氏物語の藤壺にみずからを擬しているのではないか。中宮は、藤壺のための試楽にあれほど意を用いた源氏物語の青海波を意識し、過剰に肥大化する試楽を通じて青海波復元に挑んでいるのではないだろうか。康和四年の時点でまだ十九才の青年であった堀河院よりも、十九才年長の中宮は儀式の運営の主導権を握っていたかに見える。堀河天皇自身も王朝の雅びを集約する堀河百首を主催するなど、すぐれた古典愛好家として指導力に満ちた天皇であったが、その天皇と中宮の協力によって源氏物語の青海波は再現されたのであろう。

源氏物語は更級日記にあるように、書かれてからわずか十年後には地方の受領の娘まで憧れる大ベストセラーになっていたから、一般への浸透は早かったはずだが、男性をも含む宮廷世界で公に認知されたのは康和年間からだという。『弘安源氏論義』に、

この物語、寛く弘き年の程よりも出で来にけり。然れども、世にもてなす事は、すべらぎのかしこき御代には、康く和らげる時より広まり、くだれ

るただ人の中にしては、宮内少輔が釈よりぞあらはれける。

とあるように、源氏物語の享受が天皇をも巻き込んで（「すべらぎのかしこき御代には」）本格的になっていったのが康和年間からであった。世間が源氏物語享受の「画期」を康和年間に見たのは、この康和の五十賀で源氏物語が先例となって儀式が行なわれたからに他なるまい。盛大な青海波再現は、目に見えるかたちで源氏物語の世界をこの世に引き移す試みとして始められたのである。源氏物語に準拠し、それを規範として、王朝世界を理想的なかたちで再建しようとする努力がここに認められる。

この康和四年という年は、同時に源氏勢力が廟堂の過半を制し、藤原氏を初めて圧倒した年でもある。康和四年六月の除目では、公卿中源氏十二人に対し、藤原氏は十一人で、後三条天皇の御代より次第に頭角を表した村上源氏が初めて藤原氏と勢力を逆転させた。藤原氏の人々の日記にはその危機感が綴られるが、源氏の側からすれば、この勢いをどこまでも伸ばしていこうとしている時期であったと言えよう。結果として、源氏が藤原氏を圧倒したのはこの一年だけで、藤原氏優位は崩れることがなかったのだが、この康和の御賀には、勃興する源氏家の思いが渦巻いていたはずであり、それが皇親・源氏による政権を理想とする源氏物語の「源氏」イデオロギーと共鳴して、この青海波を盛り上げていったに違いない。[*10]

中宮の意向を受け、源氏家の人々と、藤原宗忠家、宗通家など、藤原庶流の家々が協力して成し遂げた祭典が「源氏」の祭典、康和の白河院御賀だったのである。

3　鳥羽院五十賀と藤原頼長の青海波

この康和の青海波復興を受けて、五十年後に行なわれたのが鳥羽院五十賀を祝う仁平の御賀（仁平二・三・八）であった。白河院の孫鳥羽院の五十の祝いは息子の近衛天皇によって場所も同じく鳥羽離宮で行なわれ、康和の五十賀を先例として、その再現が計られている。

祭りを主催すべき近衛天皇はまだ十四歳の幼年であったから、実質的にはこの祭りは御賀を奉られるはずの鳥羽院の主導によって行なわれた。舞の準備も練習も上皇御所である鳥羽院を中心に行なわれ、童舞の衣裳も鳥羽院の側から贈られている。賀宴を奉られるべき院が、逆に賀宴を主催しているという転倒がここには見られる。それに協力したのは、先の康和の御賀では遅れを取った藤原摂関家である。

とりわけ二ヵ月前に藤原氏の氏長者になったばかり

の左大臣頼長にとって、今回の御賀は行事運営の才を発揮するための好機であって、この御賀にかけた情熱には並々ならぬものがあった。頼長は関白忠実の末子で、母は女房であったがその才学によって父に溺愛され、忠実が関白を罷免され宇治に籠居していた時に父と共にあってその教えを受けた。箏の琴の名手である忠実は音楽全般に渡って幅広い知識を持ち、頼長もまた笙の名手であった。

忠実の長男で白河院の寵愛を受け、すでに早くから関白となっていた忠通は父と不和であったため、忠実は長男忠通を越えてこの弟を氏の長者とし、将来の関白としようとしていた。鳥羽院もまたこの時点では頼長の才能を愛してこれを取り立てることに熱心であった。このような動きは当然忠通側の怒りと反撥を招き寄せ、後の保元の乱の原因ともなっていったのであるが、この場面では頼長は周囲の反撥と疑念をはねのけて、新しい氏の長者という役割を見事にこなしている姿をアピールしなければならなかった。有職故実に通じ、古典学に通じた頼長は自己の才学を傾けてこの御賀の行事を完璧に遂行しようとはりきっている。

当日の音楽は頼長の息子でわずか十五歳の音楽の天才少年であった師長（後の妙音院太政大臣）が行事をし、青海波舞はその弟隆長によって舞われている。隆長は舞の直前禁色を許されて、一段と豪華な綾織りの衣裳で晴れの舞を舞った。その青海波舞にどれほど一家が期待したかを三月八日の本番に先立つ二日の日の『兵範記』は語っている（頼長はこの御賀の一部始終を詳しくその日記『台記』に記していたらしいが、『台記』の該当部分は現存しない）。

藤原氏の氏長者代々の邸である東三条殿でわざわざ青海波の舞人隆長一人のための拍子合わせが行なわれたのである。前年忠実が源氏の武士たち（源為義）の力を借りて、軍事的に長男忠通から強奪した邸である。東三条殿には音楽に造詣の深い京極殿藤原宗輔の所から由緒ある楽器が運ばれ、一族の公卿たち、殿上人たちが参加して、格式を整えた本格的な試楽が行なわれた。隆長の舞の師光時《みつとき》一家には過剰な録が与えられ、そのこと自体注目を浴び、記録されていた（『兵範記』）。御賀に参加したあらゆる家がそれぞれ拍子合わせを行なった白河院の五十賀の時（康和）と違って、今回の鳥羽院五十賀では拍子合わせを行なったのは藤原頼長家だけであったから、その意味でも頼長一家の御賀に寄せる思いのあつさ、突出ぶりが伝わってくる。その日の青海波の舞いぶりについて、大殿忠実（隆長の祖父）は次のような発言をしたと伝えられる。

仁平御賀之時、隆長卿列舞人被習青海波之間、知

足院入道殿（忠実）被御覧之、未練トテ、師匠光行之ヲ被舞、又御覧之処、只同体也、于時被仰云、光行之父者、八十有余之後、授此曲之由聞食《キコシメス》ハ実ニテアリケリ、老耄之間無四度計《シドケナク》授タリケリ、模寄波体之時ハ、首ヲ左ニ傾テ急ニ寄之、模引波体之時ハ首ヲ右ニ傾テ、緩引之也トテ、召光行令授此秘事給云々、　　　　『古事談』六

実際の舞師を光時ではなく光行とするなど、事実誤認もあって、所詮説話にすぎないとも言えるが、忠実が専門の舞師を押し退けて「正しい」舞の「秘伝」を孫隆長に伝えることに執心したという説話がここに語られている。正しい「秘伝」とは波を寄せるしぐさをした時に首を若干左に傾け、波が引く時は少し右に傾けるなどという些細な点なのであるが、忠実はそこにこだわって、そこまで丁寧に伝授すべきだと主張し、舞師を非難している。

　前にも述べたように、この時点で忠実は嫡子関白忠通を義絶し、氏の長者、内覧の宣旨を頼長に与えることで、実質的に関白家の分裂状況を招いている。この東三条院での晴れやかな試楽は、頼長一家の正統性獲得のためのデモンストレーションなのである。だからこそ、摂関家の大殿である忠実による「秘伝」が意味を帯びる。一世一代の盛儀である御賀行幸をつつがなく終えることは、天皇にとっても院の継承者としての自己の位置を明らかにすることであったが、それを補佐する摂関家にとっても、自己の役割の重要性をアピールするための絶好の機会、自己の存立に関わる重大事だったはずである。ここには、康和の白河院五十賀以来、国家的な儀式として浮上した青海波の舞を、摂関家の側で管理・掌握したいという欲望があらわであるように見える。

　青海波の音楽の演奏のしかたについても、堀淳一が既に指摘するように、忠実・頼長父子に加えて、京極殿宗輔が協議の上、もっとも正しいと認定されたものによって今回の鳥羽院の御賀は行なわれたという（『宇槐記抄に引用された台記〈頼長日記〉』）。

　戌時バカリ、民部卿（宗輔）来タル。禅閤（忠実）御前ニ於イテ、余（頼長）トモニ垣代笙笛等ノ事ヲハカリサダム。

さまざまな楽家が伝えていた異伝を集成し、その対立点を明らかにしながら、正統なものを選び分けるといった作業を、藤原氏の中心人物頼長・忠実・宗輔が行なったということは、藤原摂関家による音曲支配の欲望を語るものと言えよう。第一のものとされた説によって「垣代・笙笛等事」が決定され、実行されたことは、忠実・頼長父子の青海波舞への並々でない関与と

指導力を伝えるものであろう。

それら一家の期待を一身に担った隆長の舞であることを象徴するように、一家・一門の人々は隆長に扈従し、その楽屋入りを補佐することで、新しい頼長政権への協力を明らかにする。同じように源氏家の人々は源氏出身の胡飲酒の舞童を補佐して、行列を繰り広げる。院の寵臣であった藤原家成家の人々も、家成の息子である陵王の舞童を補佐して行列を組んで庭を渡っていった。[*11] 仁平の鳥羽院五十賀では、青海波の垣代は四位五位六位による三十余名で、それ自体康和の御賀と比べて豪華ではないが、垣代というよりは、そこに至る楽屋入りが主たる興味の対象になっており、[*12] 祭りを支える家々の分化があらわとなっているのである。祭りは天皇家を支える個々人ではなく、楽屋入りに見られるような家単位の奉仕となり、その家々から代表選手として送り込まれた舞人の舞が、それぞれの家の捧げた貢ぎ物であるというかたちに移行しているのである。

青海波が始まる直前、左右大臣、内大臣、大納言二人、民部卿、左衛門督、中納言二人、二位中将、宰相中将、修理大夫、参議などの上達部が舞人の楽屋入りを補佐する列に参加し、垣代に加わる官人たちとともに御前の庭を練って歩いている。青海波が終わると、左大臣以下の上達部は始めの時と同じように庭を練って元の席に戻っている。つまり、この場では彼らは垣代にこそ参加しないが、垣代に代わる参加行為として楽屋入りの行列に加わることを選んでいるのである。

だからこそ、見事に舞われた舞はその舞人個人の手柄ではなく、一族一家全体の誉れとして喧伝された。安元御賀の記録が、平家の人々の維盛の楽屋入りの風景をもっとも華やかな風景として記録したように、政治的デモンストレーションとしての楽屋入りの風景こそ、新しい時代の御賀の風景だったのである。

仁平の御賀は、卑母出身の頼長が、摂関家嫡子である忠通に挑戦し、その権威を奪おうとした場面であり、同時に、主催する近衛天皇にとっても、鳥羽院の嫡長子崇徳院の皇統を排除して、みずからを正統な天皇家の後継ぎとしてアピールする絶好の機会であったに違いない。近衛天皇の母美福門院が女院とは言いながら諸大夫の家の出身であって、崇徳の母待賢門院とは区別される存在であったことも思えば、この華やかな宴には、やがて保元の乱を引き起こすことになる、天皇家と摂関家の二重の後継争いが底流していたと言えよう。そうであるからこそ、対抗勢力を意識し、排除するためにも、一層甘美にして壮麗な祝祭が繰り広げられなければならなかった。

桐壺帝の第二皇子として生まれて、嫡長子たる第一皇子（朱雀）を押し退ける魅力で世間の人々を引き付けた光源氏の青海波も、そうした文脈の中で一段と光り輝くものとして再生されたのだと言えようか。

4 後白河院五十賀と平家一門

仁平の御賀で活躍した頼長の一家がわずか三年後の保元の乱で失脚、殺害、追放されてしまい、さらに平治の乱で源義朝以下武家源氏の一家が壊滅した後は、平家全盛の時代がやってきた。二つの内乱で明らかにされた平家の武力に対抗できる者はいなかったのである。

しかし、平家の人々は武家政権として、朝廷と対立し、それを相対化する道ではなく、公家化する道を選んだようである。摂関家と同じような外戚の道を選び、公家としての有職故実を学び、宮廷貴族としてもっとも重要な作法の習得に努めている。[*13] 体制内での権力者として、摂関家になり代わった実力者になることこそ、平家の人々の目標であったように見える。源氏物語の光源氏を模して舞う青海波の舞は、その意味では、平家の人々の貴族願望、王朝文化憧憬を集約した特別の舞であった。

平家嫡々の孫である平維盛による青海波舞の上演は、平家一門の威信をかけて行なわれた舞であって、その栄光の記録はさまざまな媒体によって伝えられている。

中でも平清盛の娘婿の一人である冷泉隆房はこの日の舞人の一人であり、その衣裳の見事さで人々の注目を浴びた存在であり、隆房自身も御賀の後宴で青海波を舞っているが、この隆房は平家礼賛・維盛礼賛の色彩の強い『安元御賀記』『平家公達草紙』に関与している。[*14]

> 青海波出でかはりて舞ふ。維盛、成宗などなり。権亮《ごんのすけ》少将、右の袖を片脱ぐ。海賦の半臂、螺鈿の細太刀、紺地の水の紋の平緒。桜萌黄の衣。山吹の下襲胡簶をときて、おいかけをかく。山端近き入日の影に御前の庭の砂ども白く、心地よげなるうへに、花の白雪空にしぐれて散りまがふほど、物の音もいとどもてはやされたるに、青海波の花やかに舞出でたるさま、維盛の朝臣の足踏み、袖ふる程。世の景気、入日の影にもてはやされたる。似るものなく清ら也。おなじ舞なれど、目馴れぬさまなるを、内・院を始め奉りいみじくめでさせ給ふ。父大将事忌もし給はず、おしのごひ給ふ、ことわりとおぼゆ。片手は源氏の頭の中将ばかりだになければ、中々に人かたはらいたくなんおぼ

えけるとぞ。（中略）青海波こそ、なほ目も綾なりしか。

（類従本『安元御賀記』による。『平家公達草紙』もほぼ同文）

おそらく『平家物語』の叙述はこの隆房の記録に影響されているのであろう。同じく維盛の弟平資盛の愛人であった建礼門院右京大夫の集も、光源氏の青海波に重ねて維盛の青海波舞を賞賛している。

又、維盛の中将、熊野にて身を投げてとて、人のいひあはれがりし、いづれも、いまのちを見聞くにも、げにすぐれたりしなど思ひ出でらるるあたりなれど、際ことにありがたかりしかたち用意、まことに昔今見る中に、ためしもなかりしぞかし。されば折々には、めでぬ人やはありし。法住寺殿の御賀に、青海波舞ひてのをりなどは、光源氏のためしも思ひ出でらるるなどこそ、人々いひしか。花のにほひもげにけおされぬべくなど、きこえしぞかし。

文章が類似しているので、これらが相互に影響を及ぼした可能性も否定できまい。当時の人々の脳裏に安元の御賀の日の維盛の姿が共通に忘れ難いものとして焼き付いていたことは間違いない。

維盛の美しさが他を圧していたことは疑えない。維盛の祖父平清盛は白河院のご落胤、父重盛は関白藤原忠実のご落胤の生んだ、清盛の長男であったと言われているから[*15]、平維盛には、天皇家と摂関家のそれぞれの表向きにはできない血が流れていて、単なる地方出身の武士階級の者とは言えない貴種性を刻印しているように思われたのかもしれない。その血の秘密を知ってか知らずか、宮廷の人々の重盛一家に寄せる思いは格別で、宗盛以下の他の兄弟と違い、有職故実・典礼に至るまで、宮廷貴族として不足ない一家と認識されていた。

日常の世界でタブーとされていたことは、祭りの非日常性の中では聖なるきらめきとして輝き出す。闇の血の秘密を語り、その吸引力を語る源氏物語の「美」の魔術はここに再演されて、あらがいがたい力で宮廷世界全体に平家一門へなびく心を生み出していったのである。しかもこの感動は維盛一人に寄せられただけでなく、維盛を支える平家の公達たちにも同時に寄せられていた。青海波の垣代・楽屋入りに立ち並ぶ平家公達群の華やかで盛んなさまは、維盛の舞を引き立て、相乗効果で平家全盛を印象づけるものとなっていた。

右大将（重盛）は青海波の装束のために、一家の人々左衛門督宗盛、左中将知盛、中宮亮重衡、権亮少将維盛、左少将資盛、新少将清経、兵衛佐忠房、越前守通盛、これらを引き具して、楽屋へ向かはるる。其の勢ひ人にことなり。『安元御賀記』

青海波舞の垣代はその時点の天皇親衛の武力勢力誇示の場であると前節でも述べたが、この安元の後白河院五十賀は、平家一門の武力誇示と、それを利用して権力を握る院政の力学を象徴的に表すパフォーマンスの場であったのだ。

これは、保元・平治の乱を通じて地下の身分から躍進し、公卿たちの一翼（八名）を占めるに至った平家一門の勢力の到達点を誇示する祭りであり、後白河院の権力がまさに平家の力によって維持されるものであることを可視的に演出する絶好の機会であった。一族の人々の綺羅を尽くした衣裳も、舞も、その日のために特に整えられた。勃興する平家勢力の未来を担う中心的存在として、世間の注視を浴び、脚光を浴びた維盛は、期待された者としての興奮とほてりで一際輝きを増していたのである。

しかし、当然のことながら、このような平家翼賛体制への熱狂と陶酔は、かならずしもすべての人々に共有されたものではなかった。同日の右大臣九条兼実の日記『玉葉』は、この後白河院五十賀の経過について、三十丁に及ぶ膨大な量の記録を残している。その日記に維盛や平家の人々への感嘆は不在である。門に随身を入れさせないやり方への批判、音楽への不満、拝礼に院の殿上人が大臣を見下ろすかたちとなってしまったことの批判、など、辛口の批評が相次いでいる。特に垣代については物申したいことを多かったようで、割注のかたちで、さまざまな批判を書き連ねている。

左右の舞人皆須地河倍《すぢかへ》を撃ちめぐり行き、自余の輩笏を指す。反鼻を懐《いだ》き、大輪一めぐりの後、南階にあたり、両所輪を造る。（その輪の立ち様、太《はなは》だ以て狼藉か。輪を造る人皆外に向うべし。而るに悉く御所方に向う。又上臈下臈但交り立つべし。而るに当位に従ひこれを立つ。又円に立ち廻るべし。而るに拝礼の如く二倍にこれを立つ。未だ見ざる事なり。須《すべから》く楽行事進出して事を行なふべきなり。而るに隠れ楽屋に居り。未だその意を知らざる如何）――（略）――爰《ここ》に垣代平に立つ（この時の立ち様、又以て遺失す。たとへば第一西に立ち、第二東に立つ。かくの如くに立つべきなり。而るに実宗上臈東に在り、長方下臈西に在り。これ尤も違例なり。以下の数輩或は以て散々）。

兼実は「狼藉」「未だ見ざること」「遺失」「違例」「散々」など、垣代があるべきかたちでないことを憤慨しているが、この評を見ても、当時の垣代が垣という「円」であるよりも、「拝礼」のように官位順に列立するものとなってしまっていた実態が窺われる。

頼長と同じように、摂関家の人間として行幸の楽を司るべきであるという使命感に燃える兼実(頼長の甥)は、仁平の御賀の頼長の日記などをも取り寄せ研究を重ねていたらしいが、安元の御賀では活躍の機会を与えられず、くすぶる思いを日記にぶつけている。冷静に観察し、その祭りにおける不調和と不手際を事細かに数えあげる兼実には、維盛の輝かしい舞など目に入っていないように見える。

実は兼実もまた維盛の舞には心打たれていたことが、一ヵ月半前の正月二十三日に行なわれた試楽の感想にうかがえる(「相替リテ出デ舞フ、共ニ以テ優美也、就中、維盛ハ容貌美麗、尤ダ歎美スルニ足ル」)。青海波の舞人(維盛・成宗)は共に優美であったが、特に維盛はうっとりするほど美しかったというのである。本番の舞でも「皆試楽の如し」とあるのであるから、ここでもやはり維盛は見事に舞ったのだ。

しかし、藤原摂関家の一員として、平家の人々の専横を苦々しく受けとめていた兼実は、本番当日の維盛のすばらしさには断固目をつぶろうとする。兼実がこの日唯一感嘆を記し止めたのは、青海波の序の部分である「輪台」を演奏する天皇(高倉)の笛の場面のみであった。

『玉葉』の安元御賀の日の記録の奇妙な偏りは、この日の行事のすべてが、あまりにも平家中心であり、平家への熱狂を煽っていることに、危機感を募らせ、疎外感を募らせていた人間がここにいたことをつぶさに語っている。兼実の無視・沈黙は逆に、それほどまでに、当日の平家一門によるパフォーマンスが印象的で圧倒的であったことを裏側から語りかけている。

高倉天皇主催の後白河院五十賀は、高倉天皇の母として後白河院の寵愛を一身に集めた建春門院を擁し、高倉中宮として清盛の長女建礼門院を容れて、一門の公達を相次いで公卿に列するに至った平家一門の示威行為として行なわれたのであったが、安元の御賀の直後建春門院は亡くなり、平家の栄華にも陰りが出た。後白河院と平家の間も険悪化し、鹿が谷の事件が起きている。翌年安元三年の大火は都の四分の一を焼き尽くす有史以来の大火で、都の蓄積された財宝と文化、記念碑的な建築物が失われた。安元二年の後白河院の御賀の行事は、都の文化の最後の華やぎを伝える盛儀であり、そうであるがゆえに、もはや失われた貴重なもの、忘れがたいものとして、回想されたのだろう。

平家物語では熊野沖での維盛入水の直前に、この維盛の青海波の場面を再現している。

此三位中将、桜の花をかざして青海波をまうて出られたりしかば、露に媚たる花の御姿、風に翻る舞の袖、地を照らし天もかかやくばかり也。女院より関白殿を御使にて御衣をかけられしかば、父の大臣座をたち、これを給は（ツ）て右の肩にかけ、院を拝したてまつり給ふ。面目たぐひすくなうぞみえし。かたえの殿上人、いかばかり浦山しうおもはれけん。内裏の女房達のなかには、「深山《みやま》木《ぎ》のなかの桜梅とこそおぼゆれ」などいはれ給ひし人ぞかし。

平重盛嫡子で平家の中心人物であるはずの維盛が平家一門を見捨てて都へ戻ろうとし、途中で思い返して高野山に登り、滝口入道のもとで出家して熊野まで辿り、那智沖で入水したくだりである。

その鮮やかな回想シーンに引き続いて、「万里の蒼海」に浮かび、「海路はるかに」漕ぎ出でて、入水する維盛のあわれに心細い姿が描かれる。まさに「青海波」の舞が、維盛の運命を予告するように、波がわずか二十三才の若き貴公子を呑み込んでいく。そしてこの維盛の入水こそ、平家一門の入水・滅亡の前段となっていくという意味でも、一門の運命を先取りする入水として位置づけられているのである。[*16]

『安元御賀記』や『平家公達草紙』『建礼門院右京大夫集』『平家物語』『平家花揃』などが平家の人々を過度に理想化し、維盛の美貌と才能をほめそやしているのは、これが失われてしまったものであるからだろう。これらに共通する青海波への思い入れは単なる平家挽

ヴィクトリア・アルバート美術館蔵　ファン・ディーメンボックス　近世初期に輸出用に制作された漆箱の青海波。数奇な伝来の経路を辿ったことで知られる。画面は青海波で光源氏と頭中将を描いているようであるが、梅の花が咲いて季節は明らかに春で、春に行われるのが通例であった算賀行幸の風景を図案化したものと思われる。天皇の権威が鳳凰・龍などによって強調されていて、外国輸出用にふさわしい国威発揚を見せている。

歌を越えて、王朝時代、王朝文化そのものの消滅の危機に向けて発せられた惜別の辞なのである。

5 院政と青海波再演

これまで見てきたように、天皇行幸と、青海波舞上演は、源氏物語を故実・先例としながら、それぞれの時代の権力構造と密接に関わっている。大勢の参加を必要とする垣代の構成はそれぞれの時代の政治の波動をその頂点において明らかにする。康和の白河院御賀が勃興する源氏家と藤原庶流の人々の協力・拮抗関係において奉られたものだとすれば、仁平の鳥羽院御賀は藤原摂関家の氏の長者に就任したばかりの藤原頼長一家と、対抗勢力である院の近臣藤原家成一家によって捧げられた祭り、安元の後白河院御賀では、平家一門とやはり院の近臣であった藤原隆季（家成の息子）一家の協力によって捧げられた祭りであった。

その最初の康和の御賀に中宮の関与が明らかなように、もともとは自然発生的に、女性主導で始まった青海波の試みは、そのもたらした効果の圧倒的であったことによって、先例化され、急速に国家的祭儀として整備・格上げされ、男たちの祭りとなっていく。康和の御賀の時は青海波の演奏について、さしたる対立は見られないが、仁平・安元の二回については、楽家同士の本家争い、権門同士の主導権争いによって、複雑な波紋を描いている。[*17] 青海波を握る者こそ、政権を握る者であるという観念がそこに生成されたのである。

青海波に関与しようとする人々はいずれも時代の旧勢力ではなく、頼長や平家のような新興勢力、また院の近臣のように、宮廷の制度の中で微妙に疎外されてきた人々であった。院との同性愛や乳父関係など、表向きにできないような事情によって結ばれた院の近臣が、その美貌を輝かすのも、このような舞御覧の機会であり、院の御落胤として知られた平清盛の一族が輝くのも、このような舞によってであった。新しい勃興する勢力と院権力のあやうい結びつきこそ、これらの青海波舞の表象するものであったのだ。古くから行なわれた宮廷儀礼に代わって、源氏物語を典拠とする新しい儀礼がここに催されることで、青海波舞は院政という新しい政治形態にふさわしい祭りとして再生する。

康和の舞御覧準備期間の熱狂を見てもわかるように、御賀は繰り返される盛大な試楽と舞御覧を通じて、宮廷世界の人々を巻き込み、次第にその輪を広げ、一種の舞楽狂いの様相を見せていった。舞楽を通じて過去の理想的な時代に生きようとする熱狂が、さまざまな音と舞の復元を生み出して行く。白河院の娘郁芳門院が熱中して、次第に侍臣を巻き込み、都の人々を挙げての狂熱に巻き込んでいった六年前の永長の田楽狂いの場合と同じように、この康和の白河院五十賀をめぐっては、舞楽・音曲の世界への傾倒の嵐が吹き荒れている。

やはり舞楽狂いで知られた崇徳院、今様狂いであまりにも有名な後白河院をあげるまでもなく、院の乱倫（色好み）、院の過差、蕩尽、宗教への狂熱、今様・田楽・舞楽への傾倒、収集への情熱など、つまりすべてひっくるめての院のいかがわしさは、律令政治的な正しいあるべき天皇像と対立し、これを相対化し補完する猥雑なエネルギーとして、時代の暗部を引き受ける。曲がり角の人々の無意識をすくい上げ、これを組織化する[*18]。

律令制の天皇国家が文書支配の時代であったのに対して、院政という時代は、「音」と「舞」を中心とする時代であったと指摘される[*19]。それまでの秩序が制度疲労を起こしている部分、空洞化してしまった部分を、新しい混沌としたエネルギーが攪乱し、活性化する。芸能と儀礼の中の院政の論理は、色好みの闇の権力構造を説く源氏物語の侵犯の論理と共振し、相互に増幅し合っているようである。

だからこそまた、院と結んでその祭りを主催しようとする勢力もそこには繰り返し踊り出て来る。これまで見てきた頼長一家にしても、平家一門にしても、まさに権力簒奪者の異貌を見せて、青海波舞を生きようとした人々であった。源氏物語の青海波それ自身がひそかに匂わせている権力簒奪の論理は、それらの模倣者によって再演されることで、一層あやしい輝きを帯びてくる[*20]。

逆に言えば、「権力」がそれほど利用したくなるほど、源氏物語の利用価値は高かったということになるだろう。源氏物語は成立以来評判の物語であったろうが、必ずしもすべての人々が読んでいるわけではない。読まない人々も含めて、源氏物語の世界を垣間見たいという欲望が植えつけられ、宮廷の人々、下仕え、庶民にまで及んでいる所に、「文化」としての源氏物語の広がりと深度がある。読んでいない人も含めて源氏物語に憧れ、その世界の再現を目のあたりにしたいという欲望に貫かれ、渇望に煽られていく過程こそ、源氏物語が権威化され、規範化され、文化的支配の道具となっていく道程であった[*21]。

青海波舞の歴史は、人々の無意識の希求を組織化し統合していく権力の軌跡である。王が〈王〉であった時代の輝かしい記念碑として、源氏物語はくりかえし舞の興奮の中に再現される。

今現在においても、平成の大嘗祭では、宮内庁楽部の舞楽衣裳がすべて新調され、その中で青海波の衣裳がもっとも豪華な衣裳として調整されたと聞く。青海波の衣裳は雅楽の歴史の中で代々もっとも豪華な衣裳として特別扱いされてきた。「別様《べちゃう》装束」として特権化された青海波衣裳は、青海波を通じての源氏物語の再現が天皇家の歴史の中でいかに大切なものであったかを物語っている。*22 青海波は天皇制を支える中核的な祭儀として、人々の思いを集めながら現在に至るまで舞われ続けているのである。

注

*1 松井健児「儀式・祭り・宴―『源氏物語』朱雀院行幸と青海波―」『物語とメディア』有精堂一九九三・一〇は、小文ながら、すぐれた考証と洞察と読みを見せた源氏物語青海波論の代表的論文である。

*2 歴史的な例としては康保三(九六六)十月七日の村上天皇主催の青海波がもっとも源氏物語の叙述に近い。この時の青海波では、済時、為光という権門出身の貴公子が舞い、垣代は殿上人を含む二十余人で、「朱紫交舞、視聴催感」という高位の者の舞が感動を呼ぶ情況であったらしい。堀淳一「青海波選曲の理由―紅葉賀での上演に至るまで―」中古文学別冊　一九九七・三参照。浅尾広良は末摘花巻の練習の場面で、大篳篥・尺八などが使われている点に着目して、嵯峨天皇時代を規範として仰ぐものと考えている(「嵯峨朝復古の桐壺帝―朱雀院行幸と花宴―」『論叢源氏物語―歴史との往還―』新典社二〇〇〇・五)。

*3 松井健児前掲論文、三田村雅子『源氏物語―物語空間を読む―』ちくま新書一九九七・一参照。

*4 光源氏は須磨・明石でも竜王の宮に誘惑されるくだりがあり、事実「竜王の娘」と渾名された明石君と結婚している。光源氏の六条院に四方四季の竜宮面影があることについては深沢三千男「若紫の風景」「日本文学」一九八八・五など指摘が多い。青海波の示唆する竜王のイメージは光源氏の生涯を貫いている。

*5 詮子四十賀では、道長の二人の息子頼宗と頼通による稚児舞が中心となったのだが、この年夫藤原宣孝を亡くしたばかりの紫式部は、詮子の四十賀行事に並々ならぬ関心を寄せ、その行事の屏風歌のいくつかを、そのころ書き始めたばかりの源氏物語の中に取り込んでいる(雨夜品定中の二挿話)。見事な舞として見る人々をうならせた頼宗・頼通の舞は当然評判になったものであるから、源氏物語作者の青海波舞への関心がそのあたりの興味・関心から孕まれたことが想像される。

*6 源氏物語の青海波が院政期の算賀行幸の青海波の「先例」と考えられるのは次の点による。①行幸・

算賀・青海波の組合せが歴史上見当らず、源氏物語にしか見られないこと。②垣代が殿上人を含む四十人という大規模なものとなっているのは源氏物語だけであること。③試楽・詠・片脱ぎの所作が注目されていること④日の光の傾きが強調されていること、などによる。

＊7　日の光の傾きへの叙述は、仁平の時には見られないが、安元の御賀、文永五年後嵯峨院五十賀の青海波、元徳三年後醍醐天皇北山行幸の青海波、応永十五年後小松天皇北山殿行幸の折の青海波に繰り返され、いずれの折もこれが源氏物語の紅葉賀巻の再演となっていることを刻印する記号となっている。末尾の「行幸と青海波」表参照。

＊8　鳥羽院の長子崇徳院もまた舞楽狂いであって、舞楽への執着には並々ならないものがあった（土谷恵「舞楽の中世―童舞の空間―」『中世の空間を読む』吉川弘文館一九九五）が、その崇徳院の催した青海波では垣代の武士たちが胡籙を負わなかったとして非難されている（『古今著聞集』六）。

＊9　康和の御賀では、行幸後の勧賞でも、白河院司と並んで中宮職の責任者が何人も昇叙されている。中宮の関与の深さがこれをもってしても窺われる。

＊10　三月十一日に催された堀河左大臣源俊房邸で、内大臣源雅実とその親族が集まった拍子合わせは、勃興する源氏家集合を思わせる。御賀試楽で喝采を博した雅実の息子雅定の胡飲酒舞への評価の高さも、上昇する源氏家を背景としたものだったと考えられる。

＊11　藤原家成一家は院の近臣として、頼長と権勢を争う対抗勢力であったが、神田龍身（「漢文日記の言説」『偽装の言説』森話社一九九九）が指摘するように、実は頼長の同性愛の相手を務めていた一家でもあって、対立と拮抗・警戒は同時に愛着と羨望も呼び覚ましていた。互いに矛盾する愛憎両面の意識の競合こそ、これらの祭りを盛り上げるものだったのである。

＊12　仁平御賀の楽屋入りの意味づけについても、堀淳一に指摘がある（「後白河院五十賀における舞楽青海波―『玉葉』の視線から―」『古代中世文学論考　三集』新典社一九九九）。

＊13　松薗斉「武家平氏の公卿化について」『九州史学』一一八・一一九合併号　一九九九・十一。

＊14　『安元御賀記』『平家公達草紙』の筆者については、旧来冷泉隆房の関与が取り沙汰されてきた。特に『安元御賀記』には平家賛美の色彩の濃い、群書類従本系と、賛美の記述がまったく見られない彰考館本の二系統があり、群書類従本から彰考館本へと省略が行なわれたと考える桑原博史説、彰考館本から群書類従本へと変改されたとする久保田淳説（「平家文化の中の『源氏物語』」『藤原定家とその時代』岩波書店一九九四）がある。ここでは、『安元御賀記』は歴史的事実の記録として書かれたのではなく、平家追悼・平

家賛美の立場から書かれた虚構的な視線を含む記述として理解し、この御賀で活躍した冷泉隆房自身こそ、もっともその筆者にふさわしいと考えた。彰考館本はむしろその誇張・逸脱の是正版と受け取っている。そのように考えた方が、『安元御賀記』の文章をほぼそのまま引用する『平家公達草紙』の成立を考える場合も納得がいきやすい。もとより確証はないので、両方の可能性を考えながら、考察を加えてみた。

*15 保立道久『平安王朝』岩波書店　一九九九。

*16 平家物語は厳島の神を祀る竜の一族としての平家一門を語って、一門の入水の物語を竜への回帰として捉えている。壇の浦で捉えられた建礼門院が上京の途次、播磨明石の浦で見たという夢は、安徳天皇を含め平家一門が竜宮に揃っている夢であった。播磨明石での夢という意味では建礼門院の夢は明らかに光源氏の須磨・明石の夢を踏まえている。竜に魅入られ、海底の「宮」にひきずりこまれそうになった光源氏の危機は、そのまま平家一門の現実となっている。源氏物語の光源氏がかろうじて回避した竜宮への吸引力を、平家の物語は源氏物語の陰画《ネガ》のように語ろうとする。

*17 堀淳一「後白河院五十賀における舞楽青海波―『玉葉』の視線から―」『古代中世文学論考　三集』(新典社一九九九)に、青海波上演にあたっての伝承の対立・拮抗関係についての詳しい記述がある。逆に言えば、そうやって争わなければならないほど、青海波の上演が重要なものとなっていたのである。

*18 山口昌男『文化と両義性』岩波書店。

*19 五味文彦「院政と天皇」『講座前近代と天皇』五巻青木書店　一九九三。

*20 以前に院政期の源氏物語絵巻制作の問題を、源氏物語神話の再生・再演の問題として考えてみたことがある(『源氏物語絵巻の謎を読み解く』角川選書一九九八)が、御賀における青海波もまた、その時代の文脈の中で、源氏物語のイデオロギーを再生させ、権力の正当性を保証する装置として機能している。「青海波再演」は、単に王朝風みやびの懐古であるだけでなく、源氏物語の物語の力学と現実の政治の微妙な二重映しをしかけることで、院政という新たな政治形態を人々の中に浸透させていく高度に政治的な営みでもあったのである。

*21 現代において、源氏物語ブームが必ずしも源氏物語を読んでいない層によって幅広く支持されているように、源氏物語は書物であるだけでなく、絵巻として、舞として、衣裳の中に、紙・香・模様・漆工芸品・調度・菓子の中に繰り返され、能・歌舞伎・映画・テレビ・マンガに繰り返されることでその底辺を支えられ、一種の総合文化として日本人であることのアイデンティティ確認の装置となっている。平

成の二千円札発行は、まさにそうした源氏物語の政治利用の端的な表れである（三田村「紙幣となった源氏物語」小説TRIPPER朝日新聞社　一九九九・一二）。

＊22　康和・仁平・安元の三度の青海波ではいずれも踏襲された青色の袍、水の紋の半臂、水の紋の緒は、以後鎌倉・室町期には踏襲されず、柳桜の刺繡や染め、金具、造花などを特徴とする工芸品的で華美な衣裳が特徴となる。水を呼ぶ舞、竜王の舞としての青海波は、その当事者たち(仁平の舞人隆長は流刑死、安元の維盛は入水)が辿った流離と入水の運命から忌避され、以後青海波の衣裳には水のイメージが避けられることになったのかもしれない。

なお、鎌倉・室町期における青海波舞と中世王権との関わりについても発表の予定（「中世王権と青海波」「玉藻」二〇〇〇・五）であるが、ここでは院政期に限定して青海波舞の展開を追ってみた。参考までに中世の青海波上演と院政期のものを比べた対照表を次に掲げる。

	年号	西暦	月日	場所	主催者	奉られる人	垣代	舞人	詠	衣装	音楽	楽屋入り	日の光	仮名日記
I	康保三	966	10・7	仁寿殿	村上帝	本人	左衛門督頼忠以下二十余人 三位～五位「朱紫交舞」	済時 為光		麴塵欠腋袍				
II	源氏物語		11・10余り	試楽 清涼殿？ 朱雀院	桐壺帝	一院 五十賀 ？	殿上人、地下四十人	光源氏 頭中将	◎		宰相二人楽行事		◎ ◎ ◎	
III	康和四	1102	3・19	鳥羽院 試楽多し	堀河帝 (中宮)	白河院 五十賀	殿上人ほぼ全員 六位ナシ 劔を帯びず	通季 宗能	○ 光末	青打半臂銀州浜、海浦波文、水文 縫の緒、螺鈿細剣	宗通笛 宗忠笙 俊頼篳篥 有賀唱歌 堀河帝笛	源氏右大臣家	△ △ 光影漸暮 光影已傾	
IV	仁平二	1152	3・8	鳥羽院	近衛院	鳥羽院 五十賀	四位・五位・六位 三十余人	隆長 実定 (頼長邸拍子合)	○ 光時	青打物銀水文	頼長笙 民部卿笛 季兼篳篥論争アリ	○ 家成一家 ◎ 頼長一家 源氏内大臣一家		

V	安元二	1176	3・4〜6	東山 法住寺	高倉帝	後白河院 五十賀	殿上四十余人	成宗 維盛	○	青打海賦半臂	高倉帝 笛	◎ 平家一門 源氏一門 隆季一門	山端近き入日の影 ○ 入日の影に ○	「安元御賀記」「平家公達草紙」「建礼門院右京大夫集」
VI	文永五	1268	閏正8 閏正18	冷泉万里小路殿 冷泉富小路殿	亀山帝 後深草院	後嵯峨院 五十賀 〃	舞人のみ	家長 忠季		山吹狩衣、柳桜を縫物、紅の打衣、萌黄三重の単、紫の指貫、桜の縫物、桜の結び狩衣、梅柳を結びつく、赤地錦の表着金の文、紫の指貫、桜の文縫			夕日かかやきて ○	「舞御賀記」「増鏡」
VII	元徳三	1331	3・3	北山殿	後醍醐 中宮	本人	滝口八人、親王の随身	親王の随身（久武ほか）		染め装束、輿を尽す	後醍醐 琵琶 笙 ◎ 郢曲 ○		夕づく日のかげ ○ かたぶく日かげにかかやきたる ○	「舞御覧記」「増鏡」
VIII	永徳元	1381	3	室町殿	足利義満	後円融	義満の随身	地下 舞人			女房 地下			「さかゆく花」（二条良基）
IX	応永一五	1408	3・8〜28	北山殿	足利義満 義嗣	後小松	義満の稚児10人 門跡の稚児10人 殿上人 14人 興福寺舞童22人 計 五十人	尊藤丸 慶満丸 （童）		金襴の狩衣 桜、つつじをつける	後小松 義満 ｝笙 ◎義嗣 栄仁親王琵琶 義仁親王箏	山科家 九人 興福寺大衆 千人	青梅波のかかやき出でたる ○	「北山殿行幸記」（一条経嗣）
X	永享九	1437	10・21	室町殿	足利義教	後花園	義教随身八人	地下		金襴の袖単造花をつける	楽器・大太鼓幕以下すべて新調			「室町殿行幸記」

特集 源氏文化の視界

国宝「源氏物語絵巻」に表現された二つの夕暮

四辻秀紀

『源氏物語』の絵画化は、原作成立から程なく試みられていたと見なされているが、それらはすべて失われ、十二世紀前半に当時の宮廷を中心として制作されたと考えられている国宝「源氏物語絵巻」が、現存最古の遺例であることはよく知られている。この絵巻は、原作に近い時代の雰囲気をよく伝えているにとどまらず、爛熟した王朝時代の伝統をふまえた、研ぎすまされた感性による絵画的表現、美麗に装飾された料紙にしためられた詞書の優美な書など、これ以降に制作された数多くの「源氏絵」とは一線を画す質の高さと説得力をもって見るものを魅了してくれる。

制作当初は相当巻数（十巻〜十数巻とする説から二

御法　絵

十巻とする説がある）のセットであったと考えられているが、現在、徳川美術館には尾張徳川家に伝来した蓬生、関屋、柏木一・二・三、横笛、竹河一・二、橋姫、早蕨、宿木一・二・三、東屋一・二の絵十五場面とこれに対応する詞書、および絵は失われ詞書のみの絵合、五島美術館には阿波・蜂須賀家に伝来した鈴虫一・二、夕霧、御法の絵・詞書が所蔵され、この他、後世の補筆が著しく加えられているものの、X線による調査などから一連の作品と確認された若紫の絵の断簡（東京国立博物館蔵）や諸家に分蔵されている若紫・末摘花・松風・薄雲・乙女・蛍・常夏・柏木の詞書の断簡を含めても、『源氏物語』五十四帖のうち二十帖分が断片的に伝えられているにすぎない。

さて、すでに指摘されているように「源氏物語絵巻」に取り上げられた場面のうち、蓬生、関屋、柏木三、鈴虫一・二、御法、竹河一、早蕨、宿木一・三、東屋二の十一段には詞書中に和歌を含み、さらにこのうち六段には登場人物間に交わされた贈答歌を中心として場面が選定されており、画面に余韻と巧みな心理描写を与える結果となっている。

そこで、「御法」「宿木三」の二つの場面を取り上げて、この国宝「源氏物語絵巻」に描き出された絵の世

宿木三　絵

界を見ていきたい。
秋も中頃の八月十四日の夕暮に、明日をも知れぬほどに病み衰えた紫上を、源氏が明石中宮をともない見舞う場面が取り上げられた「御法」では、野分の風に吹き乱れる前栽の秋草に託して、三人三様に次の別れの歌が詠みかわされる。
おくと見る程ぞはかなきともすれば風に乱るゝ萩の上露
—萩の葉の上に宿った露は、どうかするとすぐに風に乱れて散ってしまいます。私が病床から起きているのもつかの間のことで、程なく消え果ててしまうでしょう。—　（紫上）
やゝもせば消えをあらそふ露の世にをくれ先だつ程へずもがな
—どうかすると先を争い消え果てる露に等しいこの世で、遅れたり先だったりする間もおかずにいたいものです。—　（源氏）
秋風にしばしとまらぬ露の世をたれか草葉の上とのみ見ん
—秋風に吹かれて少しの間もとどまっていることのない露のようなこの世のことを、草葉の上だけのことだと誰が思うのでしょうか。—　（明石中宮）

画面の右半分には急角度の屋台を表し、右上に脇息に寄りかかり袖で涙を拭う紫上、下辺に紫上に対座し涙する源氏と几帳越しに明石中宮を配し、画面の左半分には、秋の澄みわった月光にうつしだされたかのような銀泥の地に、秋風に吹きたわめられる萩・薄などの秋草と剝落が著しいが銀泥により表されたとみなされる草の上に宿る露が描き出されている。この前栽の秋草の表現は、まさしく紫上や源氏らが萩の葉の上に宿った露になぞらえて詠んだ和歌を表象していると見られ、画面右半分には登場人物たちの姿を、左半分には、それぞれの心の深い悲しみが吐露された和歌の情景を描き出して一図としている。さらに絵の前に置かれた詞書は、それぞれの人物の心の乱れを暗示するかのように、段落としや重ね書きの手法により書きつづられ、視覚的に緊張感を高める効果を生みだしている。このように絵と詞書が渾然となって、物語に語られる登場人物たちの心理の動きまでもが表された「御法」の段は、きわめて洗練された感覚と表現力が見事に結実した一例といえよう。

「宿木三」では、宇治の中君を自邸に迎えながら、一方では左大臣夕霧の懇望により、その六君の婿として通うようになった匂宮は、久しぶりに中君のもとを訪れる。薫と中君の仲を邪推しつつ、身重の中君の憂いに満ちた心を紛らわせようと、端近に座して琵琶を弾く場面が取り上げられている。

この絵に対応する詞書は現在一紙分のみしか伝わらないが、もとは絵の情景を綴った、次の一文を含む一〜二紙の詞書が前に置かれていたと考えられる。

枯れ〴〵なる前栽の中に、おばなの、物よりことにて手をさし出で招くがおかしく見ゆるに、まだ穂に出でさしたるも、露をつらぬきとむる玉の緒、はかなげにうちなびきたるなど、例のことなれど、夕風猶あはれなる比なりかし。

穂に出でぬもの思ふらししのすゝき招くたもとの露しげくして

—まだでない薄の穂のように、あなたは顔に出さないけれど心の中に密かに思っているのですね。さそいの手紙がしばしばなので—（匂宮）

なつかしきほどの御衣どもに、なおしばかり着給て、びはを弾きゐ給へり。黄鐘調の搔き合はせを、いとあはれに弾きなし給へば

（岩波書店　新日本古典文学大系本による）

画面の「く」の字型に区切られた屋台には、几帳を隔てて琵琶を奏でる匂宮と脇息に寄りかかり物憂げに聞き入る中君の姿が描かれ、これに面した庭先に植え

られた秋草が静寂な秋の風情を示し、画面右端の御簾がかすかな風になびくさまが描写されている。現存の詞書には、次の和歌が書かれている。

秋はつる野辺のけしきもしのすゝきほのめく風につけてこそ知れ

—秋の終わる頃の野辺の様子は、篠薄にそよぐ風で分かるように、わたしを飽きてしまわれたあなたの心も、そのそぶりでそれとなく分かります—
（中君）

匂宮は中君に対する疑いの心を、そして中君は離れゆく匂宮の心を篠薄に託してそれぞれ和歌を詠む。前栽の秋草と御簾のわずかな動きによって、秋風とともに二人の間を吹き抜けて行く〝飽きる〟と言う名のすき間風を象徴的に表している。

「御法」と「宿木三」のこの二つの場面は、ともに秋の日の夕暮れ時に秋草の咲き乱れる前栽に面した建物で展開されるが、前者は月の光により銀色に照らしだされた秋の夕暮れの清けき大気の中に紫上の死を、後者では黄昏時の秋の夕日に照り映えた庭先を吹き抜けていく風とほどなく迫りくる夕闇に、たのみがたい二人の愛の行く末を、心憎いほど暗示的に表現しているといえる。

右に述べてきたように、〝人の心を種としてよろずの言の葉〟に詠まれた和歌を介在させることで、画中に心理的表現までをもたらせる洗練された手法とともに、ここで注目したいのは〝光〟を意識した効果的な絵画的表現が取られている点である。「御法」や「宿木三」で表現された〝光〟は、直接的な自然への観照によってではなく、和歌というフィルターを通してみた観念的な把握によってはいるが、黄昏時どきのひかりや月に照らし出された光など自然の光を意識した表現となっている。宗教的なあるいは神秘的な意味合いでの〝光〟は別として、このような表現は、平安時代の絵画作品のなかでは、これまであまり認識されていなかったように思われる。

中国北宋時代には、巨然・郭煕らにより、季節や自然現象によって変化を遂げてゆく〝光〟を、山水の情趣のなかに表現する水墨画が流行し、のちに牧谿らが大成することになる。このような江南画とのかかわり合いの有無は別にしても、「源氏物語絵巻」の絵には、底知れぬ問題点と尽きせぬ魅力が内在しているといえよう。

特集 源氏文化の視界

「日本紀」の広がりと『河海抄』

吉森佳奈子

一、『河海抄』の二つの「日本紀」

『河海抄』に引用される多くの文献のうち、「日本紀」は約三〇〇例を数え[1]、最も頻繁に引かれるものの一つであるが、その、『河海抄』における「日本紀」は一様ではない。内容に渉る記事を引用することがあるとともに、

1　すくれて時めき給ありけり
絶妙《スクレ》［日本紀］　時［同］…（桐壺巻。一、二三ページ。）[2]

のように、読みを回路として、漢字によって物語の言

葉の注とするというだけのものもある。数としては、後者が約二〇〇例で、圧倒的に多い。まず、この、『河海抄』の二つの「日本紀」について、検討しておくことから始めたい。

前者のケースとして、例えば、

2　いまはとてこのふしみをあらしはてんもふしみ大和国也

日本紀云安康天皇崩菅原伏見野中葬…（早蕨巻。二、四〇三ページ）

は、宇治から匂宮邸に迎えとられることになった中君の心情に関するものである。注の「日本紀」と、『日本書紀』安康天皇条の記事、

三年秋八月甲申朔壬辰、天皇為眉輪王見殺。…三年後、乃葬菅原伏見陵（安康紀。上、四五五ページ）[*3]

とを見あわすと、『日本書紀』では、天皇の死は、「殺」であらわされ、陵名は「菅原伏見」であるという相違が見られる。このように、『日本書紀』そのものとのあいだの相違は少なくなく、『河海抄』所引「日本紀」は、『日本書紀』そのものとは認めがたい。『日本書紀』を再構成ないし、再編したものによっていると推測される。

院政期から中世にかけて、『日本書紀』に関わる、しかし、『日本書紀』そのものではない文献がさかんにつくられ、特に中世期には、それらが『日本書紀』に代わる位置を占めたことが、『神皇正統記』[*4]の原資料を探る試みを通して指摘されているが、右の例も、そのような再編されたものによったと見られる。年代記或いは皇代記の一つで、原型の成立が『河海抄』とほぼ同時期かと見られる『皇年代略記』（『皇年代私記』）に、

三年［丙申］八月［甲申］朔［壬辰］崩［為眉輪王被殺、五十六　葬菅原伏見野中陵］[*5]

と、『河海抄』の「日本紀」に近似する記事があることに留意したい。『河海抄』の「日本紀」のうち、記事を引くものは、多く皇代記或いは年代記等『日本書紀』そのものではないものによったことが確かめられるのである。[*6]

もう一つの、『河海抄』の「日本紀」の、漢字を宛てる注についてはどうか。[*7]

まず第一に、『日本書紀』には見られない語を「日本紀」として引いているものが、少なからずある点に留意される。[*8]例えば、

3　春宮の御元ふく南てんにてありしきしきのよそをしかりし

…粧《ヨソホシ》［日本紀］（桐壺巻。一、六五ページ）

の、「粧」という語は、『日本書紀』中には見られない。

第二に、右のような注から、『日本書紀』の書き換え

が窺われる。

4　神無月には御八かうし給
　十月寒風《カミナツキサムカセ》［日本紀］…（注　澪標巻。一、三八四ページ）

ここに見られる「寒風」という語は、『日本書紀』中、雄略即位前記の、「孟冬作陰之月、寒風粛殺之晨…」（上、四六〇ページ）という、『文選』「西京賦」を踏まえた雄略の言葉の中にしかあらわれないが、『日本書紀』では『文選』を踏まえた「孟冬作陰之月」という書き方であるのに対し、『河海抄』では、「十月」となっている。編年体の通常の書き方に書き換えられた、再編されたものと見られる例である。

　第三に注意されるのは、『河海抄』の、このような注が依拠した「日本紀」が、内容に渉る記事を持たない、訓の抜き書き集的なものが想定されることである。

5　すかすかとも
　速賥　奥入いそく心也　清々［日本紀］
　素戔烏尊遂到出雲之清地乃詔曰吾心清々之
　［旧事本紀］（桐壺巻。一、四六～四七ページ）

『日本書紀』に「清々」という言葉は、
　遂到出雲之清地焉。［清地、此云素鵝。］乃言曰、吾心清清之。［此今呼此地曰清。］（神代上第八段本文。一一三ページ）

という神代上巻第八段本文にしか見られず、これに対応させるべきものであるが、実際には「旧事本紀」が引かれている。『先代旧事本紀』は、ほぼ『日本書紀』、『古事記』及び『古語拾遺』の切貼りによって成っているが、この部分は、『日本書紀』を切貼りした部分で、当然、一致する件りが『日本書紀』にあるにもかかわらず、『河海抄』は、漢字による和語の注は「日本紀」を、記事は「旧事本紀」を、という引き方をしているのである。これは、この語を載せる「日本紀」が内容に渉る本文的なものを持たず、訓の抜き書き集的なものであったためと推測される。

　整理すると、『河海抄』の、漢字を宛てることで物語の注とした「日本紀」については、
①『日本書紀』を逸脱している。
②『日本書紀』が書き換えられている。
③内容に渉る記事を持たない。
という三点から、『日本書紀』の再編本による、訓の抜き書き集のような書であることが推測されるのである。[*9]

　要するに、『河海抄』の「日本紀」については、そのもととなったものとして、異なる二つの体裁の、いずれも『日本書紀』そのものではない「日本紀」が想定される。一つは、内容に渉る記事を載せるもの、もう一つは、本文的なものを持たない、訓の抜き書き集的

なものである。従来、この点について、明確な認識が持たれて来なかったのではないか。特に、後者については、殆ど顧みられることがなかったが、この、訓の抜き書き集のようなかたちの「日本紀」を見ることは、問題の発展を含むものとして重要であると考える。

二、『河海抄』の「日本紀」と『日本書紀私記』

書き換え、再構成された本文、書によると見られる点は同様であるが、書物としての体裁は異なる二つの「日本紀」が、『河海抄』に引かれていることを見た。今、訓の抜き書き集として考えられるものについて、更に見たい。

　これが、語句について、その訓みを示すかたちで編成されているという点で、『日本書紀私記』甲本・乙本・丙本と呼ばれるものと共通することは直ちに了解されよう。それらが「私記」と呼ばれる所以は、『日本書紀』講書に淵源をもつと認められていたことにある。講書においては『日本書紀』全体が和語で読まれた。私記は、その訓みをとどめたものということになる。

　しかし、『日本書紀私記』甲本については、『日本書紀』の講書から出たというには問題のあることが、夙に指摘されていた。築島裕「日本書紀古訓の特性」*10は、声点を付した例は平安中期を溯らない筈であるのに、甲本序文に声点に関する言及があること、本文のかたちについて見ても、弘仁期のものとは異なることから、これを偽書であると指摘し、これを検討した粕谷興紀「日本書紀私記甲本の研究」*11は、甲本が『日本書紀』にはない語を含むことを認めた。ただ、粕谷論文自体は、養老五年講書の実在、及び甲本と講書との関係自体を否定するには及ばないとする立場をとる。これに対し、神野志隆光「「日本紀」と『源氏物語』」*12は、甲本について、「去来鳴（イザナキ）」、「涅土瓊（スヒヂニ）」、「大戸間辺（オホトマベ）」の表記が『日本書紀』とは異なり、書き換えられていると見られることを指摘しつつ、『日本書紀』ではなく、再構成本に基づくという可能性を示唆した。

　甲本の、『日本書紀』本文との異同は、他にも少なからずあり、神野志論文の示した方向が首肯される。一例のみ挙げると、「小女《オトメ》」*13は、雄略七年八月条にただ一例見られる語であるが、これは、その前後に載せられた語から、神代上巻の国生みの件りにあらわれる「少女」の書き換えかと推測される。

　そうした私記甲本と、漢字を宛てる『河海抄』の「日本紀」とは、問題を共有している。河海抄が依拠した、『日本書紀』にはない語、また、書き換えられた語を載せる、訓の書き抜き集的な「日本紀」を視野に含むことで、講書には帰すことのできない、私記甲本の問題性がより明確となろう。逆にまた、甲本によって、このような「日本紀」の存在態様の推定が保障されるのである。

要するに、現存『日本書紀私記』のようなかたちで、『日本書紀』再編本による訓の抜き書き集が編まれていたということだ。その成立の問題には、今は立ち入らない。ただ、後に述べるように、それは漢字の訓をあつめる字書と通じるところがあり、歌学書がこうした書――そこには、私記甲本とも、『河海抄』の引く「日本紀」とも異なる、また別の、訓の書き抜き集としての「日本紀」の存在も想定されるのである（後述する『和歌童蒙抄』に引用された「日本紀」等）――を参看、引用するということに窺われるように、古語への関心ということがあったかと推測するにとどめる。そのような状況の中で、私記甲本や、河海抄所引「日本紀」のような、内容に渉る記事を持たない態様のものは行われていたのではないか。

大事なのは、訓の抜き書き集的な「日本紀」の存在に留意することで、ひらかれてくる新たな展望である。

第一に、それは、『日本書紀』の再編本としての「日本紀」を考える、一つの資料となり得る。訓を抜き書きするには、当然もととなるものがなくてはならない。今の問題の、『河海抄』の「日本紀」や歌論書の『和歌童蒙抄』の「日本紀」の、もととなったそれが、どこまで溯るものか、確かには言えないが、平安時代には既にあった可能性を認めることができるのではないか。平安時代に、既に『日本書紀』とは別の、再編本が行われていたことは、奝然の『王年代記』、『暦録』等の存在が知られていることから言い得る。[*14] いずれも『日本書紀』をもととして再編したと認められ、それが『日本書紀』そのものに代わる位置を占めていた。しかし、平安時代のそれらは、現在はうしなわれてしまっている。『河海抄』の「日本紀」は、謂わばそうした平安期日本紀の広がりを見る手がかりとなるものではないか。少なくとも、中世に、神仏習合を背景に生成され続けた、所謂中世日本紀とは異なる「日本紀」の世界の広がりを、そこから窺うことができるのである。

三、歌学の世界との関わり

問題の発展性はこれにとどまらない。第二に、歌学との関わりという点に留意したい。例えば次のような例である。

6　いさらゐははやくのことも忘れしをもとのあ

るしやおもかはりせる

小《イサラ》［日本紀］小井也（松風巻。一、四三七〜四三八ページ）

「小《イサラ》」は『日本書紀』の古訓の中には見えず、安閑紀、皇極紀の、

・此田者、天旱難溉、水潦易浸（安閑紀。下、五〇ページ）

・佐伯連子麻呂・稚犬養連網田、斬入鹿臣。是日、雨下潦水溢庭（皇極紀。下、二六三ページ）

に見られる「水潦、潦水（イサラミヅ）」という古訓との連関の中で生じたかと推測される。この「潦水」には、

…後拾遺序云、近江のいさゝ河いさゝかに此集をえらべり云々。古今異本に恋第五云、あめのみかどのあふみのうねべにたまひける

いぬがみの床の山なるいさら川いさとこたへよわが名もらすな

うねべ御返し

山科のおとはの山のおとにだにひとのしるべくわがこひめやは

然而両証本無之。随このいぬがみのとこの山の歌は万葉のいさや河の歌也。尤不審なり。万葉にいさや川とあればいさゝ川と不可云歟。尤上も近江郡也。日本紀にこそ潦水と書ていさゝ水とは読たれ。是は雨のふる時川にある水也。…[15]

とあるように、「いささ水」という訓が、平安時代には生じており、そのことは「小《イサラ》」を考える契機となる。『袖中抄』の、「日本紀にこそ潦水と書ていさゝ水とは読たれ。是は雨のふる時川にある水也」という理解は、直接であるかどうかは検証できないものの、

イサラ水　是ハ、雨フル時河ニアル水也。[16]

と、『信西日本紀鈔』と一致しており、ここから出たものと考えられる。但し、『信西日本紀鈔』では、「イサラ水」となっており、「いさら」が「いささ」に変換されながらここに引用されている点に留意したい。「いさら」と「いささ」が交錯している状況の中で、「いささ」が「いささか」に繋がり、解釈を通じて、『河海抄』の、「小《イサラ》」への書き換えはあり得たのではないか。「日本紀」が、歌の言葉をつくり出す場となっているのである。

　そのような、歌学との接点に、訓の抜き書き集的なものがあったことは、以下の『和歌童蒙抄』の「日本紀」からも窺われる。ここでも、先に見た、『河海抄』の例と同様、『日本書紀』そのものによるとは認めがたいものが「日本紀」として引かれる。

a　おほふねにまかぢしゞぬき海原をこぎでゝわたる月人をとこ

同十五にあり。しゞぬくとは、しげぬくといふを、猶しゞぬきとよめるにや。うな原は海をいふ。日本紀、蒼溟といへり。月人男は月読男也。(『和歌童蒙抄』、一三一ページ)[*17]

「日本紀」として引かれている「蒼溟」という語は『日本書紀』中に見られない。神代上巻第四段本文に、「…矛、指下而探之。是獲滄溟。…」(上、八一ページ)とある、「滄溟」の書き換えかと見られる。同様に、

b　ますかゞみあかざる君におくれてやあしたゆふべにさびつゝをらん

万葉四に有。ますかゞみとは、ますみのかゞみ、同事也。真澄と書り。日本紀には白明鏡とかけり。

(『和歌童蒙抄』、二二七ページ)

でも、「白明鏡」という『日本書紀』中にはない語を、「日本紀」として挙げているが、これはおそらく、神代上巻第五段一書第一に、「伊奘諾尊曰、吾欲生御寓之珍子、乃以左手持白銅鏡、…」(上、八九ページ)とある、「白銅鏡」の書き換えと考えられるここでも、『日本書紀』そのものではない本文、書によることが推測されるのである。

この『和歌童蒙抄』所引「日本紀」と、『河海抄』の「日本紀」とを見あわすと、重なる例も見られる。

c　いかにせむうさかの森に身をすれば君がしもとの数ならぬ身を

…又みをすればとは、神にものをまゐらするをいふ。進食と書り。委見日本紀第七(『和歌童蒙抄』、一六七ページ)

d　ひぐらしはなきとなけどもつまこふるたをやめわれはさだめかねつぞ

万葉十一にあり。ひぐらしとは秋の末つかたに日ぐれに鳴を云也。たをやめとは婦女とかきて日本紀にはよめり。(『和歌童蒙抄』、二九六ページ)

は、どちらも『日本書紀』中に見られる語であるが、それぞれ、『河海抄』にも、

c’　御さかつきさゝけてをしとの給へるこはつかひ

進食《ミヨシ》[日本紀第七]　進食《タテマツルキ》(宿木巻。二、四二四ページ)

d’　たをやめの袖にまかへるふちの花

婦人《タヲヤメ》[日本紀第二]又手弱女人[多乎夜米]幼婦[万葉](藤裏葉巻。二、一〇〇ページ)

と引かれている。

但し、『和歌童蒙抄』のa、bの例は『河海抄』に見られず、双方は完全に合致するわけではない。また、同じ語を引いていても、傍訓がそれぞれ異なっている例も見られる。

e　我心いともあやしくしこめとは見るものから
にやくさまるらん
古歌也。日本紀醜女とかきてしこめとよめり。又不平とかきてやくさむとはよめり。（『和歌童蒙抄』、一九七ページ）

は、『河海抄』にも、

e'　よからぬ人こそやむ事なきゆかりはかこち侍
なれ
不平《ヨカラス》［日本紀］（宴4）

とあるが、「ヤクサム」とは見られない。[*18]『日本書紀』では「ヤクサム」は、神代上巻第七段一書第二に、「ヨクモアラス」が、允恭紀に見られる。因みに、私記乙本に「不平［耶須加良須］」[*19]とある。

『河海抄』との関わりという点で言うと、『和歌童蒙抄』所引「日本紀」のうち『河海抄』と共通するものは全体の約四分の一程度で、同じ資料に依拠したとは考えにくい。先に述べたように、『河海抄』が用いたのは、別な、やはり、書き換えられたものと推定される再編本に基づく、訓の抜き書き集――訓の抜き書き集的な「日本紀」も、多様に存在する状況だったのだ――と考えてよいであろう。これは、所謂平安期日本紀を窺う契機となるものではないか。こうした「日本紀」が、歌学書と接点を持っていたのである。

四、字書との接点

第三に、こうした観点は、漢籍に関しても有効なのではないか。『河海抄』で、漢字を、訓を介して物語の語句の注とした例は、「日本紀」によるものが最も多いが、『毛詩』、『文選』、『史記』等の漢籍によるものもかなり見られる。例えば、

7　やゝためらひて
扶行《タメラヒ》［白氏文集十三］　聞健［同廿一］…（桐壺巻。一、四三ページ）

8　うかひたる心のすさみに
荒《スサヒ》［毛詩］少　荒淫　すさひはなをさりことも也（夕顔巻。一、一五六ページ）

9　とにかくに世はたゝ火をけちたるやうにて
左右《トニカクニ》［史記］…（匂宮巻。二、三一八ページ）

のような注である。これらは、直接漢籍の訓から採られたのだろうか。やはり、抜き書き集的なものを考え、直接にはそこから採られたと見るべきではないか。

そして、第四に、こうした、「日本紀」のみならず、漢籍についても想定される訓の抜き書き集は、一種、字書と言えるのではないか。そのような字書的性格を持つ書と、『類聚名義抄』のような字書との接点も考え

られるのではないか。(漢字の訓を通じて、言葉に漢字を宛てるということは、一種の字書としての用い方である)。

10 むほんの親王のけさくのよせなきにてはたゝよはさし

漂［日本紀］ 洋々《ヤウヤウトタヽヨフ》［文選］ 澹海浜《タヽヨウ》［同］

(桐壺巻。一、五九〜六〇ページ)

11 しねんにそのけはひ

気《ケハヒ》［日本紀］ 形勢［新猿楽記］ 景気(帚木巻。一、八四ページ)

12 せうそこもせて

消息［アルカタチ 日本紀 アリサマ 白氏文集］(帚木巻。一、九六ページ)

これらについて、代表的な字書の一つ、『類聚名義抄』を例に見ると、10については、図書寮本『類聚名義抄』に、「澹然［タダヨハス 選］」、「漂［タダヨハス］」、「洋々［トタダヨフ 選］」とあり、[*20]「洋々」を『文選』からとして引くのが『河海抄』と一致している。11の例は、図書寮本『類聚名義抄』の伝わらない部分であるが、観智院本『類聚名義抄』僧下一一一に、「気［ケハヒ］」[*21]とあり、『河海抄』の記事と一致する。また、12の例は、図書寮本『類聚名義抄』に、「消息［アリサマ 集］」[*22]とあり、これは『河海抄』と一致している。

このように見てくると、『類聚名義抄』のような字書と、訓の抜き書き集的な書とは接点を持つところにあったのではないかと考えられる。

以上、見てきたように、『河海抄』の二つの「日本紀」が提起する問題の発展方向は、多岐にわたることを確認したい。

*1 諸本によって異同がある。

*2 『河海抄』の引用は、天理図書館善本叢書70、71『河海抄 伝兼良筆本』一、二により、巻数、ページ数を示す。必要に応じ、角川書店刊『紫明抄河海抄』を併記して挙げる。なお、［ ］は、分注をあらわす。以下、資料の引用で、論旨に関わらない範囲の表記等の変更を行ったところがある。

*3 『日本書紀』の引用は、岩波書店刊日本古典文学大系『日本書紀』上、下により、天皇紀名、上下の別、ページ数を示す。

*4 平田俊春『神皇正統記の基礎的研究』一九七九年 雄山閣出版。

*5 『皇年代略記(皇年代私記)』安康天皇。臨川書店刊新訂増補史籍集覧公家部年代記編二。『皇年代略記』。

*6 『河海抄』の「日本紀」のうち、内容に渉るものについては、「『河海抄』の「日本紀」」(『国語と国文学』

一九九九年七月）で考察した。参看を乞う。なお、内容に渉る記事を載せる「日本紀」のなかでも、表記面から見て、漢字文のものと、仮名文のものと、異なったかたちのものを考える必要があると見られる。歌学書（後に見る『和歌童蒙抄』等）における「日本紀」の引用も、そうした方向で見ることを求めるものと言えよう。

*7 なお、このような注には、傍訓のあるものと、ないものとがあるが、ここでは傍訓があるものが本来であったと考える。この問題を含め、漢字を宛てることによる「日本紀」の注については、拙論「「日本紀」による和語注釈の方法」（東京大学大学院総合文化研究科『超域文化科学紀要』第五号、未刊）で考察した。参看を乞う。

*8 『日本書紀』の語句の調査は、角川書店刊『日本書紀総索引』第一巻~第四巻による。

*9 *7前掲論文。

*10 『平安時代の漢文訓読語につきての研究』一九六三年　東京大学出版会。

*11 『藝林』第一九巻第二号　一九六八年四月。

*12 『古代天皇神話論』一九九九年　若草書房（初出は、『国語と国文学』一九九八年　一一月）。

*13 吉川弘文館刊新訂増補国史大系本『日本書紀私記』一五ページ。

*14 堀内秀晃「太子伝と『日本書紀』」（『国語と国文学』一九九四年一一月）

*15 『袖中抄』（風間書房刊日本歌学大系別巻二）、一八九~一九〇ページ。

*16 『信西日本紀鈔』（高科書店刊、中村啓信『信西日本紀鈔とその研究』）、一七一ページ。

*17 『和歌童蒙抄』の引用は、風間書房刊日本歌学大系別巻一により、ページ数を示す。

*18 角川書店刊活字本の傍訓は、「ヨクモアラス」。

*19 *13前掲書、七七ページ。

*20 勉誠社刊『図書寮本類聚名義抄』、二八~二九ページ。

*21 風間書房刊『類聚名義抄』、一三一一ページ。

*22 *20前掲書、二三七ページ。

特集 源氏文化の視界

源氏作例秘訣の世界

——文化史としての詠源氏物語和歌——

伊井春樹

一　詠源氏物語和歌

「弥生の二十余日」に、「右の大殿の弓の結に、上達部、親王たち多くつどへたまひて、やがて藤の宴したまふ」と右大臣家での花の宴の催しが言及され、続いて、

花ざかりは過ぎにたるを、「ほかの散りなむ」とやをしへられたりけむ、おくれて咲く桜二木ぞいとおもしろき（花宴）。

と、「見る人もなき山里の桜花ほかの散りなむ後ぞ咲かまし」（古今集、巻一春上、伊勢）を引歌にした叙述が見ら

れる。「せっかく咲くのなら、都の花が散った後に咲いてくれるならば、まだしも見る人がいようものを」と、見はやす人もなくひっそりと咲く花への愛惜を詠むが、それを実行するようにと教えられたのであろうか、右大臣家の桜は遅れながらも今が花盛りだという。兼良は『花鳥余情』[*1]でこの部分について、

古今歌に、ほかのちりなん後ぞさかましとよめるは、花にいひをしへたる心なれば、歌の詞になき事をも心をとりてかくかけるなり。定家卿の歌は、おほくはこの物がたりよりいでたりとみえ侍り。

いこま山いさむる峯にゐる雲のうきて思ひのきゆる日もなし

とよめるは、本歌の雲なかくしそといへるは、雲をいさめたる心なれば、やがていさむる峯と心をとりてよみ侍る也。こゝの詞に相似たるやうなれば、よりもつかぬ事なれど、筆の次に申し侍るなり。

大かた源氏などを一見するは、歌などによまんためなり。よまんにとりては、本歌本説を用ふべき様をしらずしてはいかがと思ひ給へ侍れば、いときなき人のため、かやうにしるしつけ侍るなり。

と、長い説明の注を加える。伊勢は「ほかの散りなむ後ぞ咲かまし」としながらも、内実は花に「後に咲いてほしい」との思いを表明しており、『源氏物語』はそのように本歌にはない心を忖度し、桜に教え諭した表現になっているのだとする。兼良は古歌を用いる方法について述べ、そこから話題は急に定家の詠作へと転換する。

「いこま山」は定家の歌（『拾遺愚草』）、これは『伊勢物語』二十三段高安女の、

君があたり見つつを居らむ生駒山雲なかくしそ雨は降るとも

を本歌としており、「せめて生駒山なりとも見ていたいので、どうか雲で隠さないでほしい」との望みを詠んだものだが、それは雲への諫めにもなっているため、定家をその心を汲んで「いさむる峯」とのことばを用いたのだとする。

兼良は、「定家卿の歌は、おほくはこの物がたりよりいでたりとみえ侍り」と、定家は『源氏物語』を典拠とした歌の多いことを指摘し、その後に具体的な本歌取りを例示したのである。「よりもつかぬ事なれど」と、前後脈絡のない唐突な言及なのだが、「筆の次に申侍るなり」とするように、彼としては本歌を用いる方法のあり得べき見本としたかったのであろう。さらにそこから、「大かた源氏などを一見するは、歌などによまんためなり」と主張し、それには「本歌本説を用ふ

べき様」を知る必用があり、「いときなき人」の導きのために記したのだと論理を展開していく。

俊成が『六百番歌合』の判詞で「源氏見ざる歌詠みは遺恨の事なり」と断言して後、『源氏物語』は確実に和歌において絶対的な影響力を持つにいたったとはいえ、紫式部と同時代の和泉式部や赤染衛門にすでに『源氏物語』を用いた歌が見られるのによって知られるように[*2]、和歌との交流は中世になって急に生じた現象ではなかった。『源氏物語』以降の物語が、その繋縛からのがれられなかったのと同じく、和歌の世界においてもそうであり、鎌倉期になり本歌取りの確立とともに、その摂取の方法の過程で問題が顕在化したのであろう。『源氏物語』が出現して以降、日本の文化史のさまざまな分野へ影響を与え続けていったが、その中でも文学の視点からすると和歌とのかかわりはきわめて大きなものがある。注釈の発生から、各時代の人々が物語の本文に沈められた本歌の摘出に熱意を燃やしたのも、逆にそれぞれのことばが和歌への転用が可能であり、いかに情趣深い世界を持っているかを示す結果にもなっていた。

『河海抄』の「料簡」で撰集に見られる詠源氏物語和歌として七首を列挙し、兼良が「源氏物語を読むのは和歌詠作のため」として定家の作品を分析してみせたのも、『源氏物語』の和歌への利用が一般化した中にあって、正しい和歌への詠み方を示そうとしたのであろう。次々と注釈書が生み出され、各種のダイジェスト版や和歌の抜き書き本の成立は、和歌や連歌へ利用した厚い享受者層の支えという現象があったからにほかならない。そのような方向の一つの帰結として出現したのが、近世中期に編纂された『源氏作例秘訣』で、『源氏物語』の巻別による詠作を集成するが、内容を検討することによってこの時代の和歌とのかかわりを明らかにしてみたい。

二　『源氏作例秘訣』の成立と構成

『源氏作例秘訣』なる書は、現在のところ東北大学図書館蔵狩野文庫の二冊本[*3]が唯一の伝本といってよく、巻末には成立した事情について次のような識語が付される。

此二巻者源氏物語本歌詞被用作例也、以敬斎敬義斎多年被書集置者也、従敬義斎相伝書写畢
　陶々斎四達
于時安永六酉年六月
右書敬義斎相伝陶々斎之以写本書とゝめ畢
寛政二庚戌霜月念五　光豊

『源氏物語』の「本歌」や「詞」を用いた「作例」の歌を、「以敬斎」「敬義斎」が多年にわたって収集したもので、この書は敬義斎の相伝本を書写したのだとする。以敬斎は平間長雅の門弟で古今伝授を相伝し、歌人として知られるとともに、多数の歌学書を残す有賀長伯（一六六一〜一七三七）であり、敬義斎はその息子の長因（一七一二〜一七七八）を指す。[*4] 陶々斎は、『東海人物志』（享和三年版）に「音楽・乱舞」として示される、「号陶々斎」とする小沢玄沢と思われるが、詳細は知らない。長因の没する前年の安永六年（一七七七）に相伝して書写したようで、さらにその本を寛政二年（一七九〇）十一月に光豊[*5]が転写したのだという。この識語から知られるのは、京都、大坂の歌壇における中心的な存在であった有賀家の祖長伯とその子長因の、親子二代にわたって編纂された詠源氏物語和歌の集大成であり、門弟の多さを見るにつけ、この内容は人々に継承され、作例の範として尊重されたはずである。

長伯が『源氏物語』のことばを用いた和歌の収集をいつごろ思い立ったのか、どの程度までできあがっていて、それを長因が継承して完成までもっていったのか、そのあたりはまったく知りようがないものの、生涯において膨大な量の書写や著作活動をしているだけに、折々に資料を書きためながら手控えノートを作成していたに違いない。内容は、桐壺であれば巻名の後に、「かぎりとてわかるゝみちの悲しきにいかまほしきは命也けり」の歌を引用し、「かきりとて」に傍線を付し、

源親行身まかりて後遠忌に茂行すゝめて源氏物語の巻を題にて人々よませ侍りける時きりつほのこゝろを　前参議能清

かぎりとておなし嘆きにくらべてもながき別れは猶ぞ悲しき

と、この歌を用いて詠んだ具体的な作例を示し、同じことばにやはり傍線を引く。なお、この歌は『新続古今集』（巻十六、哀傷、一六〇三）に収められており、「茂行」ではなく親行の子「義行」（法名は聖覚）が正しい。『新続古今集』には、能清に続いて、

おなじ時、横笛を　寂恵法師

笛の音をながき世までにつたへずはむなしくなりし人や恨みん（一六〇四）

とあり、さらに、

源義行、源氏物語の巻巻を題にして人人に歌よませけるに、若菜のまきのこころを

平宗宣朝臣

行きやらでさぞまよひけん白露のおき別れにしあけぐれの空（巻十四、恋四、一三四一）

の歌を見いだす。父の光行の後をついで河内本を完成させた親行、義行はその父の偉業をしのび、ゆかりの人々に巻名歌を求め、五十四首を墓前に供えて供養したのであろう。ただ、関連する歌は『新続古今集』から三首を拾い出すだけで、残りの大半は参加者も知ることができない。『源氏作例秘訣』にも、桐壺の能清、横笛の寂恵、若菜下を詠んだ宗宣の三首しか見られないのは、編者が『新続古今集』から採録したことを意味しており、江戸期という時代だけにもはや古い資料の発見は困難だったのであろう。これは全体的にいえることで、作例として示されるのは八六〇首、そのうちの大半は室町中期から江戸初期がおもな採歌の対象となっている。

　本書には目次の後丁を改め、「詠格詞寄」として「色こき稲霧　岩をも吹とつへき分　伊勢嶋須」などと、物語の和歌に用いられたことばをいろは順に三三九語列挙し、その後に省略した巻名を小文字で付す。詠歌と歌ことばの数があわないのは、一語ながら歌は複数詠まれる場合があるためで、最終的な整理段階を示すとはいえ、各巻ごとの作例から『源氏物語』のことばを抜き出し、さらに編集して並べ替えるという、やや手の込んだ工程を経ていたようである。歌ことばを検索し、それがどの巻に存するのかを知り、該当する部分を見ることによって、『源氏物語』の場面と具体的な作例を確認するという、まさに和歌詠作の手引き書としての配慮がなされる。

　一例として「岩まの水の行なやみ顔」を取りあげると、朝顔巻に、

　　むかし今の御物がたりに夜ふけ行、月いよいよすみて、しづかにおもしろし、女君、

　　　氷とぢ石まの水は行なやみ空すむ月のかげぞながるる

と、まず傍線の付された本文の一節が引用され、その後に、

　　冬　　　　公経卿
千五百番　岩ま分し苔の下水行なやみしられぬ冬の音こほるなり

　　石間水　　　師兼
千首　行なやむ水の淀みを便にて岩まに氷る冬の山川

　　氷　　　　実明女
延文百首　行なやみよどむ岩間に氷ゐてたえだえになる谷の川音

　　氷始結　　　実隆
行なやむいはまの水のいつしかと氷るは早き瀬にぞ見えける

とあり、この後にもまだ「行なやむ」「岩まの水」を用

いた作例が列挙される。「詠格詞寄」には「岩まの水の行なやみ」と、歌語として整えた七句と五句からなるが、実作ではそのままではなく、分割されたり、一部のことばを詠み込んだ歌が、典拠とした歌集とともに示される。公経の歌は、注記されるように『千五百番歌合』（九百六十五番、左）にあり、その判詞には、

左歌、水のゆくなやみ、源氏の物語に侍るにや、こほりとぢし石まの水もゆきなやみとよめるにや、大方如此物語などのことをばあながちの名事ならずはよむまじなど、先達申し侍るに、ちかごろおほくよみあひて侍るにや、

と、『源氏物語』が背景にあることを指摘するとともに、「ちかごろおほくよみあひて侍るにや」と憂慮されるほど、和歌の世界において『源氏物語』の存在は無視しようのない広がりをみせていたと知られる。

花山院師兼の「千首」は『師兼千首』、そこでも「石間氷」の題で入集しており、ほかにも彼の歌は同集から四首採録される。実明女の『延文百首』は冬の歌（二六〇）、「氷」とする題ではないが、編者が内容からこのように処理したのであろう。実隆の歌に撰集名が付されないのは、「雪」（『雪玉集』）であることが自明なためか、あるいはここでは書き入れを漏らしたのかも知れない。このように、歌に用いることばから所在の巻名を知り、それから物語の場面、ないしは本文にあたり、実作の和歌、所収する作品を確認するという手順となっており、和歌の手引き書としてはまことに便利な、まさにシスティマテックな方法が用いられる。

三　『作例秘訣』の歌人たち

『源氏物語』のことばを用いて和歌を詠むといっても、全巻均一ではあり得なく、読者の嗜好により対象とする場面や人物に差の生じてくるのは当然なことで、さらに編者の収集する資料の性格によっても異なってくるはずである。かつて、連歌の寄合を集成した『連珠合璧集』に見られることばを調べたことがあるが[*6]、多い順に示すと夕顔、須磨、帚木、若菜下、賢木、行幸、桐壺、若紫、といったところで、和歌との違いはあるにしても、おおよそはこのような傾向が一般的なのであろう。『源氏作例秘訣』に収載される作例歌は八六〇首、これを巻による歌の多い順に示すと次のようになる。

1若紫　一三三　2帚木　一一二　3花宴　六七
4夕顔　六四　4須磨　六四　6紅葉賀　四四

上位だけを示したが、この後に蓬生、浮舟、空蟬、朝顔、末摘花、橋姫、葵といった順になり、後半の巻々

になるほど激減しているようで、若菜下は一四首で一九番目、柏木は一〇首で二三番目、蜻蛉は三首、宿木、東屋、手習にいたるとわずかに二首が例示されるにすぎない。第一部とされる桐壺から藤裏葉までは七九七首、全体の九三パーセントを占めるありさまで、作例は前半に集中している様相が知られるであろう。

さて、作例を採録された歌人のうち、五首以上の詠者を示すと、

実隆　二四一　後柏原天皇　九九　定家　四六
後水尾天皇　二九　通茂　二一　光広　一八
後西天皇　一七　道晃　一七　為尹　一五
政為　一四　家隆　一三　仙洞　一三　通村
一二　為家　一〇　玄旨（幽斎）　九　実業
八　資慶　七　実陰　七　雅喬　六　弘資
六　俊成女　六　肖柏　六　素然（通勝）　六
雅章　五　俊成　五　親長　五　良経　五

といったところで、ほかに院政期から鎌倉期の歌人としては為相、家長、具親、公経、小侍従、後鳥羽院、慈円、下野、順徳院、俊頼、真観、西行、寂蓮、忠度、長明、通具、隆信、蓮性など、後の大半は室町から江戸初期の、いわゆる撰者に近い時代の作者となっている。もっとも時代が溯るのは、赤染衛門の一首で、桐壺巻に次のような歌を見いだす。

あらき風ふせぎし陰の枯しより小萩がうへぞしづ心なき

野分したる朝、おさなき人をだにとはざりける人に

あらし吹風はいかにとみやぎのゝ小萩がうへを人のとへかし

赤染衛門

これは江戸期の『源註拾遺』や『源氏物語新釈』になってやっと指摘されるようになった引歌で、現存本と語句に違いが見られはするが、『赤染衛門集』では長和元年（一〇一二）七月の匡衡没後の歌群に属しているため、『源氏物語』が成立してほどない時期に、その影響下に詠まれた作品であるのは確かだとされる。[*7]中宮彰子のもとで御冊子作りがなされたのは寛弘五年（一〇〇八）十一月、これが全巻だったか一部だったかはともかく、この頃ほぼ『源氏物語』の姿が出現したはずで、赤染衛門の源氏取りは流布し始めたごく初期に位置する。『赤染衛門集』[*8]の詞書によると、「野分したるあしたに、おさなき人をいかにともいはぬをとこに、やる人にかはりて」とあるため、女房仲間の代作だったようだが、このような歌が詠めるというのも、『源氏物語』が急速に人々にも読まれていた証左であるし、そのことばを用いての詠作も違和感なく受け入れられ

ていたと知られる。返しの歌はあったはずで、そこでも当然同じ桐壺巻を背景にした内容が詠み込まれていたに違いない。ただ、『源氏作例秘訣』の編者は、赤染衛門や同時期にはほかにも『源氏物語』を用いた歌がありはするが、資料の問題もあったのであろうか、それほど古い用例の収集には関心を示さず、もっぱら室町中期以降を撰集の対象とする。

入集数の多いのは三条西実隆、二四一首というのは全体の二八パーセント、次の後柏原天皇も含めると、この二人で四割近い数値となり、政為の『璧玉集』は少ないものの、三玉集がほぼ編纂の中心資料であった。とりわけ注目されるのは各巻末に、

　　桐つぼ　　　　　　　　　　実隆
ながゝらぬ契りながらに玉の緒の此世の光りとゞ
め置ける（桐壺）
　　はゝきゞ
雪 たれかそのまことはしるや世中はたゞはゝ木ゞの
有やなしやを（帚木）
　　空蝉　　　　　　　　　　　実隆
雪 いつまでか世はうつせみの虚しとは思ひおもはず
明しくらさん（空蝉）

と、作者名、出典名が記されなかったりするが、原則としてはそれぞれの巻名の題による実隆の歌で閉じられる。これは、実隆が天文二年（一五三三）十月五日、六日の二日間で詠み終え、十一月二十七日に石山寺に奉納した巻名歌五十五首である。[*9]原則からはずれる例としては、

　　松かぜ　　　　　　　　　　実隆
ひとりこし此山陰の心しれ思ひをかべの宿の松風
　　寄源氏恋　　　　　　　平忠度朝臣
あふと見る夢さめぬればつらきかなたびねの床に
通ふ松風

と、松風巻では実隆の巻名歌に続いて忠度の歌が付されるのと、東屋巻で、

　　あづまや　　　　　　　　　実隆
雪 東屋のあまりにもあるか深き夜にきてても蓬の丸寝
せよとや
薫 さしとむる葎やしげきあづま屋のあまり程ふる雨
そゝき哉
催馬楽東屋のま屋のあまりの雨そゝき我立ぬれぬ此
戸ひらかせ
さる山ふところに中にも浮舟母の詞
梅がゝを山懐に吹ためていりこん人にしめよ春風
　　　　　　　　　　　　　　西行

と、西行の歌が巻末に置かれるのとの二例である。前者は『忠度集』にこのような題として収められ、後者

は『山家集』（三九）に、

いほりのまへなりける梅をみてよみける

梅が香をたにふところにふきためていりこん人にしめよ春風

として入集する。東屋巻は、右に引いたのが全文で、巻名の後にすぐさま実隆の歌が置かれ、その後に物語の本文を引用して西行の歌が示される体裁になっているが、行幸や梅枝、藤裏葉、幻巻などでも、実隆歌の一首だけの例が多いように、この巻でも後半は増補なのであろう。すべての巻において、作例はなくても実隆の巻名歌だけは引用するのを原則としていたものの、東屋巻などは後になって西行の作例を見つけたため、本文を引いて加えることにしたようである。ただ、西行の歌は「山ふところ」を詠み込んだ作例として示されるとはいえ、『源氏物語』を典拠としているかとなるときわめて疑問といわざるを得ない。

御法巻でも「このたいのまへなる紅梅と桜とは、花のおりおりに心とどめてもてあそび給へ」として「桜」に傍線を付し、「仏には桜の花を奉れ我後の世を人とぶらはば」（『千載集』）と西行の歌を引いて「桜」に合点を付す。これなどはたんに「桜」を用いた歌にすぎなく、ほかにもことばが共通するだけという例がいくらも指摘できるが、ある程度の時代の広がりと作例の集成を目的とするため、厳密に『源氏物語』を背景にした歌を収集するという基準はかなりあいまいになっていたようである。

四　『源氏作例秘訣』から『源語支流』へ

『源氏物語』は成立した当初から人々の関心を呼び、後世の文学を含め、さまざまな分野に影響を与え続けてきたことは、院政期には堀河院、俊成、鎌倉期になると定家、その後は兼良、宗祇、実隆などといった、折々の時代に確固たる維持発展をはかった人物が登場し、社会的にも裾野の広がりを見せた点は否めないものの、やはり根本には作品そのものが持つ魅力あるおもしろさゆえにほかならない。そのような中にあって、『源氏物語』の和歌への摂取は、『河海抄』に「此物語の心をば歌には詠むべからず、詞をとるはくるしからずといふ一義あれども、心をとりたる歌、撰集の中にあまたみゆ」などとするように、その方法には時代によって曲折はあったにしても、ほぼ一貫して継承され、文化史の形成にそれなりの位置を持ち続けたといえよう。過去の歌人たちが、『源氏物語』の本文のどの部分を用いて、どのような歌を詠んできたのか、具体的に知ることによって、さらなる歌を作りたい、そのような願いを持つ人々への手引きとして編まれたのが『源氏作例秘訣』であった。成立後転写を経て今日に伝えられるものの、どれほど流布していたのか、現存するのは今のところ一本しか知らないが、後人によるのであろう、全面的に編集し直され、歌も増補されて新たな姿となり、書名も『源語支流』と変えられた資料が静嘉堂文庫に蔵される。

表紙左肩には「源語支流一（二）」の題簽、右下に「西村清貞」とするのは旧蔵者名なのか、また初葉には「松井蔵書」の朱印のほか、「善行寺蔵書」の方形墨印が捺されるが、後者の伝来は明らかでないのと、巻末に識語の類はまったく記されない。内容は、まず「春之部」とあり、朱の丸を付して「立春」として初音巻の本文を引用、続けて「春天象」「立春」「処々立春」「春日」「毎家有春」「垣根残雪」「垣根寒草」「庭雪」「家々歳暮」とする題が示され、それぞれに一首ずつの作例九首が示される。その後に「子日」として物語本文の引用、その分類のもとに「松鶯」「鶯知春」の題と歌、といった体裁になっているのだが、実はこれは『源氏作例秘訣』の再編集によってなりたっているのである。「立春」は初音巻からの題、歌とともにそのまま順番通り転載しているのだが、ただ違いは本文を二行ばかり省略し、『秘訣』の三首目に存在した定誠の「風光日新」の一首が『支流』にはないくらいで、後は「春之部」として「立春」の項目を立てた点が異なるところである。以下、春部の歌題だけを列挙していくと、

霞　鶯　松鶯
若菜　若菜上
芹
春雪
梅　夕花　梅枝　梅　庭梅
紅梅
柳　柳露　柳臨池水　無題
若草　暮秋　露庭槿花　暮春花　初尋縁恋　松藤

といったところで、さらに「初草」「蕨」「朧月」「春曙」「帰雁」「花」「梨」「百千鳥」「款冬」「藤」「春」「春夕」「春山」「春居所」「春鳥」「春盃」と続き、この後「夏部」へと展開する。

『源氏作例秘訣』の依拠した主要な資料は、実隆や後柏原院の家集のほかに『新題林和歌集』『新明題和歌集』があり、配列はそういった歌集の影響によるようだが、歌題は『秘訣』のままであるため、若草に「暮秋」や「松藤」を置かざるを得ないこともある。さらに、「行く水も涼しきかげをとめきてや蛍とびかふ中川の宿」といった実隆の詠を、「蛍」と「納涼」に取り込むな

ど、歌題の構成上『秘訣』の歌を『支流』では二度、三度と使用したり、物語の本文を引くだけで作例のない場合もしばしば見られる。『支流』の所収歌は重複歌を除くと六九二首、そのうち独自の歌は四七首、『作例』から『支流』へ引き継がれた歌は六四五首となり、逆に継承されなかったのは二一五首にものぼる。歌題の編成上必用とはされなかったのか、あるいは『源語支流』を編集する時点での『源氏作例秘訣』の第一次本は、現存本よりも歌数の少ない本文であったのかもしれないと思っている。ともかく、このような作例歌の集成は、『源氏物語』が和歌詠作の素材源として、物語の成立当初から利用され続け、和歌の世界に『源氏物語』が重要な位置を占めるとともに、文化史の形成に大きく関わっていたことを意味しているであろう。

＊1 拙編『松永本花鳥余情』(『源氏物語古注集成』)を用い、私に句読点、濁点を付した。

＊2 寺本直彦『源氏物語受容史論考 続編』(昭和五九年、風間書房)、田中隆昭『源氏物語引用の研究』(平成一一年、勉誠社)

＊3 タテ二五、ヨコ一七・四センチ、料紙は楮紙による袋綴本、表紙には「源氏作例秘訣」とだけする題簽を付し、一冊目は桐壺から朝顔、二冊目は少女巻以降が収められる。ただ、一冊目の目録には、桐壺から雲隠を含む五十五巻が記され、初めに「上巻」とし、少女で改行して「下巻」とするので、上下二巻の構成であったようである。なお、下巻には目録は記されない。

＊4 日下幸男『近世古今伝授史の研究 地下篇』(平成一〇年、新典社)には、「有賀長伯年譜」として詳細な考証がなされる。ただ、『源氏作例秘訣』の存在については指摘がない。ほかに、三村晃功「有賀長伯編『和歌分類』の成立」(中世文学研究」第二十一号、平成七年八月)がある。

＊5 日下著書によると、光豊は数人いるようだが、『源氏作例秘訣』を写したのは、長伯の書写した『八雲神詠和歌三神人丸伝』(東北大学図書館狩野文庫本)を文化二年に転写したという光豊と同一人物であろうか。

＊6 拙著『源氏物語注釈史の研究』(昭和五五年、桜楓社)所収「『連珠合璧集』の源氏寄合」

＊7 寺本直彦前掲書。なお、この歌は『新古今集』(巻十八・雑下)に入集する。

＊8 関根慶子他『赤染衛門集全釈』(昭和六一年、風間書房)

＊9 ＊6の拙著の「詠源氏物語和歌の諸相」に五十五首を翻字している。

特集 源氏文化の視界

浮舟
——〈死の練習〉としての物語——

百川敬仁

若菜下巻での暗転にはじまり大君の死を経て浮舟の出奔―自殺未遂―出家にいたるプロットの進行を、象徴的な死の経験の必要性が明確化してくる過程と見なし、『源氏物語』を一種の〈死の練習〉の試みへ至る作品として読んでみることが出来る。もちろん〈死の練習〉といっても、プラトンの『パイドン』の主人公が来世へ行くため普段から熱心におこなっていたものとそっくり同じ意味ではない。私はそれを物語が書きつがれる原動力となっている「もののあはれ」の追求とむすびつけ、さらにはその追求がエロティシズムの問題ともかかわっていることを視野に入れながら、『源氏物語』における〈死の練習〉の意味を考えてみたい。

一

浮舟の物語を検討するまえに、議論の前提を築いておかねばならない。物語が現在の小説などとは異なるところを持つ古い時代の文学作品だとしても、霊媒《ミーディアム》による自動書記ではなく鋭敏な自意識を持った当時としては一流の知識人である作家たちの手になるものである以上、現実の世界で生きている一人の人間としての彼／彼女にとって何らかの肯定的な意味がなければ、あえて書きつがれることはない。そう考えると、『源氏物語』の場合、当初の通過儀礼の想像力に依拠した英雄神話あるいは王権物語ふうの素朴なものから、巻が進むにしたがって次第に人間の苦痛にみちた生存を主題とするものへ変化しながら延々と書きつがれていく事実を、どう理解すべきか。人々の娯楽のためというには、作家の支払う労苦の代償が大きすぎるし、読んで楽しいといった性質の内容でもない。あまり深刻な人間になってもらっては困る上流の姫君の教育にも全くふさわしくない。だからといって、近現代の小説概念から類推し、目をそらしてはならぬこの世界の悲惨な真実を描き出そうとしたのだ、と考えるわけにももちろんいかない。キリスト教が世俗化される長い歴史を踏まえて現れたそのような西洋の自然主義的概念は、古代日本の物語作家の思想には存在しないからだ。

ではやはり仏教的な思考が鍵なのだろうか。しかし、出家によってすべてが解決するというような通俗的なそれを物語が説いていると考えることなど、もちろん問題にならない。よく知られているように、『源氏物語』はむしろ出家を忌避しているようにさえ見える。紫の上はついに夫から出家を許されぬまま世を去ったし、その光源氏は何度も出家を思いながら、そのつど人間の生のはかなさを愛惜するあまり、それをむげに否定するような出家に踏み切れずにいる。あっさりと出家をとげた女三の宮などは、その軽々しさをむしろ非難される始末である。光源氏の出家は物語のなかでは描かれず、はるかのちに宿木巻で、ことのついでに事後報告されているだけだ。

しかしそれでも、当時、仏教のほかには、『源氏物語』の作家が拠ることのできるような高度の思想はありえなかった。とすると問題は、どのようなかたちで作家は仏教と関わったか、そしてそれがどのように作品行為の持続と関わっているか、ということになるだろう。

先に述べたように、作家は、はじめは神話的な想像力のはたらきに身をまかせて書いていた。そうした状況では、仏教はとりあえず問題とはなりえない。事情が変わるのは、その想像力のモデルにしたがって光源氏が権力を手に入れるところまで書ききってしまったときである。そこで擱筆すればそれまでだが、おそらく意外にも、作り上げた物語世界のなかで光源氏に踏みつけられた人物たちが作家には気になりはじめた。たとえ虚構の世界ではあっても、それが作家の精神の一表現であるからには、その矛盾や綻びは心に刺さったトゲのように作家を苦しめる。そのようにして、権力闘争で軋轢を生じた頭の中将との関係を改善するためにその娘を光源氏が見つけ出して引きあわせる玉鬘十帖を――もちろん夕顔巻に手を入れつつ――書きくわえた。しかしそれでは充分ではなかったので、さらに敵役を演じさせられ失意のうちに生きながらえている朱雀院を慰撫するために、その娘である女三の宮を光源氏が妻に迎えるというプロットを若菜巻として書きくわえようとした、と私は考える。

もうここまで作品がやって来ると、安んじて拠るべき想像力のモデルなど存在しない。作家は〈書く〉という行為が引きよせた未知の事態に直面して、手さぐりで物語を書きつぐことを強いられる羽目になったのである。基本的に口頭の音声言語が中心だった古代にあって、海に浮かぶ小島のように書記言語の堡塁をかたちづくっていた宮廷世界だが、その内部においてさえ、これはまったく孤独な作業となるほかないような異常な事態だったはずだ。そのときはじめて、書記言語に根拠をあたえ作品行為の意味を保証しうる可能性を持つ唯一の思想として、仏教が問題になってくる。

ここで議論の前提として確認しておきたい。書記言語のリアリティを保証するものが存在しなければ、作家は一字も書き始められないということだ。その意味で、およそ当時の作家たちは最初から無意識のうちに仏教に依拠していた。眼前の現実を超えた真実というものがあり、それは言葉によって提示可能であることを人々が無意識のうちに信じているからこそ、作品が書きはじめられる。目に見えない浄土や地獄について記している仏典が正しいのなら、作家たちが描きだした想像の世界も、それはただの言葉にすぎないという理由だけで否定されるいわれはない、というわけである。ついでに言えば、言葉というものをめぐるこの事情は、現在の日本文化が言葉のリアリティを保証できる宗教も形而上学も持っていないため、現実だけが唯一の真実となり、その他は幻想とされかねない状況にあるのとは大きく異なる。

それはともかくとして、しかし『源氏物語』の作家の場合は、いわゆる第二部、若菜巻以降の物語を書きつごうとするあたりから、書記言語をめぐって右のような一般的・原則的なものに尽きず、もっと面倒な問題につきまとわれはじめているように思われる。物語がしだいに深みにつきすすみ、娯楽にも教育にもならない何やら得体の知れない世界を開示しはじめたとき、作家は自分が駆使しているはずなのに意のままにならない言葉とのあいだに異和を覚えるようになっていくのではないだろうか。こういう言い方が出来るとすれば、作家は自分が言葉に操られるような不安さえ覚えはじめていたのではないか。もちろんこの場合の言葉とは、現実と別の世界を構築していく書記言語であり、日常生活でもっぱら伝達のため使っている音声言語ではない。

じつはこの異和のせいで、『源氏物語』と仏教の関係は、たんに言葉のリアリティをめぐるだけの一般的・間接的なものにとどまらなくなるのだ。それは次のような理路による。

光源氏だけが勝者となってしまった物語世界のバランスを回復させるため付加した女三の宮降嫁というプロットのせいで、今度は紫の上の深刻な挫折感について語らざるを得なくなるというように、作品はしだいに収拾のつかぬ様相を呈しはじめた。そこで作家は、物語を外側から有無を言わさず終結させるオールマイティとして、登場人物の出家という筋書きを導入することにしたと考えられる。意のままにならぬ言葉をイデオロギーによって強制しようとしたと言ってもよいだろう。光源氏四十賀・住吉参詣という物語の大団円となるべき行事を語る若菜巻で、若い女三の宮を上手にリードして互いに賢く棲みわけることに成功したかに見える紫の上が、近づく老いを理由に光源氏に対して執拗にくりかえす出家の願いがこれである。物語をひとつの世界として完結させるための当時の常套手段に従ったものと言うべく、ふつうだったら、彼女はここでいっさいの現世の紛擾を離脱して後生を思う生活に入り、人間の生のはかなさを嘆きながらも厭離穢土欣求浄土の思想によって救済されることになっただろう。だがこのとき、おそらく作家にもまったく予想外の出来事が起こった、と私は推測する。紫の上の（そしてそれに続くはずの光源氏の）出家はそれまでに自分が作り上げた物語世界を無に帰せしめかねないということに、突然、作家は想到した――そう考えなければ、紫の上の発病という筋書きの導入は理解できない。

先にも述べたとおり、悲惨な世界を描くためには、それなりの積極的理由がなければならない。当初の若菜巻の筋書きには存在したはずのない女三の宮と柏木の密通という事件を導入しておいて紫の上を発病させるという展開は、物語が語った美しい夢を裏切らぬように光源氏を再び彼女のもとに引き戻す、という目的なしには生まれない。だが、それにしても、もし出家による物語の終結が可能であったなら、そもそもこのような苦しい設定は必要でなかったはずだ。そうだとすれば、紫の上を出家させようとしたとき、初めて、誰もが見ぬふりをしている真実に作家は気づいたのだ、と私たちは理解するしかない。それは出家という行為が、もし真面目にそれを受け取るなら、尋常の人間的感性を持って暮らしてきた人々にとってはほとんど死――正確に言えば自殺――と同義語にほかならないということだ。だからこそ、人々の現世の夢を体現する光源氏は紫の上の希望をしりぞけねばならない。たとえ発病の代償を払わせても、である。この思惟は若菜巻では明瞭に示されていないが、紫の上の病状いよいよ革まった御法巻で、なお出家を許さぬ光源氏の内心の思いとして明らかに語られる。

一たび家を出でたまひなば、仮にもこの世をかへりみんとは思しおきてず、後の世には、同じ蓮《はちす》の座をも分けんと契りかはしきこえたまひて、頼みをかけたまふ御仲なれど、ここながら勤めたまはんほどは、同じ山なりとも、峰を隔ててあひ見たてまつらぬ住み処《か》にかけ離れなんことをのみ思しまうけたる……

（源氏物語の引用は小学館版新編日本古典文学全集本に拠る。以下同じ。）

「ただうちあさへたる思ひのままの道心起こす人々」と対比されているこの光源氏の厳重な出家観からすれば、六条院に住みつづけて夫の光源氏や吾子の薫ともそうしたければ自由に会える生活をおくっている女三の宮を初めとして、ほとんどの人々の場合が、本当の意味で出家したことにはなるまい。もし自分というものが他者との関係のなかで築き上げられたものだとすれば、そうした現世での他者との関係を虚妄としてたとえ一旦にせよ捨てるのは、他者を喪失することであると同時に、自分自身を崩壊させることにひとしい。それは、死とどこが違うだろうか。少なくとも『源氏物語』の作家には、同じことだと思われたに違いない。出家はいわば命がけの行為である――これはいくら強調しても足りない恐ろしい真実であり、誰もが直視しなければならない真実だ、と作家は考えたはずだ。だからこそ匂兵部卿巻で、ふたたび女三宮の出家が、しかし今度は名指しで、念を押すように露骨に無効を宣告されねばならぬゆえんだろう。「(女三宮は) 明け暮れ勤めたまふやうなめれど、はかもなくおほどきたまへる女の御悟りのほどに、蓮の露も明らかに、玉と磨きたまはんことも難し、五つの何がし (＝五障) もなほうしろめたきを……」と考えているのは、皮肉にも実子の薫である。

とはいえ、作家には、鬱然たる巨大な思想の体系として存在している仏教を否定しようなどというつもりは毛頭なかったはずだ。当時、誰がそんな大それたことを考えるだろう。実際に出家するかしないかは別として、出家の意義そのものについては、これを肯定せざるを得ないことは自明だった。ただ、納得できるまでは実行を躊躇するほかなかったのだ。『紫式部日記』で、宇治十帖をすでに、あるいは少なくともなかばは書き終えたかと思われる寛弘六年初頭頃（この点は後述）に、「聖にならむに、懈怠すべうもはべらず。ただひたみちにそむきても、雲に乗らぬほどのたゆたふべきやうなむはべるべかなる。それに、やすらひはべるなり」と述懐しているとおりである。こうして、光源氏も紫の上も出家することが出来なくなる。

二

出家によって物語を終結させようとしていた作家は、それが出来なくなった今、むしろ書き続けることで終結させるほかない。自己と他者の二重の喪失への恐れが出家を不可能にしているのなら、その恐れを解く物語を書くことで出家の妨げを取り除くしかない。そこで作家は、紫の上と光源氏の関係を原型としてふまえ、出家を願う女とそれを引きとめる男の物語によって、これを試みることになる。物語は神話的想像力のような外的モデルではなく作品内部の葛藤を推力とし、その解決への希望を内的時間の根拠として展開しはじめるのである。

最初の試みは、『源氏物語』の巻の順序に惑わされることなく考えれば、むろん夕霧巻で語られる夕霧と落葉の宮の物語である。とは言え、この巻で女が生きていくことの難しさに対して答が得られているわけではむろんないが、それでも、出家にせよ在俗にせよ女にとって何らかの絶対的に正しい生き方があってそれを実行すればよい、というような単純な解決は有り得ないことが明確にされていると受け取ってよいだろう。改めて引用するまでもないかも知れないが、有名な紫の上の述懐にそれははっきり見てとれる。

> 女ばかり、身をもてなすさまもところせう、あはれなるべきものはなし、もののあはれ、をりおかしきことをも見知らぬさまにひき入り沈みなどすれば、何につけてか、世に経《ふ》るはえばえしさも、常なき世のつれづれをも慰むべきぞは、おほかたものの心を知らず、言ふかひなき者にならひたら

むも、生《お》ほしたてけむ親も、いと口惜しかるべきものにはあらずや、心にのみ籠《こ》めて、無言太子とか、小法師ばらの悲しきことにする昔のたとひのやうに、あしき事よき事を思ひ知りながら埋《うづ》もれなむも言ふかひなし、わが心ながらも、よきほどにはいかでたもつべきぞ……

この述懐が出家に対して積極的でないことは明らかだが、引用文中の「無言太子」という言葉が、すでに指摘されているように、仏教の戒める妄語の罪で地獄に落ちることを恐れて無言を続けたため殺されかけた太子の説話に拠るものだとすれば、いっそうそのことは明瞭だと言えよう。単なる慨嘆につきるのではなく、女が人間として充実した現世の生を生きるための賢明な身の処し方はないものか、と問う姿勢を示していることが重要だ。この問いが、物語にさらなる展開をうながしていくのである。

新たな本格的な展開は、言うまでもなく、橋姫・椎本・総角の三巻を通じて語られる薫と大君を主人公とする物語である。ただしその前に作家は、紅梅巻で宮の御方と匂宮の組み合わせによる物語の可能性を、そして竹河巻では薫の主人公としての可能性を探っている。どちらも物語としては中絶したが、匂と薫が主要な登場人物となる見通しはそこで得られたのである。

（成立論的な推測をもとにして論を進めているので、この辺りで、私の立場をはっきりさせておきたい。紅梅巻末尾での八の宮の姫君たちへの唐突な言及や、紅梅大納言と夕霧の官位の問題が起因する竹河巻末尾については、私は明らかな増補と見なす。したがって両巻は橋姫物語が書き終えられたあたりで、周辺のエピソードを語るものとして位置づけられ手を加えられたと推測する。もっとも原形に近い一本と思われるので以下は青表紙大島本にそくして述べるのだが、周知のとおり竹河巻での紅梅大納言と夕霧の官位昇進は総角巻と蜻蛉巻――ただし蜻蛉巻は呼称が揺れている――以外は他巻と連繫していない。その直接の原因を、道長がまとまった量の草稿を持ち去ったという日記の寛弘五年十一月十日前後の出来事に帰することが可能だろう。少なくとも紅梅・竹河両巻がこの草稿に含まれていたと考えることは無理ではない。先に日記の述懐時期と物語の進行状況との関係にふれたが、それはこの推測に基づく。夕霧の官位の混乱にふれて、夕霧が左大臣になると道長を連想させるので、それを避けるため作家は竹河巻での昇進を宿木以降の巻々で無視したか、とする小学館版新編日本古典文学全集の今井源衛氏による「漢籍・史書・仏典引用一覧」の見方は、この推測と補い合う。草稿が持ち去られなかったら作家は昇進記事を抹消していただろう。「よろしう書きかへたりしは、みなひきうしなひて、心もとなき名をぞとりはべりけむかし」という作家の危惧どおりになったのである。匂兵部卿巻については、紅梅・竹河両巻の系列化よりも後に、橋姫物語の前提となるべく、また宿木巻以降の浮舟物語の展開をも視野に入れながら書かれたと考えられる。匂宮が橋姫物語を通じて六条院に住んでいる形跡がある――三条宮が焼けて六条院に移った薫が近くなったので常に訪問しており、また妹の女一の宮の女房たちにしばしば言い寄っていると総角巻にある――にも関わらず匂兵部卿巻では二条院に住むと明記されていて、そこに中の君と一緒に住んでいる宿木巻以降の記述と整合していることが、これを示唆する。六条院が光源氏の亡くなったのちしばらくは閑散としていた、という報告が匂兵部卿巻と宿木巻に共通してなされていることや、両巻だけに登場する人物（常陸の宮）が存在することなども、同様に考えることが出来よう。これらは、道長が持ち去った草稿が橋姫・椎本・総角の諸巻も含んでいたことを示唆するものだ。総角巻が竹河巻とともに夕霧を左大臣とするのはその一証とされよう。しかしさらに、宿木巻には紅梅巻との連繋をはかる記事が見えることからすると、早蕨以降の諸巻もすでにほとんど書き終えられており、橋姫物語諸巻および紅梅・竹河巻に先だち夕霧の官位訂正などをめぐる配慮あるいは訂正がほぼ済んでいた状態でやはり一緒に持ち去られた、と考えることも出来る。蜻蛉巻の夕霧官位の混乱は、そうすれば訂正漏れとして説明は可能だ。この頃の日記に「こころみに、物語をとりて見れど、見しやうにもおぼえず」とあり、それから間もない寛弘六年初頭の記事に続く述懐では出家への決意を語っているのも、物語を書き続けることの出来なくなった作家という印象を強く与える。なお、以上の推定が正しければ、日記に見える大規模な「御冊子づくり」とは、『源氏物語』の正篇（第一部と第二部）の一部分、あるいはそのすべてということになるだろう。ちなみに、草稿散逸という事態が生じる可能性は、持ち去られるだけでなく貸与した分が戻らなかったり様々なかたちで存在したに違いない。したがって、私の考える「前源氏物語」（ほぼ現在の帚木三帖と若紫・末摘花巻に相当）の系列化や桐壺巻の加上、玉鬘十帖の追加および若菜巻改作による大幅な書きかえなどが次々とほどこされたと思われる正篇は、異本が現存しないことを考えると、ほぼまとまってから本格的に流通し始めたと推測される。散逸の可能性が高くなる出仕以前に正篇の少なくとも大部分は書かれていた、と考える方が無理は少ないだろう。）

三

こうして橋姫物語が試みられることになるが、作家の意図は薫という登場人物の設定を見れば明らかである。

薫は夕霧と違って、何よりも出生の秘密を抱えているため、そしてまた幼時に事実上の父親だった光源氏を喪うという体験のため――「いはけなかりしほどに、故院に後れたてまつりて、いみじう悲しきものは世なりけりと思ひ知りにしかば……」(椎本巻)――、若くしてすでに現世に距離を置いて生きている男とされている。生得の変人なのではない。普通の人間的欲望を十分に持っているにもかかわらず、他を欺いて生きているという根源的なうしろめたさのため、そしてまた現世のはかなさを痛感しているため、安んじて欲望に身をまかせる気になれないのだ。だがそれだけなら、隠遁者となってしまうだろう。しかし薫は、一方で、まさにこの秘密を抱えているからこそ、他者との透明な了解を希求する存在として設定されているのである。弁に向かって、「(大君と)さしむかひて、とにかくに定めなき世の物語を隔てなく聞こえて、つつみたまふ御心の隈残らずもてなしたまはむなん」(総角巻)と訴えているとおりである。とは言え、もちろん、秘密を隠しているかぎり完全な了解は有り得ないし、秘密を明かしてしまえば了解どころか身の破滅となりかねないのだから、薫の望みは根本的に矛盾したものというほかない。しかし、これをもって、私たちがその人物設定を難じてはならないだろう。むしろ、現実の人間とは、もともとそうした矛盾のかたまりではないか。だから読者は、彼がそれを解決するという希有の事態を夢見るのでなく、どこまでもそれを生き抜くことを祈ることしか、本当は出来ないのだ。そうなると、物語における解決とは、結局、物語がどこまでも続くということを意味する。作家からすれば、永遠に書き続けるということだ。そして、いくつかの巻を書き試みたあげく薫という人物を得た作家は、どうやら、次第にこのことを理解しはじめているように思われる。言いかえると、書き続けることこそ、いわば物語の倫理であることを予感し始めているように思われる。

それなら、薫が了解の対象として選んだ大君とは何者か。彼女はむろん先の紫の上の述懐に呼応して、女という存在の生き難さを身をもって示すべく登場した人物であり、それゆえ薫と同じように矛盾をかかえている。落魄した皇族のプライドと劣等感がないまぜになった自意識が、親の面目をつぶすような振る舞いはするなという八の宮の遺言とあいまって、彼女を本意でない隠遁へ駆り立てているのである。しかし、じつは、この身分ということは彼女の問題のすべてではない。むしろ、女盛りの妹の中の君を世間へ出してやりたいと願っていることから知られるように、大君にはさらに別の、ある意味ではもっと深い隠遁の理由として、肉体の衰えの自覚ということがある。「恥づかしげならむ人に見えむことは、いよいよかたはらいたく、いま一二年あらば衰へまさりなむ、はかなげなる身のありさまを、と御手つきの細やかにか弱くあはれなるをさし出でて、世の中を思ひつづけたまふ」（総角巻）——と、狭い宇治の山荘のさして離れてもいない場所で妹が匂宮と新婚三日目の夜を過ごしているちょうどそのとき、自分には薫と暮らす幸福を夢見る資格などないと暗い外の風景を見つめながら考えている大君の姿は印象的である。

私たちはここで、緊密に支え合ってきた生涯を確認させる頂点とも言うべき住吉参詣のあとで、しかし皮肉にも若い女三の宮に次第に光源氏を奪われていく事態を認めねばならなくなった紫の上の姿を想起すべきだろう。「わが身はただ一ところ（＝光源氏）の御もてなしに人には劣らねど、あまり年つもりなば、その御心ばへもつひにおとろへなん、さらむ世を見はてぬさきに心と背きにしがな」（若菜下巻）という紫の上の出家への思いを、大君が引き継いでいるのである。

大君とは、山荘へ隠遁していることによって、いわば、出家を遂げてしまった紫の上にあたる人物なのだ。男はなおも諦めきれずに近づいてくるのだが、女の方はあの光源氏ほど厳格な出家観に従うのではないにせよ、少なくとももう男と直接に顔を合わせたりすべきではないと考えている。そのとき問題は、そうした状況で男と女のそれぞれに、またお互いに、人間としてどんな「たゆたふべきやう」（『紫式部日記』）が生じるのだろうか、ということなのである。

しかし現実的に考えると、後見を薫以外に持たぬ大君が事実上の出家状態を貫くことはむずかしい。げんに薫は大君を三条宮に迎えようと準備を進めているし、大君も女房たちが薫の味方をする状況では拒みきれまいと考えている。そして、何よりも、容色の衰えを見られて嫌われるのは辛いという理由で対面を拒むような場面に明らかなように、大君自身が薫に対して惹かれている。もし大君がそれでも拒み通せたとしたら空疎な物語となるだろう。そこで、帰着するところ彼女の死が物語の必然となるほかない。それは「いかで亡くなりなむ」という大君自身の決意が引き寄せるかたちをとる。私は、以前は、二人の尋常な結婚の成就が物語の浮遊する未来の希望として書き進められ、その成就の可能性が物語の一瞬一瞬に繰り返される賭けとして辿られてゆく時間の中で、作品のエロティックな緊張が生じると考えていた。しかし、この見方は修正を要するだろう。死が既定の成り行きだとすれば、その死をふまえ、むしろ逆手に取ることで二人のあいだにどのようなかたちの深い了解がどこまで成り立ち得るかというところに、未知の光景へ手探りで接近してゆく時間感覚としてのエロティシズムが顕現するはずなのである。

以下、大君の死に至るまで、総角巻における彼女と薫との了解の在り方の変容の軌跡は明瞭である。匂宮が帝や中宮らに牽制され禁足状態となり中の君への夜離れが重なるにつれて、大君は心労のため弱ってゆくが、それに応じて彼女の薫への態度は打ち解けたものとなる。薫はそこに死の影を認めるが、どうすることもできない。そうして遂に死が薫との間に立ちはだかる絶対の隔てとしてその姿を現したとき、大君はそれまでのような〈物を隔ててよろしければ、心の隔ては一切いたしません〉という逆説を弄する必要から解放される。彼女は死の床で、「もし命強ひてとまらば、病にことつけて、かたちをも変へてむ、さてのみこそ、長き心をもかたみに見はつべきわざなれ」と考えているが、この「長き心」とは二人がいまようやく、さまざまな顧慮から自由になって共有するに至った了解を指すものだ。しかし、この隔てなき了解と見えるものも、じつは死の予感と引きかえにのみ成り立つ。そして、死はその当人にとって、つねに予感としてしか存在し得ない。その意味では、予感を根拠に遂げられる二人の了解は、この上なく美しいものだとしても一種の虚構にすぎない。だからこそ大君は、もし蘇生した場合にこの了解を維持する方法としての出家を、最後まで意識せねばならぬのである。ここには、新たな次の問いがすでに顔をのぞかせている。だが、大君という登場人物には、もうそれを担う力はない。

四

かくして作家は浮舟の物語へと書き進むことになる。もう言うまでもないが、浮舟とは、大君のように虚構の中でではなく、決して美しいとはかぎらぬ現実の中で薫との了解の可能性を試みる存在である。現実の中で、とはどういう意味か。それは、予感としてではなく実際に〈死を生きる〉中で、ということでなければならない。つまり、光源氏が考えていたような厳格な出家をふまえて、なお現世における他者との関係の意味を問う試みが浮舟に託されているのだ。

早蕨巻から宿木巻なかばまで、薫と中の君との物語の可能性が探られる段階があったかも知れない。しかしそうだとしても、それは消え、大君の異母妹という縁で浮舟が新たに舞台に呼び出された。出家は初めから予定されている。そこへ至る成り行きを自然なものとするため、ことさらに世間知らずの幼稚さが強調されねばならない。橋姫物語のときも大君を死の決意へ追い込んでいく上で重要な役割を果たした匂宮が、ここでもうぶな浮舟を三角関係に巻き込んだあげく自殺未遂から出家へ追いやる。薫と併称される匂宮だが、物語にとっての本質的な意味はそうした点にしかない。浮舟は匂宮に起因する悩みによって急速な人間的成長を遂げる。「(浮舟は) いとようも大人びたりつるかなと、(薫は)心苦しく思し出づることありしにまさりけり」(浮舟巻)——こうして浮舟と薫の関係が了解の主題の新たな展開を担うだけの準備をしだいに整えてきたところで、進退きわまった浮舟の出奔—自殺未遂—出家が敢行され、物語はいよいよ〈死の練習〉として展開されはじめるのである。そのとき、作家の代わりに死を生きねばならぬのは浮舟ばかりではない。自分の至らなさゆえに浮舟を死なせたという自責の念と喪失の悲嘆のあまり、出家をうながす仏の配慮かとまで考える蜻蛉巻での薫も、〈末期の目〉で世界を眺めはじめている。そうした二人が生の意味と相互了解の可能性を探りあうという未聞の物語世界を定義する情調こそ、本居宣長が意識的にか無意識的にか混同した近世以降のそれとは明確に区別さるべき『源氏物語』の「もののあはれ」でなければならない。だが、こうした眼差しをもって人間がこの世に生きるとは、どういうことなのか。それはそもそも可能な企てなのだろうか。

浮舟は自殺未遂ののち自分の過去を振り返り、匂宮に夢中になったことを馬鹿馬鹿しく思うとともに、ようやく薫という人間を理解しはじめる。そして、薫に再会したいと願っている自分の心の動きに気づいて驚く。浮舟のこうした変容を提示したあと、作家は、彼女を出家させてさらに深く死の底をくぐらせるのである。出家した当初はすべての問題が解決したかのような気持ちになった浮舟だったが、間もなくなぜか憂愁に閉じこめられるようになった(手習巻)。やがて出家から半年が過ぎた頃、一向に薫の記憶が薄れないことを自覚して焦慮さえ覚えているとき、事情を知った薫から手紙が届く。動転する浮舟には返事さえ出来ない——周知のとおりここで物語は終わっている。

〈死の練習〉としての物語は中絶したのだ。おそらくはそのあまりの困難さのために。そしてその瞬間、今や出家を決意する以外に方途のないことが明瞭になった作家にとって、物語はただの紙屑と化したのである。だが作家が立ち向かった問いが消えたわけではない。そしてそれは、仏教の興廃などと関わりなく、今も私たちの前に存在している。なぜなら、もはやどんな言説によっても意識にとって死は絶対の外部であることを覆い隠すことが出来なくなってきた現代では、死そのものを捉えようとするのではなく死を生きてみるというういわば現象学的な接近しか、その私たちの生との関係を考える方法は残されていないと思われるからだ。

＊付記。「もののあはれ」及びエロティシズムについて詳しく言及できなかったので、筆者の「〈もののあわれ〉とエロティシズム」(「国文学」一九九九年四月号)および『日本のエロティシズム』(筑摩書房)を参照していただければ幸いです。

特集 源氏文化の視界

〈なやみ〉と〈身体〉の病理学

——藤壺をめぐる言説——

石阪晶子

はじめに

源氏物語の藤壺における〈病〉の論理を分析し、一つの試みとして、「なやみ」の描写を通して藤壺像を明らかにしていきたい。

藤壺をめぐる論考は、従来より盛んに行われてきており、その研究状況は複雑化をきわめている。[*1] その中で、本論では、藤壺の存在を形成する叙述のかたちに焦点を当て、身体叙述としての〈病〉を読みの視座に据えながら、藤壺という女性の自我を造り上げる語りのしくみを問題化したいと思う。[*2]

藤壺を表す叙述を改めて振り返ってみると、「なやみ」という身体表現が著しく目立つことに気づく。「なやみ」は、一般には病など、体力の減退や衰弱を意味するが、特に女性の場合は懐妊の状態を表す場合が少なくない。藤壺の〈なやみ〉は、ある時は懐妊の兆候として、または病気の表現として、場面によってかたちを変えて浮上する。身体論は藤壺においてこそ有効といえそうである。すなわち彼女の身体は常に〈なやみ〉を繰り返し、再生産する身体といえよう。藤壺と、彼女をさいなむ〈なやみ〉は、密接に分かちがたく結びついているように見受けられるのであり、藤壺像を造り上げる叙述の中で、〈なやみ〉は一つの重要な問題を築いているのである。

もっとも、この問題は、藤壺だけに集約されるものではない。それはむしろ、紫の上や女三宮の病において連想されやすいであろう。[*3] 若菜下で「暁方より御胸を悩みたまふ」と発病し(二〇三)、御法巻で死に至るまで久しく続いた紫の上の病は、「ありしよりはすこしよろしきさまなり。されど、なほ絶えず悩みわたりたまふ」(二三三)、「そこはかとなく悩みわたりたまふこと久しくなりぬ」(御法4・四七九)と語られ、小康は得ても完治には至らず、微力ながらも長期に渡って執拗に進行し、彼女の生命をむしばむ様子が認められた。つまり紫の上の病の特徴は、その継続性にあるといえるのであり、不治の〈病〉の中で、彼女は死期を悟るのである。[*4] これは、発現それじたいが再三強調される藤壺の〈なやみ〉とは対照的といえよう。また、女三宮の〈なやみ〉は、彼女じしんが自覚しないにもかかわらず、周囲が病だと意味づける様子が印象強い。「悩ましげになむとありければ」(若菜下・二二二)、「かく悩みたまふ、と聞こしめしてぞ渡りたまふ」(同・二三五)、「悩みたまふと聞きてもほど経ぬるを」(同・二三六)、「いと悩ましげにて」「かく悩ましくせさせたまふを」(二四二)というように、女房たちが「悩ましげ」と認定したり、また光源氏がその判断を信じて見舞いに来たりする。すなわち、女三宮の〈なやみ〉はそのような外側からの認識によって決定づけられるのであり、本人の把握については不問に付されている。柏木と密通した後の女三宮の内的な苦悩が、周囲には病と受け取られるのであり、〈なやみ〉をめぐる誤解の構図が女三宮の場合にはみられた。外的な意味での〈病〉が、女三宮じしんの内的な実態よりも先行して、語りの中で氾濫していたのである。

密通と懐妊から〈なやみ〉が生じるという点で、女三宮は藤壺の延長上にあるといえそうである。しかし、後で述べるように、懐妊や病苦を通して心理的な葛藤が展開され、肉体の衰弱に向かって内なる抵抗力を獲得していく藤壺の〈なやみ〉に対して、紫の上や女三宮のそれは、〈病〉に拮抗するような精神力の生成過程をなしているとはいいがたい。女三宮は結果として、周囲が決めつけたところの〈病〉に妥協し、流されていくのであり、紫の上は、〈病〉を自ら選択し、引き受けていく。〈なやみ〉を切り口とした場合、藤壺だけに問題がとどまらないことは十分に認識されるのだが、他の女君についての言及はひとまず措き、ここでは藤壺の〈なやみ〉を特に取り上げて論じたい。紫の上や女三宮の存在を視野に入れつつも、藤壺論の中で〈なやみ〉という角度を導入し、〈身体〉の描写が藤壺の自我といかに関わるかを当面の課題としてみていく。

また、本論では、藤壺の動きを多く引用しているが、むろん叙述の現場では、藤壺側の描写ばかりで成り立っているわけではなく、全体の構造から見た場合、そこには光源氏の側の視線や思惑も無視できない。[*5] 本来ならばむしろ光源氏から藤壺に注がれるまなざしの問題こそ重要であり、中心化されるところであるが、しかし、そうした、藤壺の造型を支える光源氏の野望の重要性を配慮しつつ、光源氏の幻想からこぼれ落ちてくる藤壺側の問題を、私はあえて重視したいのである。

光源氏が思念する理想の人としての藤壺は、所詮は実体のない虚像であり、幻影であった。ところがそれに反して、藤壺の側に即して描かれる叙述においては、懐妊や出産、病など、むしろ逆に、彼女の〈生理〉の問題や、〈身体〉に関する具体的な叙述が際立っているように思われる。つまり、彼女の自己把握の中では、その身体性が強烈に意識されているのである。こうした把握の分裂と断層のなかで、〈なやみ〉を内に含んだ藤壺の心身を考えることは有効といえよう。[*6] 〈なやみ〉は、藤壺の心境であり、また同時に肉体性をも言い表している。身体と内面を、別次元のものとして割り切るのではなく、出産をめぐって肉体と精神が分かちがたく結びついて進行する藤壺の〈生理〉のしくみそのものに、あえてこだわっていきたい。〈なやみ〉との対応構造から、藤壺像の本質の一端を見出すことができると考えるからである。

一　受胎と〈なやみ〉

藤壺に関する叙述の中で「なやみ」が多く繰り返されることは、次の用例などで散見される。物語において、藤壺は、意外なほど身体叙述が多かったことが改めて確認できよう。

I 藤壺の宮、なやみたまふことありて、まかでたま

へり。（若紫1・三〇五）

II宮も、なほいと心うき身なりけり、と思し嘆くに、なやましさもまさりたまひて、とく参りたまふべき御使しきれど、思しも立たず。まことに御心地例のやうにもおはしまさぬは、いかなるにかと、人知れず思すこともありければ、心うく、いかならむとのみ思し乱る。暑きほどはいとど起きも上がりたまはず。三月になりたまへば、いとしるきほどにて、人々見たてまつりとがむるに、あさましき御宿世のほど心うし。（若紫1・三〇七）

III御物の怪にや、と世人も聞こえ騒ぐを、宮いとわびしう、このことにより、身のいたづらになりぬべきこと、と思し嘆くに、御心地もいと苦しくてなやみたまふ。（紅葉賀1・三九七）

これらの例は、光源氏からの把握だけでは、決して掬い上げることのできない藤壺像が、物語の現場において確かに存在することを雄弁に証明している。[*7] 光源氏の幻想の裂け目として浮上するのが、藤壺の生理の苦しみの描写であり、生理を通して自覚される罪の苦しみの描出ということになるのである。彼女の精神的苦悩が語られる時、必ず「なやみ」を始めとする身体の異変を表す表現が共に呈示されていることに注意しておきたい。I「藤壺の宮、なやみたまふことありて、まかでたまへり」であれば、宮廷生活の心労が退出を促し、[*8] IIやIIIでは「と思し嘆くに、なやましさもまさり」とか「と思し嘆くに、御心地もいと苦しくてなやみたまふ」といったように、罪による不安や身の破滅への恐怖がそのまま身体的な苦しみとして作用していく過程を表している。特に、II「なやましさもまさりたまひて」は、罪の子の懐妊という精神的な打撃と、女性としての生理の苦しみから生じる鬱情が、さらなる肉体的な苦痛を引き起こすことになる。III「いと苦しくて」も、身体性と内面性を、両方抱え込んだ表現といえよう。

II「宮も、なほいと心うき身なりけり、と思し嘆くに、なやましさもまさりたまひて」は、鬱積する心痛に加えて、身ごもったために必然的に生じるつわりの苦しさと吐き気が、ひとしおこみあげてくるさまが描かれている。「なやましさ」とは、語義としては、苦しい気持ち、病気のような感じであり、それ以上の解釈は望めないように見えるが、しかし、「なやましさ」があくまでも感覚、感じを表すことばであることに着目し、これを、不快感をもよおす身体感覚という、より広い視野で考えると、つわりによる吐き気の感覚をも言い表すのではあるまいか。「なやましさ」は単なる気分の悪さを意味するにとどまらず、胎児を身ごもった兆しとして、必然的に伴う嘔吐の感覚をも広く含むと認識したい。

つわりは出産における生理的な現象であり、いわゆる病とは完全には同一視しがたい。しかし、そのような、病気とは言い切れない感覚を、あえて「なやましさ」としてとらえていく曖昧さそのものに、逆に注意されてくるのである。[*9]決して病気ではないのに病気であるように感じられてくる、そんな感じがするという、生理と病の苦痛が分かちがたく結びついた、二重の意味性を、この「なやましさ」という感覚は含んでいる。体内の異変の意味が把握されて、その打撃に「思し嘆く」と、藤壺は吐きたい衝動にかられるのであった。胎児を生みたくない、生むことに対する激しい拒絶が「なやましさ」を呼びおこすのだと考えられよう。自分の体内で、「罪」そのものが胚胎し、形をなして膨らんでいくことが、藤壺には忌まわしいのである。

このように、II「なやましさ」は、懐妊および出産への生理的な嫌悪が、身体の描写を通じて、強烈に具現された部分といえる。先にも述べたように、不義の子を生むことへの憂苦と強い抵抗は、「夜一夜悩み明かさせたまひて、日さし上るほどに生まれたまひぬ。(若菜4・二八八)」という、女三宮の出産風景においても共通であった。生むことをぎりぎりまでためらっていた様子が女三宮の身体でもって語られている。[*10]

しかし、藤壺の特徴は、出産の苦痛を自覚的に把握するところにあった。藤壺においては、自己把握の磁場として、〈なやみ〉が設定されているのである。藤壺の心内語の中にしばしば反復される「心うし」の表現も、効果的といえよう。つらいから気分が悪くなり、身体の異変が他人の目にも明らかになったから、また苦しくなる。何か思うと、その度に嘔吐の感覚が藤壺を襲うのであり、そこに、思うことと身体性の連動関係を見ることができよう。決して表出できない煩悶が、表出されないそのかわりに、身体を通して浮上するのであった。つまり藤壺の内面の重苦しさは、つねに身体の異変でもって体現されているのである。いいかえれば、物語は身体叙述でもってしか描出できない藤壺の閉ざされた鬱情を、逆に照らし出しているといえよう。

二 「世人」との対比 ——藤壺の孤立——

次に、罪に恐怖する藤壺が、世間から内面的な意味で孤立し、他者への配慮や意識から心身共に衰弱していく叙述を追っていきたい。

○人々見たてまつりとがむるに、あさましき御宿世

のほど心うし。（若紫1・三〇七）
○御使などのひまなきもそら恐ろしう、ものを思すこと隙なし。（若紫1・三〇八）
○御物の怪にや、と世人も聞こえ騒ぐを、宮いとわびしう、このことにより、身のいたづらになりぬべきこと、と思し嘆くに、御心地もいと苦しくてなやみたまふ。…二月十余日のほどに、男皇子生まれたまひぬれば、なごりなく、内裏にも宮人もよろこびきこえたまふ。命長くも、と思ほすは心うけれど、弘徽殿などの、うけはしげにのたまふと聞きしを、空しく聞きなしたまはましかば人笑はれにや、と思しつよりてなむ、やうやうすこしづつさはやいたまひける。（紅葉賀1・三九七〜八）
○宮の、御心の鬼にいと苦しく、人の見たてまつるも、あやしかりつるほどのあやまりを、まさに人の思ひ咎めじや、さらぬはかなきことをだに、疵を求むる世に、いかなる名のつひに漏り出づべきにか、と思しつづくるに、身のみぞいと心うき。（紅葉賀1・三九八）
○いと見たてまつり分きがたげなるを、宮いと苦しと思せど、思ひよる人なきなめりかし。…月日の光の空に通ひたるやうにぞ、世人も思へる。（紅葉賀1・四二〇）
○世人も見たてまつる。（賢木2・九〇）
○「…必ず人笑へなる事はありぬべき身にこそあめれ」（賢木2・一〇六）
○世のわづらはしさのそら恐ろしうおぼえたまふなりけり。（賢木2・一〇八）
○世人めでたきものに聞こゆれど、（澪標2・二七二）

これらの例からわかるように、世間の人とのとらえ方と藤壺の把握の食い違いは、点描であるものの、その対立性が執拗に繰り返されており、それによって、世間から隔絶した位相にある藤壺の孤立が意味づけられていく。中でも皇子と光源氏の容姿の共通性をめぐって著しい。藤壺の苦悩は常に他人の思惑との対応関係を通して語り出されるのである。

もっとも、これは、出産をめぐって藤壺と世間が実際に反目しあい、対立していたということではない。藤壺は、「世がたりに人や伝へんたぐひなくうき身を醒めぬ夢になしても」の歌があるように、密通の当初から世間の噂を意識していたのであり、世人に対する疑心暗鬼も現実の心配ではなく、あくまで藤壺内部のものであり、自分からそのような枠組みを作り、一人で他人のまなざしに恐怖しているのであった。したがって、藤壺と「世人」は二項対立的にはとらえられないことに注意しなければならないが、何度も繰り返される「世人」への気兼ねは、藤壺の世間に対する意識を強烈に印象づけていくのだが、しかし決してそうした他者意識に気圧されるままに終わらないことにも注意されるのである。

命長くも、と思ほすは心うけれど、弘徽殿などの、うけはしげにのたまふと聞きしを、空しく聞きなしたまはましかば人笑はれにや、と思しつよりてなむ、やうやうすこしづつさはやいたまひける。

（紅葉賀１・三九七〜八）

「命長くも」で引き起こされる憂苦は、弘徽殿方の噂や、想定としての「人笑はれ」に対する反発によって、逆に弾き返され、覆されていく。このまま死にたいと思う一方で、このまま死んで弘徽殿などに笑われてはならないという意地も見せていくのである。この発想転換は、ある意味で矛盾している。激しい感情の振幅を経て、不撓不屈の意思を固め、新たな決断を生み出すことになるのであるが、「世人」の噂によって精神の衰弱に追いつめられると共に、反対に弘徽殿の「うけはしげ」な動向に対抗しようとする意地を発揮していく過程に注意されるのである。

衰弱の原因が逆に「おぼしつよ」る気力を与えもするのであり、文字通り身をさいなむ絶望が、強烈な意志に変じる瞬間がここにとらえられているのであった。弘徽殿女御の存在と、「人笑はれ」のために、彼女が「思しつよりてなむ、やうやうすこしづつさはやいたまひける」となる展開は、非常に重視されよう。係助詞「なむ」は単なる偶然ではあるまい。明らかに彼女は「思しつよ」る気力と意地をもつことによってはじめて、ようやく回復のきざしを見せたのである。この「なむ」は、気力がもちこたえたことだけが癒しの原因になりえたことを言い表しているのであり、語法として無視できまい。他人のまなざし、他者の存在性は、藤壺にさらなる〈なやみ〉と疑心暗鬼を与える一方で、居直る原動力をも同時に獲得させていることに気づくのである。感情的な振幅と意識の反転を、まさに身をもって痛感し、あがきつつも、意思で〈なやみ〉を弾き返し、意地で克服していく展開を切り開いているのだとみなすことができよう。

ここでくじけてはならない、弘徽殿方につぶされてはならないことを意識化する藤壺の強烈な自我は、こうした体内の〈なやみ〉をめぐる、踵を接した肉体と精神の拮抗と相克の上に培われるのである。

三　賢木巻と〈なやみ〉

賢木巻に入ると、再び藤壺の〈なやみ〉が強調されるのに注意される。

春宮を見たてまつりたまはぬをおぼつかなく思ほえたまふ。また頼もしき人もものしたまはねば、ただこの大将の君をぞ、よろづに頼みきこえたまへるに、なほこのにくき御心のやまぬに、ともすれば御胸をつぶしたまひつつ、いささかもけしきを御覧じ知らずなりにしを思ふだに、いと恐ろしきに、今さらにまたさる事の聞こえありて、わが身はさるものにて、春宮の御ために必ずよからぬこと出で来なんと思すに、いと恐ろしければ、（賢木2・九九）

ここでは「悩み」が立て続けに連発していることがわかる。胸の病気にかかっているのだが、神尾暢子によれば[*11]、胸の病にかかるのは、光源氏を別として、主に女性であり、藤壺の他にも紫の上や中の君などがかかり、胸が痛いという形で表されるといわれている。胸の病は、他の部位の病とは異なり、美的な印象をあたえる病といえよう。心痛を最も端的に表象し、具現するものとして胸の病が語られているというべきか。

*はてはては御胸をいたう悩みたまへば、…御悩みにおどろきて、人々近う参りてしげうまがへば、我にもあらで、塗籠に押し入れられておはす。御衣ども隠し持たる人の心地ども、いとむつかし。宮はものをいとわびしと思しけるに、御気あがりて、なほ悩ましうせさせたまふ。（賢木2・一〇〇）

*けはひしるく、さと匂ひたるに、あさましうむくつけう思されて、やがてひれ臥したまへり。（賢木2・一〇二）

*男も、ここら世をもてしづめたまふ御心みな乱れて、うつしざまにもあらず、よろづのこと泣く泣く恨みきこえたまへど、まことに心づきなしと思して、いらへも聞こえたまはず。ただ、「心地のいと悩ましきを。かからぬをりもあらば聞こえてむ」とのたまへど、尽きせぬ御心のほどを言ひつづけたまふ。さすがにいみじと聞きたまふ節もまじるらん。（賢木2・一〇三）

さらには、「御気あがりて」と興奮状態に至る。光源氏に対する極度の戦慄が、藤壺の「悩み」を引きおこすのである。光源氏の芳香に対する過敏な反応も、彼に対する生理的な嫌悪のあらわれとみてよいかと考えられよう。

ところが、そうした興奮も、出家後は薄れていく。[*12]

風はげしう吹きふぶきて、御簾の内の匂ひ、いともの深き黒方にしみて、名香の煙りもほのかなり。大将の御匂ひさへ薫りあひ、めでたく、極楽思ひやらるる世のさまなり。（賢木2・一二四）

出家によって、藤壺は罪を清算しようとし、光源氏との新しい関係のありかたを打ち出し、春宮の父と母という役割と、それにふさわしい演技を、彼に求め、藤壺自身もそうふるまうことをあえて決めたのだといえよう。その上で、光源氏の「大将の御匂ひ」が抵抗なく感受され、切り捨てたはずの執着が、逆に呼びさまされる矛盾が露呈される。心労から「悩み」を患い、引き付けを起こして興奮し、極限状態に追い詰められるものの、そこから出家の道を切り開いていくことになるのである。〈なやみ〉によって追い詰められ、また反対に、〈なやみ〉によって自己犠牲という選択が決断として導かれる、屈折した論理にあえて注意したい。

四　臨終と〈なやみ〉
――藤壺の死闘――

しかし、この選択が決して藤壺を真に解放するものではなかったことが、彼女のさらなる衰弱を語ることで明らかにされる。源氏が栄華を築いた後も、藤壺の病は依然として潜伏し続けている。

いとあつしくのみおはしませば、参りなどしたまひても、心やすくさぶらひたまふことも難きを、すこし大人びて、添ひさぶらはむ御後見は、必ずあるべきことなりけり。（澪標2・三一一～二）

光源氏の栄華に巻全体がつつまれたかに見える澪標巻が、「いとあつし」とされる藤壺の側の暗い叙述で終わっていることに注意されよう。これは、いわば光源氏の栄華の代償として、藤壺の衰弱が語られていることを意味している。藤壺は光源氏の栄光の犠牲であり、彼女の生命と引き替えに、光源氏の王権が築かれていたことに気づくのである。

①入道后の宮、春のはじめより悩みわたらせたまひて、三月には、いと重くならせたまひぬれば、行幸などあり。（薄雲2・四三三）

②宮いと苦しうて、はかばかしうものも聞こえさせたまはず。御心の中に思しつづくるに、高き宿世、世の栄えも並ぶ人なく、心の中に飽かず思ふことも人にまさりける身、と思し知らる。（薄雲2・四三五）

①②はともに藤壺の生命を蝕む死の病を示している。[*13] ①に「悩みわたらせ」とあり、病気の継続した状態から、その深刻さが認識される。②を見ると、藤壺は「はかばかしうものもきこえ」られないほど「苦し」い状

態にまで進行し、悪化していたことがわかる。ここには言葉を発する力を病によって奪われてしまった藤壺の、死期せまった姿を映し出しているといえよう。ものが言えないということが、病の重さを意味している。

しかし、「思しつづくるに、高き宿世、世の栄えも並ぶ人なく、心の中に飽かず思ふことも人にまさりける身、と思し知らる」には、「思しつづくるに」「思し知らる」のたたみかけが注目され、思うことに対する強烈な執着がみとめられよう。また、「御心の中」「心の中」という繰り返しは、藤壺の心の問題の重要性を雄弁に呈示している。つまり、彼女は、生命を剝奪されかけながらも、せめてものを思おうと努力することでもって、病魔に逆らおうとするのであり、たとえ言葉を発する力は失っても、藤壺は、ものを思う力は、意識する力は失うまいとして死ぬことと格闘するのであった。「御心の中に思しつづくるに…」と続く文の運びは、あたかも「はかばかしうものも」言えないことへはむかうかのような展開といえよう。彼女は言う力を奪われる代わりに、思うこと、意識することに強烈なこだわりと執念を見せていくのである。

「御心の中に思しつづくるに…」以下の藤壺の自己内省は、死に追い込まれながらも、渾身の力をふりしぼって生み出された心内語であった。彼女は、言葉が言葉として表出されない、はっきりした声にできないもどかしさを越えて、意識の内側で言葉を紡ごうとしていく。声として聞こえる言葉をかりに外側の言葉とすれば、彼女は反対に、内なる言葉を生み出していこうとして苦闘する。声にならない声、と言うべきものが彼女の中をかけめぐるのである。

このように死際の藤壺は、死ぬことと向き合いつつ、しかし、生きることへの飽くなき執念と妄執が反対に露呈されている。というよりも、最後の告白の場として、藤壺を死に追いやる病は、叙述の中に用意されているといえようか。場面としての〈病〉が、藤壺という女性の社会性を捨象し、個的な問題をありありと浮上させ、個としての〈我〉に立ち戻らせるのである。

生命を剝奪されつつある中で、最終的に彼女の心をとらえたことは、罪を隠し通した成功感ではなく、それを礎に苦心して築いたはずの栄華でもなく、また、国母、女院としての権力でも誇り高さでもなく、女性としての情念であったと語られる。[*14] それは、光源氏に惹かれながらもそれを否定しつづけた苦しい自己抑制のために、生涯満たされることのなかったことへの内省であった。そのような潜在する熱情を、自然と悟るに至ったとする展開は、非常に問題があるといわねばなるまい。生命を病に蹂躙される中で、女院としての威厳を捨て、出家の身である立場も忘れて、ただ女性としての「身」を追求する姿は、明らかにそれまでの彼女には決して見られなかったことであり、そうした欲望を思い返すことが、生命をむしばむ病に対する、捨身の闘いを意味するのである。彼女はものを言う力を奪われているものの、反対に、意思の力で、内面と向き合うことを志向する。その結果、ふだんはずっと押し隠してきた潜在願望を、つまり、かけがえのない光源氏との関わりを、おのずと自覚するに至るのであった。

死の淵に立たされ、もがきつつも、抗いを見せる藤壺の姿は、実は物語冒頭の桐壺更衣の描写の反復であり、ずらしであった。

まみなどもいとたゆげにて、いとどなよなよと、われかの気色にて臥したれば、いかさまにと思しめしまどはる。…女もいといみじと見たてまつりて、

「かぎりとて別るる道の悲しきにいかまほしきは命なりけり

いとかく思ひたまへましかば」と息も絶えつつ、聞こえまほしげなることはありげなれど、いと苦しげにたゆげなれば、（桐壺1・九八〜九）

傍線部「たゆげ」「聞こえまほしげ」「いと苦しげにたゆげ」と、更衣の衰弱は、彼女を見る帝のまなざしによって描かれ、しかしそのためにその内面は掬い上げられないまま終わっていった。

藤壺の死の病は、それを受けつつも、その意思表示の仕方において展開がずらされていく。外側からの藤壺へのまなざしを描く一方で、藤壺自身の自我をも描き入れていくのである。更衣は「聞こえまほしげなることはありげ」とされながら、しかしとうとうそれを言わずに死んでいったが、藤壺はやはり苦しみながらも、渾身の力で光源氏との対話を求め、内面を表出していくのである。

「院の御遺言にかなひて、内裏の御後見仕うまつりたまふこと、年ごろ思ひ知りはべること多かれど、何につけてかはその心寄せことなるさまをも漏らしきこえむとのみ、のどかに思ひはべりけるを、いまなむあはれに口惜しく」とほのかにのたまはするも、（薄雲2・四三六）

こうした重大な告白は、生命を危ぶまれる段階においてはじめて可能となっていることは見逃せまい。「思し知らる」で導き出された、「心に飽かず思ふこと」を、今度は光源氏に向かって、あえて声に出そうと苦心するのである。「何につけてかはその心寄せことなるさまをも漏らしきこえむ」は、こうした病苦との凄絶

な死闘の果てに獲得された力によって、可能となった発言であったといえよう。そしてこの臨終の言葉は、突発的になされた発言ではなく、「心の中に飽かず思ふことも人にまさりける身、と思し知らる」という、身体的受苦と精神の内なる葛藤の末にたどりついた、めざめと気づきから連結しているのであり、病の床で培われた、対話する意思によってもたらされたものだったと考えたい。

病苦とのせめぎあいの中で、「心の中に飽かず思ふことも人にまさりける身」と、個的な自己を見つめ、人生を結論づけた、あの死の間際まで女性として光源氏に固執しつづけた激しい情念は、追悼の中では全く問題にされない。世の人がとらえる藤壺は、彼女自身が「高き宿世、世の栄えも並ぶ人なく」と振り返っていたように、天皇の四の宮に生まれ、中宮となり、ついには国母・女院にまで上りつめたという、崇高な栄誉の具現者であった。

ところが実際、死に立ち向かう藤壺自身は、そのような重荷のような栄誉を振り捨てて、そうした社会的安泰を獲得するためのおびただしい犠牲に気づき、女性として何ら満たされることがなかった人生にひそかに執着していたのである。病が、消え去ったはずの、なくなったと思ったはずの、藤壺の情念のくすぶりを蘇らせ、光源氏との対話の意思へつなげていく力を生み出していく役割を果たしている。いうなれば、物語は、女君が自分を把握するかたちの一つに〈病〉があることを、語りの中で呈示しているのである。

結語　――「罪」「宿世」の超克――

以上のようにして、藤壺の自我を表すことばとして〈なやみ〉を考え、それが、藤壺像の本質に、深く関与していることを指摘した。藤壺には、精神的憂苦の発露としての〈なやみ〉がさまざまな形で張り巡らされている。それは、「心うし」「思し嘆く」「思し知らる」などとの組み合わせによって、明らかにされた。何度も繰り返される藤壺の〈なやみ〉描写は、病名や症状が問題にされることはなく、精神の衰弱そのものを端的に具現しており、感情がそのまま肉体に浮上するよりほかはなかった藤壺の、苦しい身体性を如実に表しているといえよう。

女性の生理と精神の苦痛が密接に結びついて叙述の上に表れ、出産の身体の重苦しさをも言い表す藤壺の〈なやみ〉は、あたかも、もっぱら光源氏の理想の女性として機能することが多かった藤壺の、閉ざされた内面を代弁するかのようである。鬱積した感情の身体化されたかたちが、〈なやみ〉であった。また、こうした彼女の鬱然とした心境は、一貫して他人への意識に連動していることも重視された。それは、死の間際まで貫かれていたのであった。

しかし、既に述べたように、〈なやみ〉を否定的ばかりにとらえることもできまい。藤壺の身体的受苦には常に二重性が内在するのであり、肉体の異変が何度も起き上がるからこそ、そのたびに、語りの中で抹殺され、麻痺されていた藤壺の自我は覚醒され、決断の実行につなげられいく。〈身体〉の問題に遭遇したところに、藤壺の個我は立ち現れるのである。女君を精神的に追いつめるのは〈病〉であるが、内省する力を養うのもまた〈病〉であった。この論理は、紫の上、女三宮、大君においても応用され、形を変えて発展していくものと見える。[*15]

これまで見たように、藤壺の感情面を浮き彫りにする〈なやみ〉に対して彼女は挑み、病による受苦と意識とが衝突し、相克することもまた見逃すことができない。藤壺の中の意志と感情のせめぎあいは、〈病〉という磁場において展開されている。皇子出産でいえば「命長くも」と心を滅入らせながら、「思し強る」ような精神力を反対に生み出すのであった。また、死の病に抵抗して、「心に飽かず思ふこと」、満たされなかった情念を思う。〈なやみ〉は、単にそれが、抑圧された自我の身体化であるだけでなく、病苦を意思で弾き返し、退けようとする強靱な力を、逆に生産する自己運動として展開され、機能しているのである。

繰り返される〈なやみ〉の中で、藤壺は「罪」と「宿世」をとらえ返し、超克していると思われる。[*16]

①あさましき御宿世のほど心うし。（若紫1・三〇七）

②いと心うく、宿世のほど思し知られて、いみじと思したり。（賢木2・一〇三）

③我にその罪を軽めてゆるしたまへ（賢木2・一三〇）

④御宿世のほどを思すには、いかが浅く思されん。（須磨2・一八三）

⑤高き宿世、世の栄えも並ぶ人なく、心の中に飽かず思ふことも人にまさりける身、と思し知らる。（薄雲2・四三五）

③までは否定的に把握する姿勢が目立つが、④「御宿世のほどを思すには、いかが浅く思されん」では、かけがえのないものとして認識されていくように思われる。⑤では「高き宿世」となり、それまでの把握が覆されている。意味の把握の変革を繰り返すことで「宿世」に抗い、「罪」をとらえ返していく姿が認められよ

う。〈なやみ〉に対する内なる格闘が、運命観の変容すら呼び込んでいくともいえるのであり、物語は、藤壺という一女性を通して、個性を開示させ、自分自身を照らし出す装置としての〈身体〉を、その病理の中で具現するのである。

※本文は小学館日本古典文学全集『源氏物語』を用いた。

＊1 藤壺の人物論の研究史は、個人の内面を探る立場から出発した。清水好子『源氏の女君』（塙書房一九六七）、森一郎「藤壺宮の実像」（『源氏物語作中人物論』笠間書院一九七九）、阿部秋生「藤壺宮と光源氏」（『文学』一九八九・八〜九）、鈴木日出男『源氏物語の文章表現』（小学館一九九七）は、いずれも、具体的な像が示されない藤壺の心情や意思のありようを探ることに力点を置く。しかしその後、藤壺の個性についての言及への批判が生じ、彼女の物語における機能を追求する姿勢へと関心が移行した。大朝雄二「藤壺」（『源氏物語講座三』一九七一）、三谷邦明「藤壺事件の表現構造」（『物語文学の方法』有精堂一九八九）は、もはや藤壺個人の問題にはふれず、作品の中で果たす役割、すなわち藤壺という記号がもたらす社会的な波紋を明確化する。本論は、人格をもった個的な存在としてとらえる立場と、作品の中における記号性を問う立場の両方を視野に入れつつ、個的な側面と社会性を合わせもつ存在として藤壺をとらえたい。人物の〈身体〉が表す〈なやみ〉の意味性を考えることで、個人と社会の力学が際立ち、完全な個人ではなく、また完全な記号でもない曖昧なその存在性が浮上されるように思われるのである。本論は藤壺論の中で〈身体〉を考えていくことになるが、藤壺の自己表現のしくみとしての身体のかたち＝〈なやみ〉を構造分析することで、新たな人物論の可能性を呈示していきたい。

＊2 源氏物語における〈病〉の問題を取り上げた論考には、島内景二「源氏物語における病とその機能」（『むらさき』一八、一九八一・七）、飯沼清子「源氏物語における〈病〉描写の意味」（『国学院雑誌』一九八二・二）、神尾暢子「源氏物語の疾病規定」（『王朝文学の表現形成』新典社一九九五）があり、物語における病が、その内的要因すら規定し、人物の心境をも意味づける特性を持つものであることが既に論証されている。また、人物の病身からその内面を考える発想は、松井健児「柏木の受苦と身体」（『源氏研究2』翰林書房一九九七）参照。本論では、こうした従来の指摘をふまえながら、「なやみ」と表される病と人物の出合いの中で開示される個性のありようを析出したいと考えている。

＊3 三田村雅子『源氏物語　物語空間を読む』（ちくま新書　一九九七）。

＊4 「あながちにかけとどめまほしき御命とも思されぬ」（御法4・四七九）、「何ごとにつけても心細くのみ思し知る」（四八二）、「さかしげに、亡からむ後などのたまひ出づることもなし」（四八七）。

＊5 M・メルロ＝ポンティ「絡み合い キアスム」（中山元訳『メルロ＝ポンティ・コレクション』ちくま学芸文庫一九九九）は、ひとつの存在が、見られる客体であると同時に見る主体でもあるという〈身体〉の二重性を導いた点で本論の趣旨と交錯する。また、石阪「照らし返される藤壺」（『日本文学』一九九九・九）では、光源氏のまなざしによって捉え返される反照としての藤壺像を論じた。合わせて参照されたい。

＊6 懐妊や出産の時間をめぐる論考に、大森純子「源氏物語・孕みの時間」（『日本文学』一九九五・五）、小嶋菜温子「光源氏と明石姫君」（『国文学』一九九九・四）がある。産後にあるはずの産養の問題に力点を置く小嶋論文、懐妊の言説の曖昧さに注目し、浮舟の懐妊の可能性を見る大森論文に対し、本論では懐妊が「なやみ」でとらえられることの意味を問題化する。

＊7 井上眞弓「性と家族、家族を越えて」（『岩波講座日本文学史』3、一九九六）は懐妊する身体が美的にとらえられる点について論及するが、本論は外側からどう見えるかではなく、受胎と内面の連動性を重視する。

＊8 同様の状況で里下がりした女君に朧月夜がいる。「そのころ尚侍の君まかでたまへり。瘧病に久しう悩みたまひて、まじなひなども心やすくせんとてなりけり」（賢木2・一三五）。しかし後に「修法などはじめて、おこたりたまひぬれば」と続くように、「瘧病」と名付けられた朧月夜の〈なやみ〉は即座に治癒され、一回性の病であることがわかる。これに対して、病名すら判然としない藤壺の〈なやみ〉は、慢性的であり、それだけにそれが深刻な苦悩に根差していることに気づくのである。

＊9 S・ソンタグ『隠喩としての病い エイズとその隠喩』（みすず書房 一九九二）は、病の実態よりも、それが与える特定の印象が人々に先行するメカニズムを分析し、現代における病の記号性を問い直す。ソンタグは、結核や癌、エイズといった〈病名〉のもつ象徴的な意味性に関心を寄せるが、源氏物語には、この藤壺の〈なやみ〉のように、具体性に欠け、一定の現象をもたず、名前すらない、原因もわからない不透明な病がしばしば描かれ、名づけるところからはみ出たところに現象化される病を問題化する必要性を思う。まして、つわりは病でさえない。外的な意味での病があって気分が生じるのではなく、気持が反対に〈病〉なるものを引き出していく曖昧さにこそ〈なやみ〉の本質が見出せるのであり、医学的に整理しきれない〈病〉なるものが人物の中で

占める重さを源氏物語は全編を通して問いかけているともいえるのである。

*10 産婦の状態を「なやみ」で表すことじたいは一般的である。例えば藤壺と同様、皇子を出産した明石の女御には「あやしく御気色かはりて悩みたまふに」「いたく悩みたまふこともなくて、男御子にさへおはすれば」とあり、また、『紫式部日記』の中宮彰子「なやましうおはしますべかめるを」、彰子の方は忖度としての「なやまし」である。但し、明石の女御や彰子の〈なやみ〉が一回的な、形式的ですらある生理現象として処理され、苦痛そのもの以上に、結果としての安産と男子誕生のめでたさに収斂されていくのに対し、藤壺や女三宮のそれは、執拗に〈なやみ〉が繰り返し展開され、産出に向かおうとする身体と、生みたくないという潜在的な心理状態の葛藤を認めることができるのである。

*11 「源氏物語の疾病規定」(『王朝文学の表現形成』新典社一九九五)。

*12 薫香の効果については、尾崎左永子『源氏の香り』(求龍堂一九八七)、三田村雅子「方法としての〈香〉」(『源氏物語 感覚の論理』有精堂一九九六)を参照。

*13 藤壺の死の場面には、既に、森一郎「藤壺宮の造型(下)」(『王朝文学研究誌』第八号一九九七・三)に指摘があり、藤壺が光源氏への愛情を思いながら死に臨む様子を論証している。森氏の意見を支持しつつ、本論は、そうした藤壺の心境を、病との対応性の中から導き、意味づけた。

*14 「飽かず思ふこと」は、光源氏との関係に対する感慨ととらえた。また、阿部秋生「六条院の述懐」(『人文科学研究科紀要』一九六三、六九、七二)では述懐を通して自己把握する姿勢が光源氏、藤壺、紫の上に共通することを指摘する。病苦の中で光源氏への執着に気づく点に藤壺の特異性があるといえよう。宗教を志し、諦観でもって人生をとらえ返す光源氏や紫の上に対し、藤壺は自我への固執を、その生の終わりに見せる。このことは、やはり病床で薫への愛情を認める宇治十帖の大君の姿勢とも通底し、その意味で大君は藤壺の延長上にあるともいえよう。

*15 病苦の中で対話する意思を奮い起こす女君の造型は、大君が継承している。「心地にはおぼえながら、もの言ふがいと苦しくてなん」(総角5・三〇八)。また、先にも述べたように、紫の上は藤壺とは異なり、〈病〉を自認し、その身に引き受けたところにその特異性が切り開かれ、発揮される。〈病〉を生きる人と、弾き返す人のどちらもが存在している。源氏物語における女性像の形成は、〈病〉においてもまた、多様な個性の現れ方をみせるのである。

*16 「罪」や「宿世」の問題はさらに深く考察されるべきだが、藤壺だけでなく源氏物語全体の問題であるため、ここでは整理できない。機会を改めて考えたい。

特集
源氏文化の視界

一九七〇年代のヘーゲリアン達
――言説史としての『源氏物語』研究――

助川幸逸郎

一　一九九〇年の処女論文
――ヘーゲルの幽霊

一九九〇年四月、昭和が平成に変わったあくる年、私は大学院に進学した。

私がもぐり込んだ研究室は、当時、研究雑誌を発行していた。年に一冊出るその雑誌には、修士一年から博士最高学年まで、研究室に所属するすべての院生が事実上執筆を義務づけられていた。「国文学」を研究するためのディシプリンにおいて、どう考えても院生レベルに達していなかった私――このことは、同学年の他の院生と比較してあまりにも明らかであった――は、執筆を辞退しようとしたが、複数の先輩に説得され、結局論文を書くことになった。

雑誌の締切は九月だったので、私の大学院最初の夏休みは、処女論文執筆のため費やされた。『藤壺と紫上の差異について――〈モデル〉と〈作品〉』と題したこの論[*1]の中で、私はだいたい次のようなことをのべた。

光源氏にとって、藤壺と紫上はもっとも重要な女性だが、この二人がそれぞれ、源氏から見てどのような意味を持つ存在なのか、その違いについて解明した論は意外に少ない。源氏はその生涯を通じ、さまざまな曲面でさまざまな活動を行なう。そして、これらの活動の根源的モチベーションは、ほとんどつねに藤壺への思慕と関わっている。源氏はまた、さまざまなものを活動の結果獲得する。この「獲得されたもの」の代表が紫上だ。その証拠に、藤壺の死さえも乗り越えた源氏が、紫上の死によって出家を決意する。これは、紫上を失うことが、源氏にとって「獲得されたもの」一切の喪失を意味したからだ。要するに、源氏が追い求めたものの象徴が藤壺であり、源氏が実際に手にしたものの象徴が紫上だといえる。源氏が芸術家だとすれば、モデルに当たるのが藤壺で、実際に出来た作品が紫上なのだ……。

右の要約からでも明らかな通り、私の処女論文はあまりに近代西洋的だ（「芸術家」がおのれの欠損を埋めるべく「作品」を制作して自己実現を遂げる――こうした考え方は、近代以前には存在しなかった）。そもそも、藤壺と紫上の関係のこうした整理の仕方を私が思いついたのは、「精神はその本質からして行動するものであり、自分本来のすがたを行為ないし作品としてしめすものです。自分が対象となり、自分の存在を目の前にします」というヘーゲルの言葉に触れたからで[*2]、論文の中にヘーゲルの名前も出している。無知な私も、さすがに筆を取りながら、「どうしてヘーゲルの言葉が、平安時代の日本で書かれた『源氏物語』の説明に使えるのだろう？」と訝しい思いに駆られていた。

私の処女論文は、当然のことながら不評であった。しかし、私に寄せられた批判は、「見当はずれなことを、場違いな理論を援用して書くな」という類のものではなかった。「当たり前のことを、事新しく書き立てるのは無意味だ」という意見が大半だった。要するに、ヘーゲルに触発されて作りあげた図式そのものは、非難されるどころか、「現在の研究者なら、こういう言い回しではないにせよ、共通に了解していること」とみなされたわけだ。

私は意外だった。しかしその後、『源氏物語』について学べば学ぶほど、このテクストはヘーゲル的相貌を顕してくる。たとえば、経済学者の今村仁司は、「貨幣はスケープゴートである」と言う。[*3]社会全体の「荒ぶる力」を一手に引き受けて排除されたスケープゴートであるからこそ、貨幣は、あらゆる商品を媒介する超越者たりうる。この今村の理論は、ヘーゲルの「主人と奴隷の弁証法」に拠っている。[*4]そして、文化人類学者の山口昌男によると、光源氏はスサノオノミコトなどと同じく、日本文学に登場した典型的「スケープゴート＝超越者」なのだ。[*5]「光源氏は貨幣なのか？」——絶対に結びつくはずのないもの同志（光源氏と貨幣）が、結びついてしまうことの珍妙さに、私は頭を悩ませ続けた。

ヘーゲルは、近代資本主義社会のメンタリティを基礎づけた思想家だ。そのヘーゲルの理論が、『源氏物語』の分析にやすやすと援用できるのはおかしい。時代や社会によって、個人の思考や感情のシステムがまったく違ってしまうことを、私はすでにフーコーによって教えられていた。[*6]

「どうして『源氏物語』は、あそこまでヘーゲルなんですか？」。あるとき私は、小林正明に質問してみた。[*7]小林は、王朝物語研究業界で、おそらくもっとも西洋思想にくわしい。しかし彼は、ニッコリ笑っただけで、何も答えてくれなかった。小林正明に答えられないということは、私の属する業界に、この問いに答えられるものは皆無であることを意味する。

『源氏物語』研究業界全体が、壮大な思い違いをしているのではないか？　私は不安を抱えたまま、『源氏物語』を読みつづけた。読めば読むほど、私の目に映る『源氏物語』は、ヘーゲル化する一方だった。私は次第に、得体の知れない怪物を研究しているような気がし始めた。

二、一九八〇年代
——記号化の時代／ヘーゲルの時代

今にして思えば、私は問いの立て方そのものを間違っていた。「どうして『源氏物語』がこんなにヘーゲルなのか」についてではなく、「どうして自分にとって、『源氏物語』がこんなにヘーゲルに見えるのか」について、思いをめぐらすべきであった。

私が高校・大学時代を送った一九八〇年代は、現代思想ブームの全盛期だった。そしてこのブームは、人文科学のあらゆるジャンルの「文化記号学化」をもたらした。[*8]街行く人のファションからテレビの画面に至るまで、一種の記号として読解するやり方が大流行した。

日本文学の研究業界にも、記号学の波は押し寄せた。

記号学的研究書の古典・『都市空間の中の文学』（前田愛）が刊行されたのが一九八二年。[*9] この前後から、王朝物語研究の分野でも、記号学的なエッセイが続々とあらわれた。

要するに、大学院入学前の私に、思考形成のモデルとして唯一与えられていたのが、記号学的方法だった。そして、大学院にもぐりこんだ後も、私が修士課程を終える頃まで、先鋭といわれる王朝物語研究者の多くは、「記号学的」であった（先に触れた今村や山口の論は、「記号学のカノン」として、八〇年代からもてはやされていた。私がこれらを読んだのは院生になってからだが、時代遅れの本を読んでいるという意識はなかった）。

ところで、八〇年代の日本で流行した「記号学」は、今日見直すと露骨にヘーゲル的だ。これは、必然的にヘーゲル化する契機を、記号学の論理回路が孕んでいたからだ。この時代に活躍した論者は、反ヘーゲルを標榜していたが、にもかかわらず彼らは間違いなく「ヘーゲル主義者」だった。

記号学が何ゆえヘーゲル的にならざるをえないのか、簡略に説明しておこう。記号学は、作中事件の起きた場所や登場人物の振る舞いから「明示されない意味」を取り出す。たとえば、「芥川の『羅生門』における羅生門の楼上は〈異空間〉だ。つまり『羅生門』は、若い下人が〈異空間〉に入り込んで通常空間に回帰する、イニシエーションの物語だ」というぐあいに。このとき、解読される事物は、特異性と具体性を捨象され、一般化・抽象化されている（下人が老婆と出会う場所が、羅生門ではなく、他の〈異空間〉であったとしても、記号学的な『羅生門』読解の大筋は変わらない）。そしてヘーゲルも、事物の特異性と具体性の捨象をめざした。ヘーゲルによれば、花なら花に共通の要素こそが、事物の本質だ。「この花」と「あの花」とで異なる特性があるとすれば、それは捨て去られなくてはならない。[*10]

ドゥルーズは、「真の差異を消してしまった理論家」としてヘーゲルを非難した。[*11] 逆にいえば、「個物を抽象化することで、整然たる体系を築き上げた」という点において、ヘーゲルの右に出る者はいない。個物を抽象化するあらゆる理論は、ヘーゲルの枠内に留まる。すなわち、個物の抽象化を必要とする記号学は、ヘーゲル的にならざるをえない。

こうしたわけで、『源氏物語』を記号学的に読めば、必然的に「ヘーゲルの幽霊」は現われる。記号学的な環境の中で、記号学的に『源氏物語』を読解した私は、出会うべくしてこの幽霊に遭遇したわけだ。

もちろん、『源氏物語』それ自体にも、「記号学的＝ヘーゲル的」に読まれやすい素地はある。『源氏物語』は、「二人の男主人公が多くの女性人物と関わる」という形態で書かれた、最古の現存物語だ。この形態ゆえに、一人の女性人物と別の女性人物の類似に焦点が当たることになった。また、複数の女性人物を同時に比較する必要が生じたから、「人格の表象としての筆跡や楽音」という概念が採用された。『源氏物語』が編み出したこうした展開技法は、いうまでなく記号学的読解メソッドと相性が良い。ちなみにこれらのノウハウは、『源氏物語』以降のテクストにも引き継がれたが、そこではバージョンアップして使われている分、『源氏物語』の場合ほどきれいには読み解けない。[*12]

数ある王朝物語テクストの中で、『源氏物語』がとりわけ「記号学的」であることは間違いない。けれども、登場人物の類似や、登場人物と筆跡や楽音との関連を、記号相互の関連と類比させて語るような言説は、一九七〇年以前にほとんど存在しなかった。そもそも「ゆかり／形代」の方法が、長編としての『源氏物語』を支える屋台骨のように言われ出したのは、それほど古いことではない。それどころか、『源氏物語』長編化の方法」という議論の立て方が一般化したのも、たかだか六〇年代以降のことだ。

一九九〇年に研究を始めた私にとって、『源氏物語』を「記号学的＝ヘーゲル的」に読むことは、それ以外にはありえない自明のことだった。しかし、この読み方が「当たり前」のものになったのは、八〇年代という新しい時期のことに過ぎない。

私はここで議論の矛先を、一九七〇年代の知的状況に向けたいと思う。私たち『源氏物語』研究者は――正確にいうと、人文科学系の研究者はすべからく――、現在も記号学的磁場の中にいる（この点については後述する）。そして、八〇年代に起きた変転は、構造的な意味においては、実は七〇年代に完了していた。七〇年代にシステムが変わり、それが八〇年代に目に見えるものになった。

一九九〇年、大学院生の私が、「ヘーゲルの幽霊」に遭遇した――そのことの持つ意味が、一九七〇年代を検証すれば、根本から明らかになるはずだ。

三、一九七〇年に至る変化の歴史

一九七〇年とその前後に起きた変化の大枠は、浅田彰の次の言葉によってほぼ言い尽されている。

　　一九四五年の敗戦以降、日本はまがりなりにも近代化の道を歩み続けてきた。一方における科学技術の進歩と経済の高度成長、他方における左翼運動や前衛芸術運動の高揚からなるモダンの前進運動は、とくに六〇年代に入って急速な進展を見せる。その前進運動が頓挫したのが、一九六八年から七三年頃――公害問題からオイル・ショック、大学紛争から連合赤軍事件にいたる時期だった。この断層を経た後、日本社会は不透明な宙吊り状態に入る。その中で、経済の表面上の主役は生産から消費に移り、消費者社会の演出のために記号論的な差異のゲームが盛んになってゆく。[*13]

右にのべたような状況は、日本のみについて言えることではない。「生産の時代は終わった」という言葉は、七〇年代以降世界のあちこちで口にされるようになった。

たとえばボードリヤールは、一九七七年出版の『象徴交換と死』において、[*14]次のようにのべている――現在の世界では、「生産」ではなく「交換のゲーム」によって、経済的価値が生み出されている。こうした状況においては、いかなる振る舞いや出来事も、システムが割り当てた役割の中に回収されてしまう。たとえば、「労働」という行為も、価値を産出する営みではなく、自動的に回転しつづけるシステムの一部分に過ぎなくなる。その結果、世界から「リアリティ」や「かけがえのなさ」が失われた。すべての事物は記号化し、「本物を欠いたニセモノ（＝シュミラークル）」と化したのだ。生産の時代の思想である、ヘーゲルの「主人と奴隷の弁証法」においては、奴隷は「労働」を通じて主人との立場を逆転できた（主人が実は無為であり、自分こそが価値の荷い手であることに奴隷が目覚めれば、両者の立場はただちに入れ替わる）。しかし、「労働」から価値産出機能が失われた今、隷属的立場に置かれた人々が、奴隷でなくなる道は閉ざされている。「社会や個人は、こんな事態を終わらせるためには、自分自身を破壊するまでつきすすむだろう。それが唯一絶対的武器であり、それによって集団的脅威を与えるだけで権力を崩壊させることができる。この象徴的『脅迫』（六八年のバリケード、人質作戦）に直面するだけで、権力は解体する」。

ボードリヤールのこうした見解は、さまざまな批判を受けている。[*15]しかしこれが、七〇年前後の変動を受けとめ方として、最大公約数的なものであることは間違いないだろう。[*16]七〇年代に、世界は「閉ざされた記号の集積体」と見られるようになった。このことが、あらゆるものを記号として読解する態度を可能にし、「記号学の時代」への扉を開いたのだ。

視点を、『源氏物語』研究の世界に移そう。『源氏物語』というテクストもまた、一九七〇年代に、「閉ざされた記号の集積体」として扱われるようになった。

このように書くと、疑念を覚える読者も多いに違いない。文学テクストというのは、そもそも「閉ざされた記号の集積体」以外の何ものでもありえないはずだ、と。この疑念に対して、私は次のように答える。「七〇年代に至るまで、専門研究者にとっての『源氏物語』は、文学テクストではなかったのだ」。

戦後、一九六〇年以前までの『源氏物語』研究は、強引に単純化すると四つの流派に主導されていた。一つは、成立や構想を問うもの。次に、テクストに反映された美的理念を検証するもの（日本文芸学の方法）。三番目が、紫式部という作家主体の解明をめざすもの（岡一男が代表）。最後に、『源氏物語』が創作された歴史的基盤を論じるもの（歴史社会学派や物語音読論など）。これら四つの流派はいずれも、「『源氏物語』を手がかりとして、テクストの外部にあるものを論じる」というスタイルをとっている。つまり、この時代の研究者は、『源氏物語』を論証の「資料」としてのみ扱い、議論の対象それ自体にすることを避けている。

無論、この時代の研究者が、『源氏物語』に関する研究論文を書く際に、文学的感性を働かせていなかったとはいえない。構想を論じたエッセイに示された鋭い「読み」が、テクスト論の有名論文の母胎になった例も少なくない。[*17] 五〇年代までの研究者も、論を書き始める直前まで、文学テクストとして『源氏物語』を読んでいたのは明らかだ。にもかかわらず、実際に筆を取る段になると、彼らはこの物語をたんなる「資料」にしてしまう。

おそらく、彼らにとって『源氏物語』は、「記号の集積体」ではあっても閉ざされていなかったのだ。『源氏物語大成』校異編を開けば、この物語の本文のヴァリアントの多さに、多くの人は驚くだろう。しかもそこに集成されているのが、『源氏物語』の写本の全てではない。これらの雑多な「記号の集積体」の、どこまでを『源氏物語』と呼ぶべきなのか、この時代の研究者は決めかねた。しかし、『源氏物語』そのものを議論の対象にするなら、何を『源氏物語』と称するかを確定しなければならない。かくして彼らは、論文を書くことの不可能性に直面した。このジレンマを乗り切る方法として編み出されたのが、『源氏物語』を「資料」として、他の何かを論証するというスタイルだった。「資料」ならば、論証に使う部分さえ身元が確かであればよい。このスタイルを装う限り、『源氏物語』の全体を確定しなくても、この物語に関わる論文は執筆しうる。

右にのべたような状況に変化が兆したのは、六〇年代の特に中盤以降だ。この時期に、大朝雄二らによる構造論が、大きな勢力を持ち始めた。構造論は読んで字のごとく、自立した組織としてのテクストの構造を問題にする。また、小西甚一が、ニュークリティシズムの方法を導入し、『源氏物語』に現われるイメージの解読を行なった。中野幸一は、玉上琢弥の物語音読論を批判して、草子地を物語の表現技法の一環と位置づけ、文体論への道を拓いた。[*18]

こうした新しい動向は、共通して、『源氏物語』それ自体を議論の対象としている。これは、日本の経済成長により、ボードリヤール的感覚が共有され始めたことと関連している。すべての事物から「かけがえのなさ」や「リアリティ」が失われ、シュミラークルと化しているのであれば、活字本の『源氏物語』を、『源氏物語』と確定しても差支えはないだろう（無数のヴァリアントから抽出された活字本の本文は、まさに「本物を欠いたニセモノ」に他ならない）。このような一種の「開き直り」が、『源氏物語』それ自体を論じることを可能にした。[*19]

ちなみに藤井貞和は、七〇年代前半という早い時期に、これらの変化への違和を表明している。藤井は、大朝と小西を批判し、文体論に本格的に取り組んだ野村精一を否定した。[*20] 反動的ロマン主義者である藤井のイデオロギーには、個人的には共感しえない。しかし、「自分の敵」をこれほど素早く嗅ぎわけた鋭敏さ——「自己」や「言葉」の「かけがえのなさ」に固執する藤井にとって、ボードリヤール的状況の広まりは不快なはずだ——は、驚嘆に価する。

ともあれこうして、『源氏物語』それ自体を論じることへの了解が成立した。ただし、『源氏物語』はこの段階では、まだ全面的にシュミラークル化してはいない。六〇年代の言説は、『源氏物語』という有機体から、それを構成する原理を抽き出そうとする。細部はあくまで、有機体を構成する器官として、全体との連関の中で機能を問われる。いいかえれば、これらの論において、テクストの形式（シニフィアン）と内容（シニフィエ）は、不可分のものとして在る。『源氏物語』は「閉ざされた記号の集積体」となったが、六〇年代の研究者はまだ、記号の「厚み」——シニフィアンとシニフィエが分離されていないことに由来する、具体的な手応え——を触知していた。この「厚み」の感覚を、七〇年代の研究者は喪失する。シニフィアンとシニフィエは切り離され、テクストは、「有機体」ではなく「シニフィアンの寄り集まり」となった。この結果、たとえば作中人物は、存在としての「リアリティ」を喪失し記号と同様に扱われ出す。いわゆる「人物論」が下火になる一方で、人物相互の関係を、構造言語学ばりに図表化して示す論文が書かれ始めた。[*21]

四、「ゆかり」の変貌

この「作中人物の記号化」の動きは、容易に想像がつくように、「ゆかり／形代」をめぐる言説に典型的な形で顕れた。

六七年に発表された鈴木一雄の「源氏物語における〝ゆかり〟（上）」[*22]は、この論が「筋の展開と結びついた人物論」だと宣言するところから始まる。次に「ゆかり」が物語の重要な構成手法であることを指摘したのち、この語の用例を検証して語義の確定を図る。ここには、「有機体としてテクストをとらえ、そのシステムや器官を問う」という、六〇年代の言説に特有の構えが見て取れる。

これに対し、七七年発表の広田収「源氏物語における「ゆかり」から他者の発見へ」[*23]は、「苦悩を通して、ゆかりというのがもともと、いくら紫上と似ていても藤壺その人ではありえない、つまり他者というものを孕んでいたということに、われわれは若菜巻以降の巻々で物語の力を通して強く知らされる」と述べる。広田によれば、「若菜巻で物語が六条院の解体を押し進めていった理由は、親が子を鍾愛する情は絶ちがたいということとともに、光源氏に対する紫上というゆかりの存在を、他者として扱ってこなかったことに対する物語のいらだちであった」。また、鷲山茂雄による七九年の「源氏物語の一問題」[*24]には、「形代を求めるということはすなわち、形代となる本のものがあるということであり、その本となるものをどうしても獲得できぬ場合の〈代償行動〉、とり返しをはかる行為ということである」と述べられている。

広田も鷲山も、「ゆかり／形代」の関係に置かれた複数の人物が、結局は別人に過ぎないことを問題にしている。このような視点は、鈴木論文には存在しない。広田と鷲山は、作中人物の「存在としてのリアリティ」を、鈴木以上に重視しているかに見える。しかし、六〇年代までの論者にとって、「ゆかり／形代」の関係にある両者が、それぞれ「かけがえのない存在」であることは自明であった。むしろ、作中人物が具体的なリアリティを失い、記号化＝抽象化したからこそ、違っていることが問題になり始めたのだ。

なるほど歴史上確かに〝ゆかり〟を求めた人はいた。その場合〝ゆかり〟即ち〝血縁〟がむしろ重要なことであり意味があったのであって、〝似る〟ということは二の次のことであったのではなかっただろうか。そう考えれば源氏物語がゆかりに似るという要素を打ち出していることはやはり再認識してよいことではあるまいか。

先に引用した鷲山論文の一節である。ここで鷲山は「再認識」と言っているが、「ゆかり」と「似ること」をセットで論じるのは、実は七〇年代以前には「常識」になっていない。古注釈の類においても、明治以降の研究言説の中でも、「ゆかり」はもっぱら血縁とのみ関連づけられていた。確かに、「古代人は、近代的な自我の意識がなかったから、よく似た別人を身代わりに愛することに抵抗を覚えなかった」という類の言葉は口にされていた。しかしそれは、あくまで「形代」に対する注釈であって、「ゆかり」に関わるものではなかった。「ゆかり」と「形代」は、七〇年代に至るまで、別々に論じられる方が普通であった。[*25]

つまり、「ゆかり」の関係にある人物相互の差異が注目され始めたのは、「似ること」や「形代」と「ゆかり」が結びつけられたからなのだ。それでは、「似ること」や「形代」——ようするに「共通性をもつこと」——と「ゆかり」が、どうしてこの時代に関連づけられたのか？[*26]　その理由を、三田村雅子の次の発言は端的に物語る。

形代の関係は、そのような血縁の繋がりというよりは、むしろ運命的な容貌の相似にもとづいている。桐壺更衣と藤壺中宮は立場も境遇もまるで異なる赤の他人であったし、藤壺と紫上が、叔母—姪の関係であるとしても、同じ姪である女三宮の事を考えてもわかるように、その容貌の相似に偶然の寄与するところが大きいのである。大君の妹である浮舟にしろ、同母妹の中君より、異母妹の浮舟がより大君に似ていたことに、運命の縁と言うべきものを感じさせられる。

運命のめぐりあわせで、男主人公の理想の形代になった女達は、その理想の女性とは全く違った境遇の中で育ち、違った個性と生活を持っていた。そういう女に男は前の〈女〉を見ようとするのである。前と同じ女、前と同じ〈愛〉を求めようとする。今の女を愛することが、即ちあの理想の女性への愛のあかしだと男は自分に信じこませようとさえする。そういう男の矛盾と、その矛盾に翻弄されるように生きた女を描くこと、それが源氏物語の主題の一つとも言えそうである。

記号学の時代が全盛期を迎えた八〇年代半ば、三谷邦明は、「ゆかり＝メトノミー／形代＝メタファー」という図式を提示した。[*27]「作中人物の記号化」の極北ともいえるこの図式にしたがうなら、三田村はここで、メトノミーに対するメタファーの優位を主張している。こうした言説は、「記号学の時代」にしか生まれないものだ。メトノミーは、類似が存在しないもの同士を因果関係によって結合させ、メタファーは、二つの記号を共通性によって結びつける。事物の間に存する「解消しがたい差異」は、メトノミーにおいては保存されるが、メタファーにおいては「カッコ入れ」される。したがって、メトノミー的なものは事物の抽象化を妨害し、メタファー的なものはそれを促進する。メタファーはメトノミーより、圧倒的に「記号学的＝ヘーゲル的」な状況に適合しているわけだ。[*28]「今の女を愛することが、即ちあの理想の女性への愛のあかしだと男は自分に信じこませようとする」という、三田村の語る「矛盾」は、「類的なものは本質的であり、それぞれ個物にしかないものは非本質的なものなので、個物は本質的に非本質的なものを含む」という、ヘーゲルの「矛盾」の亜種に他ならない。

「ゆかり」が「共通性をもつこと」と組み合わされるようになったのは、この「メタファーの優位の確立」と関連する。つまり、「ゆかり」にあたる人物相互の差異が注目を集めた原因をたどって行くと、「作中人物の記号化」に行き着くことになる。

ところで三田村は、右の引用文の中で、「源氏物語の主題」という言葉を使っている。すでに指摘されているとおり、[*29]七〇年代には主題論が盛んであった。六〇年代の「有機体」としてのテクスト――シニフィエとシニフィアンが不可分な状態にあるテクスト――が、「シニフィアンの寄り集まり」に変質したとき、テクストの統一性や自立性を担保する概念が必要となった。そこで召喚されたのが「主題」であった。

右の事情は、近代文学研究の動向を参照するとわかりやすい。近代文学研究の世界でも、六〇年代後半に「作品論」が登場し、テクストを「閉ざされた記号の集積体」として扱う姿勢が広まった。このとき、個々の論文に示された「読み」の価値や客観性を、何によって保障するかが問題となった。代表的作品論者である三好行雄は、「作品論から作家論へ、作家論の集積から文学史へ」というテーゼによって、この問題に解決をあたえようとした。[*30]そして、「読み」の価値を決めるのに「読み」以外の保障はいらない、という了解が成立したとき、近代文学研究にテクスト論の時代が到来した。同様にして、「主題」という担保が不要になったときが、王朝物語研究におけるテクスト論時代の幕開けであった。

五、「両面作戦」の展開へ
――「翻訳者の課題」に導かれて

一九八〇年代のテクスト論的研究が、いかなる枠組のもとに、どのように展開したかについては、最近別の場所で概観したのでここでは詳しくは述べない。[*31] 八〇年代のテクスト論者の前には、「主題」や「作者」という担保さえ持たない、純然たる「閉ざされた記号の集積体」が広がっていた。この状況は、文学テクストの意味生成プロセスそのものを解析する上で、千載一遇のチャンスだったはずだ。しかし八〇年代の研究言説は、「テクストをだしに己れの夢を語る」ことに終始した。テクストは、読み手の意識に還元出来ない「実在」としてではなく、読み手の意識を映し出す「鏡」として扱われた。しかしこの点についても、別稿で詳述したので省略する。[*32]

ともあれ、一九九〇年に、大学院に入りたての私が、ヘーゲル的な論文を書いた背景は明らかに出来たはずだ。七〇年代に完成した「記号学的＝ヘーゲル的」パラダイムに私は拘束されていた。「登場人物の記号化」という風潮がなかったら、「紫上＝作品」などという構図は思いつかなかったろう。

そして、『源氏物語』研究は、二〇〇〇年の今でも「記号学的＝ヘーゲル的」だ。たとえば、立石和弘は、一九九九年に次のように書いている。[*33]

> 宇治の大君が、痩せて魅力の欠ける手に、自己存在を象徴的に読みとったように、身体は、自己観照の媒体として存在の拠点となる一方で、共同体的な排除の暴力が行使される対象ともなる。末摘花巻、光源氏は若紫と共に末摘花の赤鼻を笑う。身体を笑うことでこれを暴力的に排除し、若紫と連帯する光源氏。だが、自身がすでに「不吉なまでに美しい」と語られる美貌によって、理想化＝排除される存在に他ならなかった。

この指摘の背後には、山口昌男＝今村仁司的な、スケープゴート理論がはっきり見てとれる（「理想化＝排除される光源氏」という構図は、より洗練されてはいるが、「貨幣＝光源氏」という構図と同型だ）。また、九〇年代に勃興した身体論的研究は、テクストを「鏡」として扱う構え――テクスト論の時代に支配的だった構え――の延長線上にある。[*34]

五〇年代までの研究言説は、『源氏物語』という対象を確定出来ず、テクストそのものを論じられなくなっていた。六〇年代以降の研究言説は、『源氏物語』を抽象化することでこの問題に一応の答えを出した。現代の研究言説は、このノウハウの発展型としてある。逆にいえば、抽象化されていない『源氏物語』――活字本でない『源氏物語』――を相手に、『源氏物語』そのものを論じる方法は今だに開発されていない。

問題なのは、だからといって「活字本ではなく、写本で研究をやるべきだ」と主張するのは危険過ぎるということだ。活字化＝抽象化されなければ成り立たない『源氏物語』論に、限界があることは確かだろう。しかし、古い時代の「国文学」の権威主義・徒弟制度・不透明な人間関係などが、「写本」によって支えられていたのを忘れてはならない。「写本」を偏重する研究パラダイムは、「写本」を持つ個人やグループに特権を生じさせる。「記号学化＝ヘーゲル化」が、『源氏物語』研究にもたらした最大の成果は、「写本」を見る可能性を奪われている人間にも、研究に参与する道を拓いたことだ。[*35]この「成果」を、水に流すようなことがあってはならない。「写本偏重」という悪しきオリジナル中心主義を復活させてはならない。

「記号学的＝ヘーゲル的」状況の限界を見すえつつ、反動的な「写本偏重」への動きにも抵抗していくこと。これからの『源氏物語』研究は、いわば「両面作戦」を強いられる。この局面に対応する手段として、もっとも参照に価するのが、ベンヤミンの翻訳論だ。[*36]ベンヤミンによれば、あらゆる言語は、かつて存在した純粋言語の破片であり、翻訳語だ。翻訳者は、厳密な遂語訳を行なうことで、この純粋言語の回復をはからなくてはならない。

すなわち、ある容器の二つの破片をぴたりと組み合わせて繋ぐためには、両者の破片が似た形である必要はないが、しかし細かな細部に至るまで互いに嚙み合わなければならぬように、翻訳は、原作の意味に自身を似せてゆくのではなくて、むしろ愛をこめて、細部に至るまで原作の言いかたを自身の言語の言いかたのなかに形成してゆき、その結果として両者が、ひとつの容器の二つの破片、ひとつのより大きい言語の二つの破片と見られるようにするのでなくてはならない。だからこそ翻訳は、何かを伝達するという意図を、意味を、極度に度外視せねばならぬ。

「あらゆる言語は、かつて存在した純粋言語の翻訳語である」というテーゼは、「あらゆる事物はシュミラークルだ」というテーゼと同義といえる（ベンヤミンが活躍した一九三〇年代の世界が、一種のポストモダン的状況にあったことは、既にくり返し指摘されている）。ベンヤミンは、純粋言語の名の許に、複数のシュミラークル化した記号を突き合わす。その結果、複数の記号の共通の母胎（純粋言語）ではなく、それらの間に存在する解消しえない差異が顕わになる。このとき、それぞれの記号は具象性を取り戻し、非シュミラークル化している。しかもそれによって、純粋言語という「起源なるもの」は、ますます「たんなる理念＝標語」に追いやられる。

　ベンヤミンの翻訳論はこのように、「起源なるもの」への欲望を呼び込みつつそれを破棄させ、しかも記号の具象性を取り戻させる契機を孕んでいる。私は、「『源氏物語』それ自体＝純粋言語／活字本も含めた『源氏物語』の諸テクスト＝実在する言語」というアナロジーに従って、複数の『源氏物語』テクストを突き合わせることを考えている。それが上手くいくなら、「紫式部が書いた『源氏物語』」への欲望を廃棄させる一方で、諸テクストの具象化＝歴史化を行なうことが可能になるはずだ。

＊1　助川幸逸郎「藤壺と紫上の差異について」（『中古文学論攷』第一一号）

＊2　ヘーゲル『歴史哲学講義（上）』（長谷川宏訳　岩波文庫）

＊3　今村仁司『暴力のオントロギー』（勁草書房）・『排除の構造』（ちくま学芸文庫）

＊4　ヘーゲルの考えでは、人間は個別的な存在にとどまっている限り、自由ではない。他の人間と自分自身の中に共通の本質を見出だし、そのことを他の人間にも承認して貰わなければならない。このとき、自己と他者との関係に一つの矛盾が生じる。他者が自分と共通の本質を持っているのは、物や動物と異なり、自立した意識を持つ人間だからだ。つまり、他者が私と同じであるのは、他者が私と別の意識を持っているからこそなのだ。「同じであるのは違うからだ」というパラドックス。この矛盾を解消するため、自己と他者は共に、死の危険に身をさらさなければならない。死とは、存在の個別性の破棄であり、死を恐れない（＝死に束縛されていない）ということは、それだけ自由に近いことを意味する。自分の人間らしさを相手に認めさせるには、自分が死を恐れないことを認めさせねばならない。しかし、死を賭けている両者が、一方だけでも実際に死んでしまったら、すべては水泡に帰すことになる。死んでしまった人間は、承認することも承認されることも出来ないからだ。そこで両者のうち、より多く死を恐れた人間が、承認されることを断念してこの「死を賭けた闘争」を終わらせる。その後、承認を諦めた側の人間は「奴隷」となり、承認された側の人間（「主人」）に隷属して生きる。

　以上が、『精神現象学』（長谷川宏訳　作品社）や『精神哲学』（船山新一訳　岩波文庫）において展開されている「主人と奴隷の弁証法」の概略である。
ちなみに、ヘーゲルは、「ちょうど今私がのべた立場に関して起こるかもしれない誤解を予防するために、われわれはここでなお、承認のための闘争は極端にまで誇張された叙述の形式においては、ただ人間が個々人として存在している自然状態において起こることができるだけであり、それに反して市民社会および国家にとっては依然として疎遠なものである、という注意を与えるべきである。なぜかといえば市民社会および国家においては、あの闘争の成果を形成しているもの——すなわち承認されているということ——がすでに現存しているからである。（中略）市民は国家において、自分が奉職している職務・自分が営んでいる職業・自分のその他の勤労活動によって自分の名誉を維持する」とのべている（『精神哲学』）。貨幣・国家などの「公的なもの」は、自己と他者との「死を賭けた闘争」を回避する装置だともいえるわけだ。

*5 山口昌男「天皇制の象徴的空間」・「『源氏物語』の文化記号論」（『天皇制の文化人類学』岩波現代文庫）

*6 フーコー『言葉と物』（中村雄二郎訳　新潮社）・『臨床医学の誕生』（神谷美恵子訳　みすず書房）

*7 小林は、ラカンの精神分析理論を王朝物語研究に導入した最初の研究者。その学説に批判すべき点があるとはいえ、私がここでこうした文章を書いていられるのは、二重の意味で小林の御蔭だ。一つは、彼の論文が、舶来理論に関する啓蒙を行なってくれたという意味で。もう一つは、舶来理論を中心にした言説を「古典文学研究者」が語れるフィールドを、彼が大きく広げてくれたという意味で。

*8 蓮實重彦は、八〇年代に流行した「記号学」を、「『記号学と解釈学は不倶戴天の敵同士』というフーコーの言葉すら理解せずに行なわれたもの」として批判している（「「作者」とは何か」『国文学』一九九〇年六月号など）。それが批判が批判すべきであるか否かは別として、この時代に導入された「記号学」はまさしく、「記号学的解釈学」であった。なお、記号学と解釈学の差異については、注6に掲げた『言葉と物』を参照のこと。

*9 前田愛『都市空間の中の文学』（ちくま学芸文庫）

*10 注4で言及した『精神現象学』や『精神哲学』を参照のこと。

*11 ドゥルーズ『差異について』（平井啓之訳　青土社）

*12 たとえば、鈴木泰恵によると、『狭衣物語』における登場人物相互の類似は、触覚的なものに限定されている。そこでは『源氏物語』におけるような、単純な「ゆかり／形代」の関係は成立しえない（「狭衣物語と〈形代〉」『武蔵野女子大学紀要』第三〇号）。

*13 浅田彰「現代批評史ノート」（柄谷行人編『近代日本の批評II　昭和編下』講談社文芸文庫）

＊14 ボードリヤール『象徴交換と死』（今村仁司訳　ちくま学芸文庫）

＊15 湾岸戦争直前、ボードリヤールは「全てがシュミラークルと化している現代世界では、現実の戦闘は起こりえない」と断言していた。そして、実際に戦争が勃発すると、『湾岸戦争は起こらなかった』という論を著して、「今回の戦争は、すべてがテレビ中継され、まるでバーチャル世界の出来事のようにリアリティがなく、起こらなかったも同然だ」と主張した。彼は「世界をシュミラークルのように見せているのは、政治経済のリアルな変化であること」を考慮に入れない。したがって、「興味深い事後分析」を展開することは出来ても、物事を事前に予見することは出来ない。

＊16 栗本慎一郎や丸山圭三郎といった「ポストモダン派」の主張と、ボードリヤールの主張は酷似している（当人たちはそうとは認めていなかったが）。特に栗本は、近代的システムの終焉とヘーゲル＝マルクス主義的な弁証法の無効化を宣言し、システムへの対抗手段として「過剰の蕩尽（＝自己破壊）」を提起するなど、ボードリヤールそのものだ。

＊17 たとえば、三谷邦明「帚木三帖の方法」（『物語文学の方法Ⅱ』有精堂）は、構想論において議論の対象とされてきた諸現象を、テクストの構造の問題として解釈しなおして成果をあげた。

＊18 中野はその後、古注釈の翻刻や享受資料の収集を行なうなど、表面的にはより保守化した。しかし、研究対象を単独で抽出しうることへの確信や、全体との関連において細部を見ていく姿勢など、六〇年代に活躍した研究者に特有の資質は一貫している。

＊19 他に、六〇年代の言説を代表する研究者として、『源氏物語の世界』（東京大学出版会）での秋山虔がいる。この書物の中で秋山は、構想や史実などの、テクスト外の実体を拠り所にする論者に異義を唱え、テクストの内的必然に着目する姿勢を打ち出した。秋山がここで論陣を張ったことにより、『源氏物語』それ自体を研究対象にすることが、さまざまな意味で容易になった。

＊20 藤井貞和「源氏物語の近代と予感」・「解体する時間の文学」（『源氏物語の始原と現在』砂子屋書房）。ちなみに、この書物の初版が出たのは一九七二年。

＊21 三田村雅子「第三部発端の構造」（『源氏物語　感覚の論理』有精堂。この論文の初出は一九七五年）など。

＊22 鈴木一雄「源氏物語における〝ゆかり〟（上）」（『言語と文芸』第五五号）

＊23 広田収「源氏物語における「ゆかり」から他者の発見へ」（『中古文学』第二〇号）

＊24 鷲山茂雄「源氏物語の一問題」（『日本文学』第二八号）

＊25　しばしば指摘されることだが、「形代」という語は、『源氏物語』正編には登場しない。「紫のゆかり」と「形代」の結びつきは、今日思われているほど自明ではないのだ。
＊26　三田村雅子「源氏物語における形代」（『源氏物語　感覚の論理』有精堂）。この論文の初出は一九七〇年。
＊27　＊17に同じ。
＊28　「記号学的＝ヘーゲル的」状況とメタファーが原理的に関連することは、絓秀実『小説的強度』（福武書店）の最終章を参照。
＊29　松岡智之「七〇年代の物語文学研究」（『物語研究会会報』第30号）
＊30　三好行雄「作家論の形の批評と研究」（『岩波講座　文学』9　岩波書店）。
＊31　助川幸逸郎「記号の自立と政治の不在化」（『物語研究会会報』第30号）
＊32　助川幸逸郎「精神分析を援用して、現代日本で言うべきこと」（『テクストへの性愛術』森話社）
＊33　立石和弘「文学小事典」（週刊朝日百科『世界の文学　源氏物語』朝日新聞社）
＊34　＊32に同じ。
＊35　論文において、外国語で書かれた著作に言及する場合、原文を参照する方がベターなのは言うまでもない。しかし、だからといって、翻訳しか見ないで書かれた論文は、自動的に無価値ということにはならない。「写本」をめぐる状況もこれと同様であるのならまったく問題はない。しかし、「写本」もしくはそれの複製を見るための手間やコストは、一部の例外をのぞき、外国語図書を入手する手間やコストとは比較にならない（たとえば、私のように専任の勤め先を持たない者にとって、パソコンを複数購入できる価格の「大島本源氏物語」の複製を買うことは夢でしかない。かりに、無理をしてそれを入手したところで、「大島本源氏物語」さえあれば用が足りるというわけでもない）。
＊36　ベンヤミン「翻訳者の課題」（野村修訳『暴力批判論』岩波文庫）

※なお、この文章で名前をあげながら、論文名を具体的にしめさなかった研究者の論は、『日本文学研究資料叢書　源氏物語Ⅰ～Ⅳ』もしくは『国文学　解釈と鑑賞別冊　源氏物語Ⅰ～Ⅲ』で読むことが出来る。また、研究史の概要を知る上で、『国文学　解釈と鑑賞』、一九八三年七月号を参照した。

特集 源氏文化の視界

『源氏物語』の加工と流通
——美的王朝幻想と性差の編成——

立石和弘

1 戦時下から戦後へ

『源氏物語』は「不敬文学」として、戦時下、帝国主義の言論思想統制により弾圧された。その具体相が、小林正明氏の論考「わだつみの『源氏物語』—戦時下の受難」、および「昭和十三年の『源氏物語』」に詳細に論じられている。[*1] 不敬の対象とされた記述は、「万世一系・皇位継承・神聖不可侵の天皇幻想に抵触する」(小林)箇所、『源氏物語』の基幹をなす要所である。主人公光源氏は、桐壺帝の皇妃藤壺と密通する。その密事により生まれた皇子は、事情を隠蔽したまま帝位を継承し、帝の子として冷泉帝となる。臣籍に降下したことで源氏姓を賜った一介の臣下が、皇妃との秘事を犯して帝の父となり、自身も「准太上天皇」に昇りつめるという物語は、皇統譜の乱脈を容赦なく対象化、具象化している。その想像力は、大日本帝国が宣揚する天皇制イデオロギーを、擬制として顕在化させる起爆力を有している。万世一系の天皇幻想に肉薄する『源氏物語』が公権力により弾圧されなければならなかった理由がそこにある。そのように小林論文は焦点化する。小林氏の言葉を借りるならば、「想像力の領域において、万世一系・神聖不可侵の絶対理念に大逆する造叛の書物」、それが戦時下の『源氏物語』なのであった。

弾圧を象徴化する事例として、番匠谷英一脚色による『源氏物語』劇の上演中止と、谷崎潤一郎訳の密通記事削除はよく知られている。昭和八年(一九三三)、新歌舞伎座の上演が目前に迫っていた劇団新劇場の『源氏物語』劇(紫式部学会後援)が、当局の抜き打ち的な禁止命令により上演不可能となる。さらに、昭和十四年(一九三九)から昭和十六年にかけて刊行された『潤一郎訳源氏物語』では、山田孝雄の校閲により、光源氏と藤壺の密事に関する件が徹底的に削除される。こうした『源氏物語』への弾圧は、芸術、文芸の圏域のみならず、教育界、国文学界といった領域をも呑み込み、それぞれに態度表明を迫りながら、戦時下の『源氏物語』をめぐる状況を編成していくことになる。[*2]

さて、本稿での関心は『源氏物語』をめぐる戦後の言論状況にある。戦時下、言論統制の抑圧をトラウマのようにして生きざるをえなかった表現者たちは、昭和二十年(一九四五)の終戦の後、何を描き、あるいは描きえなかったのか。まずはその点を対象化したいと思う。

2 昭和二十年代の『源氏物語』

弾圧の季節を過ぎ、終戦からそう間をおかず、昭和二十年代の半ば頃には早くも『源氏』ブームが起こっている。出版、演劇、映画、ラジオの放送劇といった、メディア複合型の流行形成が特徴であり、そうした意味で現代の『源氏物語』ブームの先駆けともなっている。その具体相は、上坂信男氏の『源氏物語転生―演劇史にみる―』[*3]に詳しく、現代演劇や映画、放送の台本が豊富に載せられ貴重である。ここでは私なりに代表的ないくつかをとりあげ概観することとする。

昭和二十六年(一九五一)三月、竣工された新装の歌舞伎座では尾上菊五郎劇団の『源氏物語』(舟橋聖一脚色)

が上演される。桐壺以下、空蝉・夕顔・若紫・紅葉賀・賢木巻の六幕に仕立てられ、監修に谷崎潤一郎、美術監修には安田靫彦があたった。日本橋高島屋では、タイアップとして「源氏物語展」も催されている。興行は大入りで、十月には須磨明石を増補し、七幕五時間の通しで再演されている。十一月には、大映映画『源氏物語』（吉村公三郎監督、新藤兼人脚本、長谷川一夫主演）が、大映創立十周年記念、昭和二十六年度芸術祭参加の鳴り物入りで公開される。

　翌二十七年（一九五二）になると、五月には歌舞伎座で源氏劇の第二部（八幕）が上演され、光源氏の帰京後から篝火巻までが演じられた。他にも、一月には宝塚歌劇の『源氏物語』（小野晴通脚本、白井鐵造演出）が春日野八千代の光源氏で好評を博しており、四月には帝劇での東京公演が行われた。文芸座も八月に榊原政常作『しんしゃく源氏物語』を三越劇場で上演している。

　谷崎二度目の現代語訳『潤一郎新訳源氏物語』は、昭和二十六年の五月より刊行が開始されている。二十九年十二月には全十二巻の配本が完了するが、翌三十年には、安田靫彦、前田青邨ら十四画伯・五十六葉の装画をともなう豪華五巻本が刊行されている。この装画は、昭和三十九年から四十年にかけて出版された『谷崎潤一郎新々訳源氏物語』に引き続き使用されている。さまざまなバージョンが、差異化にともなう商品価値を生産しながら、相乗効果的に購買欲求を刺激し、消費を方向づけていくのであった。

　昭和二十八年（一九五三）には、北条秀司脚色による、中村吉右衛門一座の『浮舟』が明治座で上演される。北条秀司は以後、舟橋聖一と共に舟橋源氏、北条源氏と並び賞され『源氏』ブームを牽引することとなるが、この浮舟劇上演に際してはちょっとした作品の奪い合いが生じている。すでに歌舞伎座には舟橋源氏が掛かっており、この新造された美しい舞台で、四部構成による『源氏物語』全編の順次上演が期待されていた。いまだ舟橋版「浮舟」が上演されない段階での明治座での公演は、いわば歌舞伎座を出し抜くことにもなり、松竹の幹部からの反発をかったのである。『朝日新聞』（昭和二十八年七月十七日夕刊）は「カブキ界空前の猛けいこ　「浮舟」上演までのうらばなし」の題で次の記事を載せる。「歌舞伎座の〝舟橋源氏〟は、その前半が終ったところで、最後の宇治十帖の浮舟は当然取り上げるべき素材であったため〝北条源氏〟の上演で〝舟橋源氏〟が中途でトンザしてはという心配から、松竹の幹部の間ではかなり反対があった。これをおしきったのは作者の北条氏で、大谷社長と単独会見し、歌右衛門主演で明治座の舞台に上せる約束をしたために、どうやら実現に至ったもの。新派の花柳、東をどりのまり千代、菊五郎劇団の梅幸などがねらっていたこの問題作は、ついに歌右衛門が射止めた形になり、成行きを注視していた紫式部学会なども、この企画に全面的に協力を申し出ている」。紫式部学会は当時、演劇や映画への協力を惜しまなかったが、すでに歌舞伎座の公演を全面的に支援しており、演劇界の思惑に巻き込まれながら、こうした「誤報」の対応にも苦慮している。[*4]劇場、演出家、役者がそれぞれに注目する演目として、取り合いともいえる状況が形成されていくのも、『源氏物語』の人気の高さを一方で証すものと言えよう。

昭和二十九年（一九五四）五・六月には、歌舞伎座で舟橋聖一『源氏物語』第三部が上演される。若菜上から幻巻までが六幕に脚色され、二ヵ月にわたり続演されたことも話題となった。同年六月十一日には、北条秀司脚本のNHK連続放送劇が始まる。すでにその二年前、二十七年四月二十六日には長編ラジオドラマ『源氏物語より・浮舟』（NHK、午後七時三〇〜九時十五）が、北条脚本で放送され反響を呼んでいる。「恋愛の対象となった女性側に重心を置いて、一人一人の生活と運命を描いて行こうというのである」[*5]と北条が解説するように、女性を個別に取り上げ、それぞれの女房や従者（惟光）の視線を通して描く。『藤壺』『朧月夜』『紫の上』では、一話の中に複数の語り手が設定されるなど、多視点的な世界像が形成されているのが特徴である。作中人物を語り手として設定し、物語を語らせるという手法は、以降もくり返される加工の様式であるが、語り手の声の現前はラジオ放送ならではの効果であろう。声を媒介とした『源氏』の加工形態が、ラジオというメディアを得て新たに活性化する。民放ラジオの開局が二十六年、二十八年におけるラジオの普及率は七〇・四％（『日本放送年鑑'71』）、二十七年には、NHK連続ラジオドラマ『君の名は』の大流行もあった。テレビの急速な普及を目前にして、いまだラジオ放送は娯楽メディアとして重要な位置を占めていた。聴覚による『源氏物語』の受容は、ラジオ劇をへて、谷崎訳の朗読カセットの販売、そして瀬戸内訳の朗読公演など、その命脈を保って現在に至っている。他にも、イタリア賞コンクール大賞を受賞したラジオドラマ『愛と修羅〜源氏物語』が、昭和四十二年三月二十二日にNHK・FMで放送されている。水尾比呂史作、奈良岡朋子が六条御息所を演じ、生霊と化す御息所の心理的葛藤を軸に、ステレオ放送の可能性が試された。

北条源氏の戯曲は多数あるが、昭和三十年には、六条御息所と葵の上を題材とする『妄執』と『末摘花』

の上演があり、三十二年には大映で『源氏物語　浮舟』が、監督衣笠貞之助、長谷川一夫の薫、市川雷蔵の匂の宮という顔ぶれで映画化されている。それに先行して同年四月には、二年前にテレビに進出したばかりのラジオ東京（KRテレビ、現TBS）が、長編テレビドラマ『浮舟』を放送している。松本幸四郎の薫、岡田茉莉子の浮舟、他に勘弥、村田嘉久子が出演。午後九時から、当時のドラマとしては珍しい一時間枠で放送されている。他にも、文学座が三島由紀夫作『葵上』を第一生命ホールで上演したのは三十年であった。

二十年代半ば以降の『源氏物語』の流行は目を見張るものがあるが、演劇や映画などの商業的な興業の力だけでなく、流行を支えていったのは観客であった。古典の講座や講演会が盛んに行われ、その聴講者や学生が劇場に足を運んで観客となった。学ぶ者と娯しむ者との橋渡しをし、教室と劇場とを媒介する役割を積極的に果たした団体に、紫式部学会があった。

紫式部学会と演劇との関わりは、かつて昭和八年に、後援する『源氏物語』劇が中止に追い込まれ、無念の涙をのんだ経緯があったが、戦後、歌舞伎座での上演を松竹に勧めて、ついにこれを実現へと導く。大映の二十六年の映画でも、紫式部学会は後援にまわり、校閲として池田亀鑑の名もクレジットされている。歌舞伎座への支援に際しては、講演会等を通じて集客努力にも勤めている。紫式部学会は源氏物語連続講座を東大の教室を会場として開催していたが、二十五年九月は朝日新聞社講堂で開き、立ち見が出る程の盛況を導いている。朝日新聞社文化事業団は、紫式部学会、日本文芸家協会と共に、歌舞伎座『源氏』劇の後援を引き受け、共同で上演への準備を進めていた。二十六年二月には、折口信夫、久松潜一、池田亀鑑の講師陣に加え、市川猿之助など、『源氏』劇に出演する歌舞伎役者七名を招いて、源氏物語特別講演を催している。宣伝もよく行き届いており、東大の教室には千数百人もの聴講者が集まった。こうした講演は言うまでもなく歌舞伎座公演の宣伝活動とも連動しており、ほかにも割引特典を付した入場券三千枚を、講演会などを利用してさばくこともしている。[*6] 演劇化や映画化されることで『源氏物語』が大衆化することに眉をひそめる学者も少なくないなか、集客や宣伝の役割を積極的に担って『源氏物語』の流通に参与した紫式部学会は、研究団体のあり方として特異な存在性を示していると言ってよいだろう。

さて、こうした二十年代のブームの中で、くり返し藤壺が描かれていくことは特筆されなければならない。谷崎新訳本では削除箇所が補塡され、演劇、映画にも光源氏との密通が赤裸々に描かれていく。雨海博洋氏は「能の世界には藤壺の登場は見られなかった」[*7]とし、この突出した流行現象に注意を促している。より大衆的なメディアの力に支えられて、「藤壺」は自在に再生していくのであった。戦後になり『源氏物語』は、戦時下からの解放を象徴化する記号として機能し、「藤壺」はその核心的な要素を担って流通することになる。

「藤壺」を描くことへの表現者としての意気込みは、たとえば舟橋聖一の次の言葉にもうかがえよう。「源氏物語はわが国の最高の古典なのに、戦時中は不敬の理由で弾圧を受けた。紫式部は宮廷生活を背景として御門や皇后らその他さまざまの人物の内面に向って用捨なく自由な筆をふるっている。私はこの脚本で長く当局の忌諱にふれていた「藤壺の物語」に力点をおいた」(歌舞伎座筋書、昭和二十六年三月)。また、『源氏』劇の企画を報じる新聞記事には、「昭和八年秋、坂東蓑助を中心にカブキ若手俳優らの劇団「新劇場」が上演を企画、警視庁当局から上演禁止処分を受け、芸術が国家に屈伏した事件として波乱を呼んだ問題の「源氏物語」が十八年ぶりに舞台によみがえることになったわけである」(『朝日新聞』昭和二十五年四月七日)と記され、戦時下の記憶が呼び起こされているように、『源氏』劇上演の社会的な意義は、まずはそこに焦点化されている。かつて不敬として弾圧された物語を恢復することが、戦時下の抑圧から解き放たれた、新しい時代の態度表明たりえていた。「藤壺の物語」を描く行為に、旧弊な制度的呪縛からの自由が象徴化されていく。そして、新たな国民的同一性への希求が、戦後社会における『源氏物語』の流通と消費を支えた。『源氏物語』が戦時下の弾圧と引替えに、戦後間もなく大流行した理由がここにあろう。

しかし、それはあくまで言論弾圧の外圧に対する解放でしかない。原作からの改変の様態には、むしろ天皇制に縛られた屈曲した思惟が読み取れる。その具体相を、大映映画『源氏物語』に見ることとする。

3 『源氏物語』の映画化と天皇制

これまで『源氏物語』は五作が映画化され、劇場公開されている。[*8]

①『源氏物語』昭和二十六年(一九五一)大映、白黒、監督・吉村公三郎、脚本・新藤兼人、撮影・杉山公平、光源氏・長谷川一夫、藤壺・木暮美千代。

②『源氏物語 浮舟』昭和三十二年(一九五七)大映、カラー、監督・衣笠貞之助、原作・北条秀司、薫・長谷川一夫、浮舟・山本富士子、匂宮・市川雷蔵。

③『新源氏物語』昭和三十六年（一九六一）大映、カラー、監督・森一生、脚本・八尋不二、原作・川口松太郎、光源氏・市川雷蔵、藤壺／桐壺・寿美花代。
④『源氏物語』昭和四十一年（一九六六）源氏映画社、配給・日活、カラー、製作／監督／脚本・武智鉄二、出演・花ノ本寿、浅丘ルリ子、芦川いづみ。
⑤『源氏物語』昭和六十二年（一九八七）朝日新聞社・テレビ朝日・日本ヘラルド映画グループ、アニメーション、監督・杉井ギサブロー、脚本・筒井ともみ、音楽・細野晴臣、声の出演・風間杜夫、大原麗子。

昭和二十六年の『源氏物語』は、前にも記した通り、大映が総力を傾注して製作した大作映画であった。長谷川一夫、木暮実千代、京マチ子、水戸光子、乙羽信子、堀雄二、大河内伝次郎ら「豪華七大スター」の共演を謳い、投入された製作費は三二〇組を新調する衣装費だけで一千万円を超えていた。絢爛たる王朝絵巻の構築には、風俗、建築、庭園、舞楽の各種考証として「権威者」が招聘され、監修に谷崎潤一郎、校閲には池田亀鑑が名を連ね、ぬかりのない布陣が期されている。完成した映画は芸術祭参加に加え海外への輸出も企てられた。その結果、杉山公平の撮影が第五回カンヌ映画祭撮影最高賞を受賞する。『源氏物語』が封切られたのが十一月。その二ヶ月前には、黒沢明監督の『羅生門』（大映）がベネチア映画祭でグランプリを獲得している。その後、溝口健二監督の『西鶴一代女』『雨月物語』『山椒太夫』、黒沢監督の『七人の侍』（いずれもベネチア映画祭銀獅子賞）と海外での受賞が相次ぐ。日本映画の評価が高まるなか、昭和二十九年には、杉山キャメラマンの撮影により、衣笠貞之助監督の『地獄門』が日本初のカンヌ映画祭グランプリに輝く。二十六年の『源氏物語』にはじまる、大映製作の「王朝もの」の系譜が、ここに実を結ぶことにもなった。

映画『源氏物語』は興行的にも成功を収め、一億四一〇五万円の配収は、昭和二十六年度第一位であった。また『キネマ旬報』のベストテンでは、七位に位置づけられている（『戦後キネマ旬報ベスト・テン全史　一九四六〜一九九六』キネマ旬報社）。配収、評価でベストテンに名を刻むのは、五作中この映画のみである。内容は、他の多くの加工作品と同様に大胆な脚色が施されている。以下、展開を追いながらその特徴を見ることとする。

冒頭は宮中を舞台に、帝寵を独占する桐壺更衣への嫉妬と排斥、そして里での皇子出産と更衣の死の予感までが描かれる。ここで興味深いのは、更衣への迫害が弘徽殿女御と更衣との直接的な対話により描かれる点である。後宮の差別的な社会構造と、そこに形成される集団的な意識を、個人の存在に収斂させる表現構造が見られる。今一つは、原作では明石入道と呼称される人物が映画では播磨入道と呼ばれ（その理由は後述）、光源氏のおじとして設定されていることである。光源氏と入道との連帯を、原作よりも濃い血族意識から説明しようとする解釈と言えよう。

光源氏成人後は、そのヒーローぶりがいささか大仰な表現により強調される。右大臣方の朧月夜から街頭の物売り娘まで、輝ける青年貴公子に熱い視線が注がれていく。映画はそうした人々のまなざしを通して、光源氏の理想性を印象づけていくのだが、庶民のまなざしをも取り込んで描くところに特色がある。下層からの視線を設定することで相対的に貴族生活を規定していくあり方は、牧美也子のマンガ版『源氏物語』（小学館文庫）でも強調される方法であるが、映画では、カメラのアングルに、下層からの見上げるまなざしが反映されている。はじめの方のショットでは王朝絵巻の構図を意識した俯瞰のアングルで宮中を映し出すが、長谷川一夫が演じる光源氏が初めて登場する母の墓参りのシーンでは、墓地の階段を下りる光源氏を、一転して下から見上げる極端なパースペクティブで画面に収める。続いて映し出される庶民のまなざしがこれに呼応しているのは言うまでもない。こうした見上げる視点の設定は、スクリーンを見つめる観客の王朝憧憬をも反映しており、王朝への憧れを誘導する視覚装置として機能しているのであった。

映画は続いて、雨夜の品定めから藤壺との密事、花の宴の場面へと展開する。驚かされるのは、光源氏と藤壺との関係が、作中では誰もが知る「公然の秘事」となっていることである。たとえば雨夜の品定めの場面では、頭中将らが藤壺の話題を源氏にふり、物思う源氏の反応を楽しんでいる。また、朧月夜との間には以下の会話が交わされている。「〈源氏〉「（ぽつんと）わたくしには、ほかに好きなひとがあるのです…」〈朧月夜〉「藤壺さま…？」源氏、無言で、みつめてゐる。〈朧月夜〉「いゝの…どなたがお好きでもわたしはやはり、あなた様が好きなの…」」[*9]。「いゝの」の語感に、帝の妃と姦通する罪への禁忌意識はどうにも感じとることはできない。葵の上との間にも、「〈葵の上〉「藤壺さまも、御懐妊だと聞いて居ります。どなたの子供なの」源氏、颯と蒼ざめる。〈源氏〉「え、藤壺さまが」〈葵の上〉「まさか、あなたの御子ではございませんでせうね」」とある。原作では物語内社会においてもっとも慎重に秘匿される事柄が、夫婦の会話の中で、あまりにもあっさり言い当てられてしまっている。場面の展開と構成においても、二人の秘事が雨夜の品定めで半ば公然化していることで、続く藤壺との情交場面に、本来なら圧縮されてくるはずの禁忌性が希薄化している。その後もくり返し登場人物が話題にすることで、もはや秘されなければならないはずの王権への犯しは、禁忌性を剝奪されて後退し、光源氏と藤壺との関係はありがちな悲恋の構造に解消していく。「道ならぬ恋」「許されぬ愛」という馴染み深い物語の類型がそこにとって替わる。

若紫の掠奪を経て映画は、朧月夜との関係の露見、須磨への謫居、播磨の入道の娘・淡路の上との出逢いへと展開する。淡路の上の造型には、明石の君と女三の宮の二人の属性が合一している。播磨の入道と合わせ、名称を変更する理由がそこにある。また、密通する女性に「宮」の呼称を与えることを忌避する、皇室への配慮が働いたことも想定される。この淡路の上には良成という土地の男がいて、相愛の関係は源氏の登場により引き裂かれる。桐壺帝と弘徽殿が相次いで急逝し、新たに即位した朱雀帝の命で光源氏が召還されると、事情を知らぬ源氏に従い二人は上京、密通を重ね、淡路はやがて妊娠する。良成には源氏の従者・良清の影が揺曳するが、都への帰還後は柏木の役割を担って源氏を追い込む。藤壺の死別を描いた後、映画のクライマックスで、淡路の上は、腹の子の父親が誰であるかを源氏に告白する。激怒した源氏は、良成をさんざんに打ち懲じ、太刀に手をかける。我を忘れた光源氏を制止する紫の上の言葉には、やはりここでも驚かされることになる。「〈紫の上〉「待って下さい…待って…」〈源氏〉「離せ、離さないか」〈紫の上〉「藤壺さまが、どんな思ひでなくなられたか…あなたはもう、お忘れになつたのでございますか」源氏、凝然と立つ。〈紫の上〉「藤壺さまとあなたのことを、お考へになつて下さい」」。罪の報いを諭されて、もはや源氏は淡路と良成を許すほかない。故郷に戻る二人を見送る源氏は、紫の上に「葵は死に、藤壺さまは亡くなつた…淡路は去つて行くし、わたしのすがるひとはあなただけだ…あなただけが、わたしの頼りなのです…」と語り、淡路が残した琴をつま弾く。蕭々たる風が木の葉を散らす風景を映して、映画は幕を閉じる。

一二二分の上映時間に、『源氏物語』の第二部に相当する罪の報いと、晩年の紫の上思慕までを収める。それを絢爛たる王朝世界に胚胎する終末の美として描くのは、この映画ならではの見ごたえと言ってよいと思う。平安の世界に兆す解体への不安は、放火により炎上する市街の映像や、光源氏に差し向けられた刺客に体現される武士階級の台頭によって印象づけられている。甍の上に垂れこめる暗雲が強風に煽られるファーストショットと、木の葉の舞い散る閑寂とした風景を映すラストショットとは、呼応して枠構造をなし、作品の基調をなしている。美的に形象された豪奢な王朝社会が、常に不安を抱えた共同体として軋みと脆弱さを露呈させる。そうした物語の全体像の把握が、絢爛たるみやびといった紋切型に収斂しえない陰影を作品に与えている。

この作品には、少なくとも二つの画期が内包されている。一つは皇妃と臣下との密事を、初めて映画というメディアに乗せて広く大衆に公開したという点。いま一つは、佐藤忠男氏が指摘するように、俳優が天皇を演じたおそらく最初の映画であるという点である。「敗戦後でも一九五一年の吉村公三郎監督の『源氏物語』に御簾の向うの暗いよく見えないところに天皇が座っているという場面が現れるまで、俳優が天皇を演じることはなかったと思われる」(『日本映画史』[*10])。

しかしきわめて慎重に、皇室への不敬を回避する装置が、表現およびプロットには配置されている。その要点を三つにまとめることができるかと思う。一つは、すでに見たように、秘事の情報を共有させ、藤壺との密通を既存の悲恋物語へと回収することで、天皇への犯しという意味づけと禁忌意識を希薄化している点。二つ目は、朱雀帝の即位を、光源氏が明石から帰還する時期にずらし込むことによって、光源氏と藤壺との間に生まれた子を即位させずに済ませたこと、そのことによって、万世一系の天皇幻想に抵触し、戦時下において弾圧の対象となった要所である皇統乱脈の映画化を回避した点。三つ目は、密通の果てに不義の子を産む内親王・女三の宮を、明石の君と一体化させ淡路の上として新たに造型し直すことで、内親王の密通という主題を隠蔽し、皇室への冒瀆の危険を回避している点、この三点である。

天皇制イデオロギーに抵触するコードは後退し、替わりに前景化してくるのは、光源氏と藤壺の関係を悲恋の色に染めあげる恋愛のコードと、それを好色物や姦通物から差異化する、美的幻想を増幅させた王朝憧憬なのであった。恋愛に代表される男女関係の物語と美的王朝幻想の表象においてのみ享受するあり方は、ここに徴候として示され、以降、反復=強化されていく。そして、『源氏物語』の流通を支える消費者の欲望を編成して、形式化されながら現在に定着する。

4 性差と性愛の編成

天皇制に接続する政治的な回路は、加工と流通の現場から限りなく後退し、見えにくくなっていく。だが政治性とは何も、国家的な政治状況の中にしか存在しないわけではない。男女の関係性、性差、性愛の実践の中にこそ、権力は遍在して実質的な効力を及ぼしている。『源氏物語』がそれぞれの時代に再生するとき、性差のバイアスが作用し、物語の言説は変質を余技なくされる。そこに『源氏物語』の加工と消費における新たな問題が見えてくる。

　たとえば、与謝野晶子の現代語訳では、「夫人」「情人」「愛人」「恋人」という語彙が、物語の男女の関係性を規定していく。[*11] 結婚制度が形成する夫人／情人・愛人という枠組みに、抵抗としての恋愛が対置され、にもかかわらず、やがて結婚に組み込まれていく恋愛の力学が、結婚と恋愛の制度の問題として対象化される。「遊戯的の恋愛」や「一婦主義」といった、近代社会において新たな意味を担わされた語彙が物語社会の関係性を分節化するところに、与謝野訳『源氏物語』の特色があった。[*12]

　また谷崎潤一郎訳では、その過剰なまでの丁寧語に性差の枠組みが組み込まれている。語りが体現する「畏まり」は原文の言語形態ではなく、谷崎が仮構した、日本的、女性的な「語りの美徳」にほかならなかった。非対照的な男女関係の構図が、『源氏物語』の「語り」を舞台にして、伝統と称して捏造され強化されていく。

　映画『源氏物語　浮舟』では、精神的な愛で接する薫と、対照的に身体的な接触を強要する匂の宮とに挟まれた浮舟が、薫を愛しながらも、匂の宮との関係の中で内なる性的欲望に気づかされていく過程が焦点化されている。薫を裏切る行為に追い込まれ、その責任において入水する浮舟を結末に配し、浮舟の再生と出家後の生活は描かれていない。自らに潜在する性的なものと向き合う女性像は、原作にも読み取られる要素であり、[*13] 橋本治の『窯変源氏物語』(中公文庫)では中心的な主題ともなっている。その描き方において原作と差異を見せるのは、薫を相対化する批評軸の有無である。映画では、浮舟との一夫一婦関係を貫くために女二の宮の降嫁を断り、結果無位無冠となって宇治に向かう薫が、その到着の直前に匂の宮と性的関係をもってしまった浮舟の性と身体に裏切られていく悲劇が、むしろ強調されるクライマックスとなっていた。匂の宮の戯れ言が、「浮舟」という名前に「多情な女」と「従順・貞節」の両義を読み解くが、最終的には「多情な女」の名において、供犠の如くに排除される物語展開となっている。映画のクライマックスで、なぜあの時抱いてくれなかったのかと問いただす浮舟に対し、それも宿世と答える薫には、「宿世」の一語によって自己責任を回避する紋切型の思考をのぞかせる。非はあくまで「多情な女」としての浮舟にあるというのが、この映画が示す性の枠組みなのである。

時代状況に即して、受け入れられやすい男女の「物語」が、加工に際してくり返し『源氏物語』に投射されていくことになる。問われるべきは、それがどのような「物語」であるかだろう。

性愛をめぐる表象も、『源氏物語』の再生に際して付加される要素である。映画『新源氏物語』の末摘花はそうした意味で興味深い。

『新源氏物語』は、初の国産70ミリ映画である『釈迦』にひき続き製作された、大映の超大作路線に位置づけられる映画である。だが、内容および表現的には、同じ大映の二十六年の『源氏物語』と酷似する部分が目に付く。オマージュというよりは、模倣に近い印象をぬぐえない。一〇二分の上映時間には、桐壺更衣の物語に始まり、藤壺との密事、奔放な朧月夜との関係や若紫との出逢い、最後は藤壺の出家を山場として、光源氏が須磨へと旅立つ別れの場面までが描かれる。前作での淡路の君との出逢い以降が切られた分、末摘花と六条御息所のエピソードを加えているのが大きな相違となっている。この映画ではじめて、車争いと六条御息所の物の怪がスクリーンに映される。光源氏と藤壺の前で、桐壺帝が罪の子を抱く緊迫の場面も、源氏と藤壺の表情に焦点を据えて描かれている。この映画でも、藤壺との関係は「公然の秘事」として描かれており、葵の上、朧月夜、頭の中将らが軽々しく口にしている。さらには、従者同士の会話の中で、惟光が主人光源氏について語る際、光源氏が恋しているのは、母に似た藤壺だけであり、その恋がかなわぬために必死になって我が心を紛らわそうとあがいている、淋しい、かわいそうな方なのだと説明する。六条御息所をはじめとして、光源氏が関わる女性たちはことごとく、藤壺への思いを紛らわす慰めにすぎないことを、従者の言葉が解説している。

さて、末摘花は光源氏が雨宿りする邸の姫君として登場する。容貌的に魅力の欠ける女性であることは姫君自身が自覚しているが、「神様はなんの取り柄もない女にも、なにかを授けてくださる」と言い、それは何かと尋ねる源氏に「男にとっては大事なもの」とだけ答えて、体を重ねていく。物語類型として散見する異界の女性の属性、性的な魅力によって男性に歓楽をもたらす女性の類型が、末摘花の造型に付与されている。性に主体的な女性を共同体から排除し、異界に囲い込む「物語」が、ここに反復されている。末摘花は手ずから飯を盛る卑賎の態度によって、光源氏の属する共同体からは差異化された存在であることを念押しされる。帰りしなの惟光の言葉に「これで君のお悩みも紛れましたか」とあり、「昨日の晩はね」と応える二人の会話からは、女性を性的解消の道具として扱う抑圧的な男性像が結像している。性的な要素を盛り込むことは、映画をヒットさせるための常套的な方法とされるが、それがどのような内実であるのかは一考の余地があろう。『源氏物語』の光源氏像にはきわめて男性主義的な性愛観が投射されるのが特徴である。原作との対比において常に意識されるのは、そこに相対化の視座が用意されているか否かである。

牧美也子の『源氏物語』(小学館文庫)は、性的なものを突出させることでみやび文化を相対化する、固有の『源氏物語』を創出しているが、六条御息所はその中で、光源氏に未経験の性技を教える女性として描かれている。ほぼ同様の造型が、長尾誠夫『源氏物語人殺し絵巻』(文芸春秋、第四回サントリーミステリー大賞読者賞受賞)にも見られる。そこに形成される御息所像は、「源氏の相手としては最も高貴な存在であり、高い教養と才色に恵まれ」た「八歳上」の女性で、「夫亡き後」も「優れた文化的雰囲気」を保ちつつ生活を営んでいる。そうした女性が、「隠された一面」として「淫靡な姿態」と「肉欲を貪る」姿を、光源氏の前にさらす。ここに提示されている女性像は、男性原理が反復する紋切型の代表的なひとつに他ならない。こうした、『源氏物語』の加工媒体にくり返される表象を通して、性差と性愛をめぐる紋切型もまた強化されていく。抑圧的な思考が「六条御息所」というキャラクターを媒体にして、反復=強化されていくことになる。

六条御息所にはもう一つ、加工媒体を通して流通する印象的なイメージがある。大和和紀の『あさきゆめみし』(講談社)では、六条御息所に「蜘蛛の巣」の柄の衣を着せている。[*14] 平安時代を題材とするマンガにおいては、衣の柄や紋は、キャラクターの同一性を示す重要なインデックスである。他のジャンルの多くのマンガでは、髪型、顔の輪郭、服装、言葉、仕種・振る舞いなど、さまざまな表象が個性を端的に表示するが、平安朝の女性を対象に描く際は、ごく限られた差異の中に個性を描き分けることを強いられる。これはひるがえって見れば、いかに平安朝の女性をめぐる言説が、類型的、典型的な女性性という記号に、当時の女性を囲い込んでいたのかを再確認させるものである。

六条御息所と蜘蛛の巣の柄の組合せは、多くの作品に反復されている。古くは大正七年(一九一八)に制作された上村松園の『焰』で、六条御息所の衣裳に女郎蜘蛛の巣が藤の模様と共に描かれている。田辺聖子文・岡田嘉夫絵の『絵草子源氏物語』(角川文庫)では、葵巻、澪標巻の絵にみられ、宝塚『新源氏物語』では、榛名由梨が光源氏を演じた一九八一年の公演、剣幸が演じた一九八九年公演でも共に、六条御息所の衣装に蜘蛛の巣が描かれている。また、ホリ・ヒロシ作の人形にも、物の怪化した御息所の衣に蜘蛛の巣の柄があしらわれている。さらに、牧美也子の『源氏物語』では、衣の柄ではないものの、御息所を想起させる物の怪が夕顔に取り憑く場面で、蜘蛛の巣がくり返し描き込まれ、この組合せを印象づけている。

相手を捉えて放さない執念と、静かに、だが確実に刺し殺す毒液の如き情念、「怖い女」としての「蜘蛛女」とは、これも使い古された表象ではあるが、現在にくり返し現れる紋切型の発想である。「源氏物語について の物語」として再構成された加工媒体の『源氏物語』に、解釈共同体が読み取っているのは、その共同体に共有された性差・性愛の物語にすぎないのだと言えよう。

しかし、この蜘蛛の巣の表象が興味深いのは、この柄を媒介として、六条御息所と光源氏が重ね合わされていくことにある。『あさきゆめみし』では、柏木と女三の宮の密通の一件で、彼自身が蜘蛛の巣の衣を身にまとっている。岡田嘉夫の絵でも、同じ若菜の絵で憤怒の光源氏の形相に暗示的に蜘蛛の巣の表象が重ねられている。また宝塚の舞台では、光源氏はこの衣こそ着ないが、御息所の邸に泊まった帰り、蜘蛛の巣の衣をまとう彼女との対話の後に、心内語として次の言葉を独白させている。「あの人の眼には、まさしく恋する人の狂乱がある。私が藤壺の宮を見る時もあのような物すさまじい眼になっているんだろうな」[*15]。思いを沈潜させる思索の中で、自らの内なる御息所を見つめる光源氏。物の怪は、とり憑く側の精神状態を表すだけでなく、物の怪を見る側の内面の問題でもあった。まさにそのように、蜘蛛女と呼ばれる「怖い女」が存在するのでなく、女を怖いと思う内面が深層に抑圧する自らの「女」こそが恐怖だったのだと知る。そうした逆転のダイナミズムが、蜘蛛の巣の表象を通して示されている。嫌悪の対象として排除してきた女性性の記号が、自己の内部に抑圧するおぞましき深淵として回帰する。女性嫌悪と女性恐怖にまみれた光源氏が、その深層を自らの表象として露呈させていく姿を、現代の『源氏物語』は語らずにはおかないのである。

『源氏物語』の再生に際してくり返される言語や表象は、そこに共有される性差と性愛をめぐるパラダイムを露呈させている。ここまで、主に『源氏物語』の加工によって形成される男性原理的な枠組みの存在に目を向けてきた。さらにそれが、『源氏物語』の流通に際し反復される定形化された言説によって、根拠づけられ、正統化されていく仕組みを考察したいと思う。

平成十一年(一九九九)に刊行された渡辺淳一の『源氏に愛された女たち』(集英社)は、この問題を考える上で示唆に富む。初出は、二十代の女性が読者層の月刊誌『MORE』に、一九九五年一月から九六年九月まで掲載された。掲載媒体がファッション誌であることもあり、男性を知るためのハウ・トゥ的な表現様式を取り込みながら、『源氏物語』を理解し平安朝の男女の愛について考える内容となっている。その叙述にあってくり返されるのは、千年の時を越えて男女というものは変わらないという思考である。「すべてが古び、消え去るなかで、なぜ、一編の小説が生き残り、千年後の、科学文明はなやかな現代に住む人々の心をとらえて離さないのか。/その理由はただひとつ、千年前に書かれても、「源氏物語」は人間の変わらぬ真実、とくに男女の真情をあますところなく書き表しているからである」(一、男と女・この永遠に変わらぬ愛と哀しみ)。造本も金色の帯には「千年かわらぬ男と女」と印刷され、消費者の関心と欲望を方向づけている。

古典の世界に自らを重ね、千年の過去に自己を見いだす。読むという行為を、いまを生きる力へと変換する営みに、なんの問題があろうはずもない。むしろそうした営みこそが、古典を支え、そして現在が支えられてきたと言ってよいであろう。しかし、古典によって正統化、普遍化されていくものが何であるのかは、改めて考えてみる必要があるはずである。

八章「夕顔・簡単に男を受け入れる女の魅力」には次のようにある。「次に夕顔の性格としてよくいわれる、従順で自己主張しない点も、男から見ると必ずしもマイナスとはならず、むしろ好ましい美点と見られることのほうが多い。/実際、男の多くはあまり理屈っていなくて、万事に控えめで素直に従う女性を望んでいる。/それでは、ただ男のいうままに従う人形ではないか、という反発もあるだろうが、たとえそうだとしても、絶えず自己主張して、男のやることにあれこれ注文をつける女性よりは、男達から見るとはるかにすぐれているように思われる」。物語中の夕顔の説明は、いつしか「男とは」という主張に取ってかわる。「男とは」という記述はこの書物にくり返し現れる印象的な表現である。著者は、叙述を通して男を代表する。しかし「男」も「女」も、本来誰も代表しえないものではなかったか。こうした言説を通して、幻想の男性性と女性性が規範として捏造されていく。またその内容は、「一般に、男には飼育というか愛育願望があり、これと目を付けた女性を自分好みのタイプに育てたいと願っている」(十、紫の上(前半)・男の愛育によって華ひらく」)といった記述に端的なように、きわめて女性嫌悪的な側面をもつ。『源氏物語』に読み解かれる男性原理が、いつしか現在の性の枠組みを根拠づける言説に組み変えられていく。「男とは」に始まる言説は、そうした文脈で機能している。

また、男女関係において性を過大に評価するのも特徴である。「ここからは推定にすぎないが、源氏は御息所の気品と美しさに惹かれて、懸命に口説き、ようやく思いがかなって結ばれたが、その秘所の魅力のなさに失望したのではないか」(「十四、六条御息所・地位と教養の裏に潜む怨念」)。そうした女性に対しても「男としての責任と礼儀」を果たす光源氏に、「王朝の貴族の優しさ」と「雅」が読み解かれる。男性から独善的に性の善し悪しが判断され、しかも、「劣った」性と関わる男性に、自己犠牲のヒロイズムまでが付与され、「優しさ」と「雅」の体現として称賛の対象になっていく。また、ここでも六条御息所というキャラクターの「性」が、彼女の地位や身分、それに付帯する「気品」や「美しさ」との対比において強調されている点は注目される。その内実は、前に見た定型とは優／劣の評価において対称的なものだが、女性排除的な思考基盤を同じくする表と裏の対称性であることは言うまでもない。

男と女は千年前と現在とでそう変わらないという思考は、すべての性的な差異を生物学的性差に還元する本質主義と接合しやすい。「源氏はなぜ浮気をし、女性遍歴を重ねたのか」という設問に対し「このあたりは、平安朝にかぎらず、いまも男女の間でよくおきる問題だけに、真剣に考えてみる必要がある」とした上で、その答えを「源氏が男だから」とまとめる。男は浮気をする、なぜならそれは男だからだ、千年前の光源氏がそうであったように、と展開する思考に認められるのは、「千年」の「伝統」を根拠にした本質主義である。

『源氏物語』を読み替え、現在に生きる古典として再生させる、そうした自由な作品の読みを禁圧しようというのではない。しかし、保守反動的な性差・性愛観が、『源氏物語』を根拠として正統化されていく構図は確認しておきたいと思う。そしてこうした構造は、ここに取り上げた書物に限定されることではない。『源氏物語』をめぐる言説状況として、広く流通し、受容の思考基盤を形成している。研究の言説も例外ではない。たとえば「色好み」を「恋愛の表現行為としての自然性に根ざした伝統文化」[*16]とする言説は、「伝統文化」の名において、男性原理的な関係構造を普遍化し正統化する。「千年変わらぬ」、「伝統」といった言葉は、保守的な性差性愛観を正統化しながら、『源氏物語』に親和的な言説として今日くり返し再生産されている。

5　美的王朝幻想の果てに

『源氏物語』ほど、「周年記念」を冠される古典作品はないのではないか。前にもあげた大映創立一〇周年記念のほかにも、大川橋蔵が光源氏を演じた明治座創業九〇周年・再会場二五周年記念の源氏劇、宝塚歌劇七五周年記念の一九八九年公演、アニメーション映画は、朝日新聞東京本社創刊一〇〇周年・テレビ朝日開局三〇周年・日本ヘラルド映画創立三〇周年記念の共同企画、ここ数年の『源氏』ブームを牽引した瀬戸内寂聴訳『源氏物語』、および関連の書籍・ビデオ・装画リトグラフ等の販売は、講談社創業九〇周年記念の企画であった。企業や団体を荘厳するにふさわしい文学作品として、『源氏物語』は安定した地位を獲得し、くり返し利用されている。そのことと〈平安文学〉に具体化されているとされる王朝のミヤビな「伝統」は、日本人としてのナショナル・アイデンティティを確保する際の、「日の丸」「君が代」に替わるソフトなメディアだったのだ[*17]」とされることとは無縁ではないだろう。今年、『源氏物語』は紙幣の図柄として刷り込まれる。

その二千円札は周知のように、表は沖縄の「守礼の門」、裏は「国宝源氏物語絵巻」の「鈴虫(2)」から光源氏と冷泉院が向き合う絵、そこに同帖の詞書が重ねられ、右下には「紫式部の肖像画」が配されるという構図である。じつに四十二年ぶりの新額面紙幣の発行は、同年に開催される沖縄でのサミットを「記念」したものであった。目取真俊氏はこれを「基地問題そらしの飴玉」として「今回の二千円札にしても、表がサミットの記念なら、裏は米軍基地の沖縄県内固定化という思惑が見え透いている」（『朝日新聞』一九九九年十一月四日夕刊）と憤りをあらわに記す。まさに新札の「裏」には、国家が、「国宝」として認定した源氏物語絵巻の表象を借りて姿を現している。表と裏の図柄の対照は、そのまま沖縄と国家の二項対立を構造化している。

冷泉院は、光源氏と藤壺の密通により生まれた子であり、皇統乱脈の核心に身をおく存在であった。ここで二人が向き合うのも、そうした罪障意識を胸に秘めながら、それとは名告れない父子の対面として描かれている。あぶない構図を選んだとも評される[*18]ゆえんだが、もはや「帝」と表象され、権威的な古典の枠組みに囲い込まれる限りおいて、現実社会の制度としての天皇制と結びつく回路は限りなく希薄化しているのだとも言えよう。たとえば、『源氏物語』に限っていえば、マンガや子供向きに加工されたものですら、その多くは藤壺との情交を描く場面で「わたくしは帝の妻…／あなたの義理の母…」[*19]と説明的な台詞を藤壺に言わせている。『源氏物語』は美的王朝幻想に長く居場所をえて、政治的な叛逆性を骨抜きにされて今に至るのだといえよう。そうした状況があって初めて、「鈴虫(2)」図の選択が可能となる。

一方、この図柄が意外性をもって迎えられたのは、共同体的な王朝幻想とあまりにもずれていたからであろう。平成の『源氏』ブームを牽引した瀬戸内訳の造本には、『源氏物語』＝王朝絵巻というイメージを形成する典型的な表象が散見し、強化されている。紫の背表紙や重厚な造本、セット売りの段ボールにまで印刷された豪華源氏絵。その絢爛たる表象の世界に、現在流通し、ブームと呼ばれるまでに消費された「王朝絵巻」の想像力が典型化されている。[*20]「絢爛」「豪華」たる王朝幻想に対応させるならば、十二単を散りばめた華やかな場面の選択も可能であったはずだ。だが結果的に選び取られたのは、意外にも男性二人が向き合う絵なのであった。

男たちの宴場面を主体に男性中心の場面を選択する源氏絵の系譜が分析され、女性排除的な男性共同体の論理が読み解かれている。[*21]二千円札の画面選択もまた、女性を排除した上で、国家の権威と男性的な表象とを緊密に接合する構図が透かし見える。だが、「源氏物語絵巻」の男性ではいかにも柔和で、雄々しき威厳にあくまで欠ける。そこに招来されるのが右下の「紫式部の肖像画」なのであろう。

「紫式部日記絵巻」から採られたこの場面には、藤原斉信と実斉の二人の男性貴公子と、彼らに声をかける紫式部と宮内侍が描かれているが、造形的なアクセントがおかれ、立派に描かれているのは男性二人であり、「式部と宮内侍は画面右隅、柱と格子の内側に押し込められ、彼女たちに造形的な区別はつけられない」と論じられている。[*22]二千円札に載せられた格子から顔を覗かせる女性を、紫式部と認定する意見には強い批判もある。男女の性差の非対称性の枠組みの中で、格子の影に押し込められた女性を引き延ばし、右下に小さく配することで、左上の男性二人の権威化を相対的に促す意図が、その画面選択と配置に見て取れる。国家と男性性との接合を女性排除的な構図において実践する二千円札、そこに利用される『源氏物語』もまた、源氏文化のひとつの姿なのである。

＊1　小林正明「わだつみの『源氏物語』—戦時下の受難」（吉井美弥子編『〈みやび〉異説』森話社、一九九七

年）、同「昭和十三年の『源氏物語』」（『国文学』一九九九年四月）。および「喪われた物語をもとめて」（『批評集成　源氏物語』第五巻　戦時下編、ゆまに書房、一九九九年）、同書は、戦時下の『源氏物語』をめぐる言説状況を知るための資料編としても貴重。

＊2　注1の小林論文。他に、有働裕「橘純一による「源氏物語」批判―削除を要求された小学校国語科教材」（『愛知教育大学教科教育センター研究報告』21、一九九七年三月）、安藤徹「源氏帝国主義の功罪」（『叢書想像する平安文学第1巻〈平安文学〉というイデオロギー』勉誠出版、一九九九年）、小嶋菜温子「『むらさき』を読む―戦時下の『源氏』学」（長谷川啓編『文学史を読みかえる3〈転向〉の明暗―「昭和十年前後」の文学』インパクト出版会、一九九九年）。

＊3　上坂信男『源氏物語転生―演劇史に見る』（右文書院、一九八七年）。

＊4　栗山津祢「寄せる劇評」（『紫式部学会と私』表現社、一九五九年）。また、二日後の『朝日新聞』には「古典はけがされたか　源氏物語「浮舟」の上演に関連して」と題する文章が載る。池田氏が自らの立場を新聞媒体を通して表明する。その内容を含む、古典と大衆文化をめぐる言説、論争についてはあらためて対象化したい。

＊5　北条秀司「あとがき」『放送劇源氏物語』（宝文館、一九五七年）。

＊6　栗山『紫式部学会と私』（注4）、当時の講演会の様子を伝える写真も多数載せられている。

＊7　雨海博洋「『源氏物語』が後世に及ぼした影響について―能・歌舞伎・新劇などを通して」（『国語科通信』一〇四、角川書店、一九九九年）。

＊8　主要スタッフと出演者は「日本映画データベース」（http://jmdb.club.ne.jp）でも検索できる。なお、武智版とアニメ版の『源氏物語』については、ここでは触れえなかった。別稿で取り上げたいと思う。

＊9　新藤兼人『シナリオ源氏物語』（雲井書店、一九五一年）。

＊10　佐藤忠男『日本映画史』一（岩波書店、一九九五年）。

＊11　池田利夫「解説」（『梗概源氏物語』武蔵野書院、一九九三年）が、未刊の梗概原稿の記述に、これらの語彙の使い分けを指摘している。

＊12　北村結花「『源氏物語』再生―現代語訳論」（『季刊文学』一九九二年冬）。

＊13　鈴木裕子「浮舟の和歌について」（『中古文学』五七、一九九六年五月）など。

＊14　物語研究会編『新物語研究2　物語―その転生と再生』（有精堂、一九九四年）の座談会の中で、今井俊哉氏がこの柄を取り上げている。同書には、吉井美弥子氏と山田利博氏の『あさきゆめみし』論が収められている。文化現象を総体として捉える視座が定

着しはじめる中で、卒論として提出された天野映理子・島貫晶子両氏の『あさきゆめみし』論を、三田村雅子氏からの貸与を受け読む機会を得た。大学という枠組みを越えれば、ウェブサイト「もりの散歩道」(http://www.geocities.co.jp/CollegeLife/4176/)には、源氏文化としての『あさきゆめみし』論、現代語訳論がすでに掲載されている。さまざまな立脚点から、さまざまなメディアを通して、文化が解読され発信されている。

＊15 柴田侑宏「新源氏物語」(劇場パンフレット掲載台本、一九八九年)。

＊16 高橋亨『色ごのみの文学と王権―源氏物語の世界へ』(新典社、一九九〇年)。なお、関連する問題を「あだなる男、色好み、二心ある人」―光源氏の言語行為と沈黙する紫の上」(近刊)で論じた。

＊17 「序にかえて」(河添房江、神田龍身、小嶋菜温子、小林正明、深沢徹、吉井美弥子編『叢書想像する平安文学第1巻〈平安文学〉というイデオロギー』勉誠出版、一九九九年)。

＊18 三田村雅子「紙幣になった源氏物語」(『小説TRIPPER』一九九九年冬季号)。

＊19 冴木奈緒『くもんのまんが古典文学館　源氏物語』(くもん出版、一九九〇年)。

＊20 立石「自立する現代語訳本」(『週刊朝日百科　世界の文学24　源氏物語』朝日新聞社、一九九九年一二月)。

＊21 千野香織・亀井若菜・池田忍「ハーヴァード大学美術館蔵『源氏物語画帖』をめぐる諸問題」(『国華』一二二二　一九九七年八月)。三谷邦明・三田村雅子『源氏物語絵の謎を読み解く』(角川選書、一九九八年)。

＊22 池田忍「ジェンダーの視点から見る王朝物語絵」(鈴木杜幾子・千野香織・馬淵明子編『美術とジェンダー―非対称の視線』(ブリュッケ、一九九七年)。

〈付記〉稿を成すにあたって、井野葉子、助川幸逸郎、羽鳥綾、保泉朋子、三谷邦明、三田村雅子の各氏より、貴重な資料および情報をご提示いただいた。

特集　源氏文化の視界

メディア・ミックス時代の源氏文化

――デジタル情報化への流れ――

河添房江

ミレニアムの源氏ブーム

一九九九年十月五日夜に、小渕前総理は、ミレニアム・プロジェクトの柱として、図柄の表を沖縄サミットにちなんだ「守礼門」、裏を「源氏物語絵巻」とする二千円札を二〇〇〇年七月に発行する意向を明らかにした。裏に「源氏物語絵巻」の一場面を採用する理由について、総理は、「源氏物語は一千年前（ミレニアム）に紫式部が書いた。女性の作家が作られた源氏物語をぜひ図柄にしたい」と話していた。[*1]

また最近でも、経済四団体の賀詞交換会で、「西暦一〇〇〇年に政権にあったのは藤原道長、二〇〇〇年は小渕恵三です」とみずからを歴史的に位置づけるジョーク(?)により、会場に初笑いの渦を広げたという。[*2] 総理のミレニアム・プロジェクトではないが、昨年末から巷ではミレニアム(千年紀)という言葉がにわかに流行し、またそれゆえか今年に入っても、千年という単位で歴史を見直そうとするマスメディアの企画も多い。例えば、毎日新聞の日曜版は、元日から「にっぽん一千年紀の物語」という連載を開始したが、最初に取り上げた人物は、藤原道長や紫式部であった。それに対抗するかのように、朝日新聞の日曜版も、一月九日から「名画日本史——イメージの1000年王国をゆく」の連載を始め、やはり初回に取り上げたのが、「源氏物語絵巻」であった。

たしかに西暦一〇〇〇年(長保二年)といえば、藤原道長の娘彰子が、一条天皇の女御から、中宮の位に昇った年である。彰子が一条天皇の皇子敦成(後一条天皇)を産むのは、さらに八年後(寛弘五年)のことであるが、西暦一〇〇〇年は藤原道長の栄華もほぼ定まった時期といえるだろう。その中宮彰子に仕え、『源氏物語』を著したのが、紫式部であることはいうまでもない。紫式部は夫宣孝に西暦一〇〇一年(長保三年)に先立たれ、『源氏物語』の創作に入ったというのが通説になっている。

つまり、今年からの新ミレニアムの一つ前のミレニアムの到来を告げる文学が『源氏物語』という認識であり、[*3]それが、二千円札の裏に『源氏物語絵巻』鈴虫と『紫式部絵巻』の紫式部の絵が刷られることへの強力な理由づけになったわけである。二千円札の図柄が正式に発表された十月二九日、日本経済新聞の夕刊では、「守礼門は二〇〇〇年の沖縄サミット、源氏物語は約千年前を代表する日本文化の象徴として選び、いずれも西暦で千年の区切りにちなんだ」とまで報じている。日本文化の伝統を沖縄サミットの参加国にもアピールするために、外国でもよく知られた『源氏物語』の権威を利用しようという政治的意図がよく伝わる、ある意味では皮肉な報じ方である。『源氏物語』を日本文化の象徴的権威と見なすことにも、鈴虫巻の光源氏と冷泉院の親子の対面を、「あたりさわりのない絵」とすることにも、源氏研究者には少なからぬ異和感があるだろう。その二重の欺瞞性については、すでに三田村雅子氏が批判しているので、[*4]そちらに譲りたいが、この二千円札の発行が、不況にあえぐ日本経済を多少なりとも活性化にみちびくのか、その効果の程ももとより不透明というほかかない。

ところで、二千円札の図柄については、旧ミレニアムを代表する文学として『源氏物語』が再認識されたことばかりでなく、ここ数年続いている異様ともいうべき源氏ブームが、もう一つの背景としてあることは否めないだろう。この空前の源氏ブームの火付け役ともなったのは、いうまでもなく瀬戸内寂聴氏の現代語訳『源氏物語』全十巻（講談社）であった。一九九六年十二月に第一巻の刊行がはじまり、十巻が完成したのが、一九九八年四月である。現代人の国語力の低下に合わせて、中学生でも読みこなせる「です・ます」調の訳の分かり易さに加えて、瀬戸内氏の作家としての知名度もあり、現代語訳は現在二一〇万部を越えるミリオンセーラーになっている。

瀬戸内訳のもう一つの特徴として、石踊達哉による、国宝『源氏物語絵巻』の意匠を現代に華麗に蘇らせた装幀画も挙げることができるだろう。現代語訳十巻の完成とともに、石踊達哉の装幀画も『源氏物語絵詞』（講談社）という一冊の本にまとめられた。その絵は、国宝『源氏物語絵巻』や土佐派の源氏絵のコラージュをも含みながら、ビジュアル時代にふさわしい色彩華やかな筆致で、「いま源氏物語絵巻」ともいうべき体裁になっている。

これまでの『源氏物語』の現代語訳の発行部数は、与謝野晶子訳（角川文庫）一七二万部、谷崎潤一郎訳（中公文庫）八三万部、円地文子訳（新潮文庫）一〇三万部、田辺聖子訳（新潮文庫）二五〇万部といわれる。[*5] しかし、単行本がさらに文庫となって部数を伸ばすといった従来の現代語訳がたどった道筋と、瀬戸内訳の場合は明らかに違っている。なぜなら瀬戸内寂聴氏がテレビ・新聞・雑誌とあらゆるメディアに機会を捉えて登場することで、その宣伝に拍車をかけたからである。特に精力的に開かれる講演会や展覧会や朗読会により、直接販売する機会を作るという、まさにメディア・ミックス戦略により達成された二一〇万部の金字塔なのであった。

一九九八年四月の瀬戸内訳の完成を記念して、全国のデパートで開催された「瀬戸内寂聴と源氏物語展」は、その皮切りの高島屋日本橋店で、四月二—十四日の二週間足らずの開催期間に八万人以上の観客を動員した。[*6] また瀬戸内氏が名誉館長となり同じ年の十一月に宇治市にオープンした「源氏物語ミュージアム」も、開館わずか一週間で一万人以上が訪れ、その後半年間でも、来館者は十万人を超えたという。[*7]

今年に入っても、二月・三月の博品館劇場での有名女優による朗読会[*8]や、三月の国立能楽堂での新作能「夢浮橋」（瀬戸内作）の上演、市川新之助主演による歌舞伎の上演予定など、瀬戸内訳にまつわる話題には事欠かない。

さて、こうした仕掛けられた瀬戸内訳の源氏ブームにあやかるかのように、一九九七年あたりから今日まで、『源氏物語』についての沢山の入門書や啓蒙書、事典類が書店に出まわっている。この源氏ブームは、学界を包み込んだ『源氏物語』の大衆化現象といわれているが、[*9]次にその中から、今日的なメディア戦略によりベストセラーになった幾つかの本に焦点を当ててみたい。

一九九八年の源氏ブーム

一九九八年から一九九九年にかけて刊行された『源氏物語』についての啓蒙書は多いが、そのなかで最も気を吐いたのが、『週刊光源氏　総集編』（なあぷる）である。『週刊光源氏　総集編』は、初版第一刷が九八年十一月一日であり、副題に「源氏物語を女性週刊誌風に読む」とあるのが、その内容を端的に表しているだろう。キャッチ・コピーは「光源氏のすべてがあなたにもわかる」で、女性週刊誌と月刊コミックス誌をミックスしたような派手な表紙や目次には、「マザコン」「ロリコン」「不倫」「浮気男」「セックスレス仮面夫婦」といった煽情的な文字が踊っている。

『週刊光源氏　総集編』は、まず東海地方の大学の生協書籍部に置かれて、好評を博し、さらにそれがコンビニなどにも置かれ、『源氏物語』を知らない女子中高生の読者層に飛び火して、瞬く間に三万部を越すヒットセラーになった。それは、『源氏物語』を漫画化して一世を風靡し、現在まで計一七〇〇万部を越す大ミリオンセラーである大和和紀『あさきゆめみし』（講談社）と同様に、古典の授業で難解な『源氏物語』に出会い、その内容理解のために、副読本として読まれるという使われ方をしたと考えられる。[*10]

『週刊光源氏　総集編』の異常なまでの持てはやされ方には、私をふくめて眉をひそめる研究者も多い。[*11]ただ光源氏の恋愛遍歴が、現代の女性週刊誌の記事のディスクールにかなり当てはまることはたしかであろうし、そうしたゴシップ風にこなれた記事を読むうちに、千年も前の読みにくい古典名作がよくわかった気になるというのであれば、読者としては一石二鳥の気分にもなるのだろう。

さらに、『週刊光源氏　総集編』のヒットの裏には、インターネットを使った巧妙なメディアミックス戦略もあったのである。この本の巻末には、ホームページとして、「なあぷるオンライン」が紹介されており、このホームページにアクセスした読者を巻き込んだ巧妙な宣伝活動がおこなわれたらしい。あたかも太田裕美のアルバムのような宣伝費の少ない音楽のCDが、インターネット上の宣伝により思わぬ売上げを延ばすといった類例としても、『週刊光源氏　総集編』のヒットを考えることができるのである。そしてインターネット上の宣伝活動は、別の『源氏』関係のホームページやパソコン通信の『源氏』関係のフォーラムなど、『源氏』に関心のある、いわゆるオンラインの人々の注目をさそい、さらに別のホームページの掲示板やフォーラムの電子会議室に、『週刊光源氏　総集編』についての書き込みのツリーを形成していく、というようにリゾーム状に読者層を拡大していったのである。翌年九月には、その新装版が、雑誌から単行本の体裁に代わり、白を基調に紫を配した以前より大人しいカバー表紙を付けて再刊され、大学生協などに置かれている。

　なお『週刊光源氏　総集編』が影響を受けた『あさきゆめみし』も、今年の四月から五月にかけて宝塚大劇場で上演されるが、その前宣伝も兼ねたNHK衛星第二放送でのハイビジョン・ドラマの放映、ホームページ「ミレニアム映像詩『源氏物語　あさきゆめみし』」、関連のビデオや写真集、DVDの販売など、宝塚歌劇団初の本格的なメディア・ミックスとして、注目を集めている（朝日新聞3月11日夕刊、毎日新聞3月14日夕刊）。

一九九九年の源氏ブーム

　さて一九九九年には、四月に渡辺淳一『源氏に愛された女たち』（集英社）が刊行され、これも十四万部近くを売り上げるベストセラーになった。恋愛論や性愛論が流行する[*12]なかで、『失楽園』ブームにあやかって、平成ならぬ平安の『失楽園』として『源氏物語』を捉え直す便乗企画とも受けとられかねないが、この本はもともと女性雑誌「MORE」に、九五年一月から九六年九月まで連載したものを一書にまとめたものである。発刊当時、王朝継ぎ紙ふうの表紙カバーに金色の帯を付けたこの本が、書店のレジ近くに山と積まれた光景を、昨日のことのように鮮明に覚えている。

　その金色の帯には、「千年かわらぬ男と女　理想の女を求めてさすらう光源氏と誰よりも愛されることを願う女たち」とある。目次は、「一　男と女・この永遠に変らぬ愛と哀しみ」に始まり、「二十一　光源氏・ひとりの女性で満たされぬ男の彷徨」に終わる。若い女性読者に『男というもの』（中央公論新社、一九九八）で説いたような等身大の男の性《さが》を、平安の光源氏にも当てはめて説き明かすといったコンセプトは、すでに目次に明らかであろう。また、本の「あとがき」では、「さらに作者が女性のせいか、性愛に関する書き方が、いささか手薄な感じがしないでもない」と、渡辺氏をして言わしめている。『源氏物語』は華麗な王朝恋愛絵巻であり、いわば「恋愛・性愛のバイブル」であるという氏の過剰な思い込みと期待が、この本の基底にあることがわかるだろう。そこから、性愛描写については意外に面白くなかった、という感想が漏れるのである。[13]

このように、現代と変わらぬ恋愛・性愛が『源氏物語』には描かれているという言説に対して、それとは対照的に、『源氏物語』のなかにあるのは現代とまったく異質な世界である、だからこそ価値があるという言説も当然、成り立ちうるだろう。そうした視点からまとめられたのが、同じ年の一月に、雑誌「創造の世界」一〇九号に発表された河合隼雄氏の「紫マンダラ試案」である。そもそも「紫マンダラ試案」は、ナンシー・クォールズ・コルベット著『聖娼』(高石恭子・菅野信夫訳、日本評論社)と、シルヴィア・B・ペレラ著『神話にみる女性のイニシエーション』(杉岡津岐子他訳、創元社)という、女性のユング学者による二つの本の翻訳に、河合氏が心理療法家として触発されたものである。それぞれのキーワードである「聖娼」と「父の娘」を『源氏物語』にかかわらせて、『源氏』の女君たちを位置づけ、さらに紫式部の個としての完成を説くものである。「聖娼」とは、霊的な深さと性的な喜びを同時に兼ね備えた存在と定義されるが、そこからヒントを得て、妻・娘・母のほかに娼の分類を立て、『源氏物語』の女君達を四分類し、その深化の過程として物語全体を捉え返すのである。その場合、「聖娼」により明らかにされる前キリスト的な異教世界の心性が、平安のメンタリティの問題とどの程度重なりうるのか、といったことが前提として考えられなくてはならないだろう。[14]

ともあれ、「紫マンダラ」の狙いは、父性原理に抑圧されて存在の危機に陥りがちな現代人、とくに若い女性に、現代とは違った紫式部の個の完成の過程を示すことで、心の開放の出口を示唆し、癒しや救いをもたらすところにあるだろう。それにしても、光源氏が一個のパーソナリティにならず、「多くの属性を備えている点で、神に近いところもあるが、いってみれば最高の便利屋」と河合氏が手厳しく分析するのは、渡辺氏が光源氏を現代にも通じる等身大の男の性と捉えて共感を示す見方とは、あまりにも対照的である。

さて、九九年後半の出版のトピックといえば、『週刊朝日百科』の「世界の文学」シリーズでヨーロッパ編が不調のために、24号の『源氏物語』がシリーズの起死回生を賭けて、十一月下旬に発売されたことであろうか。それは発売予定を約一ヵ月早めて、しかも通常の倍の二十万部の刊行であった。『源氏物語』の専門研究者たちによって執筆されたこの雑誌は、「源氏絵という権力」「自立する現代語訳本」「マンガ文化と『源氏物語』」「千年の享受」「光源氏になりたかった男たち」といった目次にも明らかなように、千年にわたる源氏享受の文化史にも光を当て、今日的な切り口をふんだんに盛りこんだ特集になっている。また、六条院復元図をはじめ、マルチメディア時代にふさわしいビジュアルな構成により、紀伊国屋書店の売上げベスト10に入るなどの健闘をみせた。

ニューメディアのなかの源氏研究

「週刊朝日百科」の例は、専門の研究者によってもベストセラーが生まれる可能性を示唆したといえなくもないが、少なくとも源氏研究者にとっては、九九年後半の大きな話題といえば、相次いで『源氏物語』本文の二つのCD－ROMが発売されたことの方かもしれない。七月に『古典コレクション　源氏物語（絵入）CD－ROM』（岩波書店）、十月には『CD－ROM角川古典大観　源氏物語』（角川書店、販売は紀伊国屋書店）が発売された。これまでは瀬戸内訳を発端とする源氏ブームの過熱を、メディア戦略によりベストセラーとなった啓蒙書を中心に追ってきたが、ここからは、源氏研究の側で進みつつあるニューメディア革命について触れておくことにしたい。

なお、ここでいうニューメディアとは、デジタル情報を基盤としたマルチメディアのなかでも、双方的なコミュニケーションシステムをもつハイパーメディアのことである。さらにニューメディアは、CD－ROMやフロッピー、DVDなどパッケージ系のものと、インターネット、パソコン通信、CATV（ケーブルテレビ）やその他の携帯端末など、通信回線を使って配信されるものと、二形統がある。[*15] ニューメディアが従来のマスメディアと決定的に違うのは、相互のコミュニケーションが可能であるという、いわゆるインタラクティブ（双方性）にその特徴があるところである。

さて『源氏物語』のCD－ROMは、岩波版や角川版が始めてではなく、すでに九六年に富士通ソーシャルサイエンスラボラトリから、一般向けに物語の内容やその背景を説明する『源氏物語CD－ROM　上下』が発売されていた。たとえば「平安貴族の生活」の雅楽のコーナーでは音声や動画のデータなども含んでおり、まさにマルチメディアとしてのCD－ROMの強みを発揮していたのである。[*16]

これに対して、岩波版や角川版は、一般向けのCD—ROMとは違い、研究用のコンテンツとして開発された専門性の高いものである。[*17] 岩波版は、ニューメディアのまさにインタラクティブ機能を活かして、既存のデータベースに研究者がそれぞれ自分の都合の良いデータを加えることができるところに、その特徴がある。また、文字・数字・画像など統合して扱えるマルチメディアであることを活かして、『絵入源氏物語』の全挿絵を画像データとして、挿絵じたいから読みとれる情報を研究対象にできるように配慮されている。

一方の角川版は、大島本の画像データを二〇〇枚入れ、また語彙の分類検索にも力を入れ、百科事典的な事項検索ができる便利な機能を付けている。『週刊朝日百科』でもそうだが、現在では『源氏物語』の背景にある文化環境への研究アプローチが盛んであり、そうしたニーズにも十分応えるものといえよう。

またインターネット上の『源氏物語』関係のホームページも激増する傾向にある。九九年五月には、読売新聞が「光の君ブレーク　源氏ホームページ続々」と報じて、アマチュア愛読者のホームページをいくつか紹介している。[*18] そこから、源氏ブームのなかで大衆化した『源氏物語』が、老若男女にさまざまなホームページを開かせて、そのリンク化も進みつつある様子もうかがわれる。いまLYCOS Japanで『源氏物語』を検索すると、一一二七件という驚くべき数字が出る。もとより、この数字は、インターネット上での『源氏物語』への言及であり、『源氏物語』に終始したホームページの実数を表すものではないが、それにしても数年前に比べると、百倍近い伸びを示しているだろう。

その一方で、インターネットが単なるコミュニケーション・ツールから、研究情報の知の源としてようやく整い始めたという感も強い。研究用のコンテンツを流すものとしては、第一に、国立機関の電子図書館など、画像データベースの存在を見逃すことができない。電子図書館は、もともと九三年、米国の情報スーパーハイウェイ構想のなかで提唱され、日本では通産省の主導で、国立機関の電子図書館プロジェクトが進んだ。[*19] 『源氏物語』関係では、京都大学の電子図書館で、古写本『源氏物語』(中院文庫)をはじめ、『仙源抄』『紫明抄』『源氏小鑑』などの注釈書や梗概書を画像データベースで見ることができ、その豊富さで一歩先を行く。また、九州大学附属図書館のホームページでも、この四月から『古活字版　源氏物語』の画像データベースの公開が予定されているという。[*20]

これからは源氏研究はもとより、他の分野でも画像データベースを利用した研究が盛んになることが予想される。画像データベースの利点は、いうまでもなく時間と空間の制約を飛びこえて閲覧できる点と、所有者にいちいち許可を得る必要がない点である。従来の本文研究では、多くの本(含む複製)を所有したり閲覧できる研究者が有利になる状況も、おのずと変容を迫られるのではないか。現在の画像データベースは、分析に必ずしも十分な精度を確立しているとはいいがたいが、今後さらに画像の鮮明化が進むことによって、本文研究や校異を作る際に資するところ大となるであろう。私立大学でも、青山学院大学や国学院大学、早稲田大学など、電子図書館で国文学関係の画像データベースの公開を始めたところもあり、今後ますます充実するものと期待される。画像データベースにより、新しいツールばかりか、これまで手にしえなかった研究のコンテンツまで入手しうる状況になったのである。

また、大学の個人の研究室のホームページや研究所のホームページの存在も見落とすことができない。『源氏』関係では、渋谷栄一氏「源氏物語の世界」[*21]、伊藤鉄也氏「源氏物語電子資料館」、伊井春樹氏の主宰する「日本文学データベース研究会」、また『源氏物語』の複合語彙検索ができる上田英代氏「古典総合研究所」や波平八郎氏「日本文学テキスト検索」などが、代表的なサイトである。国文学研究資料館でも岩波の旧版『日本古典文学大系』全般のデータベースが、〈日本古典文学本文データベース(実験版)〉として、『源氏物語』をふくめて試験的に提供されている。

こうしたホームページは、『源氏物語』のデータベースや共有するべき情報を提供するというコンテンツであるが、もう少し若い世代の研究者個人のホームページでは、研究者個人のショーウインドゥ的な色彩のものも多い。[*22]そして研究者のホームページと愛好者の草の根的なホームページが相互にリンクを張るようになってきたのも、注目できる現象である。現在、Eメールアドレスを持つ人は増加しているが、今後は大学のホームページに研究室の案内を載せる形や、無料ホームページ・サービスを利用して、研究者のホームページがさらに増加するものと予測される。

インターネットやCD−ROMなどニューメディアによる研究環境の整備は、ミレニアムの源氏研究をどこに向かわせていくのか。予見的に述べれば、画像データベースを使った本文研究、データベースを駆使しての語彙に執着した研究[*23]や、『源氏物語』を取り巻く文化環境の研究、さらには海外の学者と結んだ共同研究(コラボレーション)の促進なども期待されるところである。

ニューメディア、特にインターネットの利用は様々な便益性があるが、もとよりそこに落とし穴がないわけではない。詳しくは別稿に譲りたいが[*24]、インターネット全般についてよく言われるのが、著作権の問題や、セキュリティやコストの問題、人権問題などである。また、ようやく10%を超えたといわれるオンラインの人々とオフラインの人々との情報格差をどうするか、という問題も大きい。研究に限っても、ホームページに発表された論文を業績としてどう評価するか、ホームページ上の論文と活字化された論文ではどちらにプライオリティーがあるのか、といった問題や、ニューメディアを使っても、効率性はともあれ、研究の質がとれだけ変化するのか、という疑問もあるだろう。

さらに、ニューメディアによって、研究の量が質を駆逐する傾向が出て来たり、我々の研究や教育環境への縛りの強化をもたらすといった要素も見逃すことができない。少子化による大学間の競争の激化という状況にあって、どれだけ研究をしているのか、あるいは教育をしているのか、その量的蓄積をホームページで公開しなくてはならない体制を我々は徐々に迫られていくのではないか。研究業績や授業内容・シラバスのデータベースによる公開はさけられない趨勢になるだろう。

このようにインターネット社会の未来は、研究者としても必ずしも楽観視できないが、国文学科の縮小や再編の嵐のなかで、解体に瀕した文学研究と教育の活路を求める際には、ニューメディアとの連携を考えていく必要性がやはりあるだろう。日本近代文学会では、既に学会誌のレベルで、そうした提言がなされている状況があり[*25]、羨ましくも思う。

インターネットを利用して、大学の教育や研究を広く公開しようとする動きも相次いで報じられている。一九九九年十月に関西の帝塚山学院大、甲南大、関西学院大、関東の成蹊大と武蔵大の計五大学は、二〇〇〇年九月から共同でインターネットを利用した教育サービスを展開すると発表した[*26]。五大学が教育コンテンツを共有し、講義を一般に無料公開するという。こうした動きは、私立大学では少子化による競争の激化、国立大学では独立行政法人化と絡む問題であろうが、他の大学にも影響を与えて、徐々に広がってきている。今年の一月二六日には、三重大と三重県立看護大、岩手県立大、東京大学社会情報研究所、米ノースカロライナ大が共同で、ネットを使った遠隔授業や公開討論会による交流を二月から始めると発表した[*27]。さらに、早稲田大学と横河電機も、提携により新会社を設立して、四月から社会人向けに、文学や歴史の教養講座をインターネットにより配信するサービスを開始するという。*28

現在の国文学の状況は、解釈共同体というべき学会や研究会、学閥により、研究の方法や解釈の仕方にしても、それぞれの共通理解の上に成り立っている。しかも、それぞれの解釈共同体の交流は必ずしも盛んとはいえず、むしろ相互に孤立しているかのような印象さえも受ける。しかし、国文学がマイノリティの学問となるであろう時代に、それぞれの解釈共同体が互いにコミュニケーシュンを欠いたまま存続しつづけてよいのか、という根源的な疑問もある。今後のデジタル・コミュニケーションの普及は、そうした解釈共同体の枠を少しずつ壊しながら、情報共同体ともいうべき時代をもたらすのではないか。インターネットをはじめ、さまざまなニューメディアを通して、ある種の解釈共同体をこえた別の情報共同体が花開く可能性があるのである。

もとより、それは良くも悪くも、の意味でもあり、解釈共同体の枠組みが崩れたからといって、もっと始末の悪い情報共同体の時代が到来するかもしれない。あるいは今までの解釈共同体の限界をこえた情報共同体が生成される可能性もあるということだろう。その為には、我々がどのように先の時代を見通し、しかるべき思想なりコンセンサスなりガイドラインを構築しうるのか、ひとえにその成否にかかっているともいえよう。

急速に進むニューメディア革命は、源氏研究者や源氏愛好者の思考や感性の枠組みにもおのずと組み替えをもたらしていくはずである。そんなデジタル情報化時代に、二十一世紀の源氏研究がいかなる展開をみせるのか、大衆化した源氏ブームがどこへ行き着くのか、その行方から当分目が放せないのである。

＊1　読売新聞一九九九年十月六日朝刊。
＊2　日本経済新聞二〇〇〇年一月十九日夕刊。
＊3　読売新聞夕刊の関西版では、一月から文化欄で「源氏ミレニアム物語」を開始して、「絵巻」「男と女」といったテーマについて、毎月三回ずつ連載している。また、最近の高橋亨・小嶋菜温子・土方洋一の鼎談集も、『物語の千年――『源氏物語』と日本文化』（森話社、一九九九）と、ミレニアムを意識した書名となっている。
＊4　「紙幣になった源氏物語」（「小説トリッパー　1999年冬季号」一九九九・十二）。
＊5　朝日新聞二〇〇〇年一月九日日曜版。
＊6　その後、九九年八月まで、徳島そごう百貨店、大阪なんば高島屋、横浜高島屋、京都高島屋、名古屋の松坂屋美術館、福岡の三越美術館を巡った。

＊7　読売新聞一九九九年五月二九日夕刊。松井健児氏の御教示による。

＊8　昨年に続き、銀座の博品館劇場で開かれた朗読会の顔ぶれは、有馬稲子「葵」、や水谷八重子「夕顔」、羽野晶紀「若紫」、平野啓子「若菜下」、藤村志保「藤壺」、池田理代子「末摘花」であった。

＊9　＊7の記事での秋山虔氏のコメント。秋山氏は「大衆化された源氏は、現代社会の鏡ではあっても、本当の源氏とは別」と結んでいる。

＊10　ただし「あさきゆめみし」への息長い支持は、古典の授業の副読本というばかりでなく、女子中高生にとって、一昔前の「風と共に去りぬ」や「赤毛のアン」シリーズのように、少女のイニシュエーションの物語として愛読できる要素を兼ね備えているからだと私は考えている。

＊11　河添「光源氏のたゆたうセクシュアリティ」（『AERA　Mook　恋愛学がわかる。』朝日新聞社、一九九九・六）では、恋愛の要素を誇張する雑誌の戦略について批判的に言及した。

＊12　小谷野敦『もてない男』（ちくま新書、一九九九）のヒットに象徴される。

＊13　この本の刊行から一カ月後、月刊誌「文芸春秋」六月号は、渡辺淳一氏と瀬戸内寂聴氏の対談「『源氏物語』エロス曼陀羅」を載せている。この対談については、かなり年配の男性の平安文学研究者が、とある酒席で「『源氏物語』を情痴小説とするとは、渡辺淳一もけしからん。それに迎合する寂聴も寂聴だ」と憤っていたのが、印象に残っている。

＊14　なお「紫マンダラ」の細部についての私見は、河合・河添「『源氏物語』の構図――「紫マンダラ試案」をめぐって」（『創造の世界』一一一号、一九九九・七）の対談に譲りたい。

＊15　榎本正樹「マルチメディアと文学」（『文学するコンピュータ』彩流社、一九九八）、同『電子文学論』（彩流社、一九九三）も参照。

＊16　富士通版のCD―ROMの内容については、『源氏研究　2』（翰林書房、一九九七）のインターセクションでの小山利彦氏の紹介を参照されたい。雅楽・舞楽の復元など、今後の音声や動画データベースの進展も期待されるところであるが、このCD―ROMは、それを先取りするものにもなっている。

＊17　岩波版と角川版のCD―ROMの詳しい内容については、『源氏研究　4』（翰林書房、一九九九）のインターセクションや、中村康夫「原本テキストデータベース――参加型データベースを目指して」（『第4回　シンポジウム　コンピュータ国文学　講演集』国文学研究資料館、一九九九・十二）、伊井春樹「情報発信としての源氏物語――CD―ROM角川古典大観源氏物語（角川書店）によせて」（『第5回シンポジウム　コンピュータ国文学　講演集』国文

学研究資料館、二〇〇〇年秋刊行予定）などを参照されたい。

＊18　＊7に同じ。

＊19　京都大学電子図書館のホームページ・アドレスをはじめ、『源氏物語』に関するサイトは、アリアドネというホームページ（http://ariadne.ne.jp/）の中の「日本語・日本文学」のサイト一覧を参照するのが便利である。このサイト一覧は、アリアドネ編『思考のためのインターネット』（ちくま新書、一九九九）でも見ることができる。

＊20　今西祐一郎「データベースと文学研究」（「文学　隔月刊」第1巻・第1号、二〇〇〇・一）。今西氏は、画像データベースは拡充が望まれる領域であるとして、単独刊行するには迫力を欠く二級以下の資料こそ、設備や場所を必要としないデータベース化やインターネット上での公開にふさわしいとする。

＊21　「源氏物語電子資料館」については、『源氏研究　2』（翰林書房、一九九七）のインターセクションでの伊藤氏自身による紹介を参照されたい。

＊22　例えば、上原作和氏（http://www.asahi-net.or.jp/～TU3S-UEHR/index.html）、越野優子氏（http://member.nifty.ne.jp/computerature2/works.html）、宇都宮千郁氏（http://www2s.biglobe.ne.jp/～yae-sou/index.html）、原豊二氏（http://www.geocities.co.jp/Berkeley/5649/）など。筆者も最近、簡単なホームページを解説した（http://homepage1.nifty.com/fusae/index.htm）。

＊23　和歌研究では既に、新編国歌大観のデータベースを駆使して、平安和歌における語彙のジェンダー差を炙り出す近藤みゆき「平安時代和歌資料における特殊語彙抽出についての計量的研究と利用ツールの公開」（特殊領域研究「人文科学とコンピュータ」一九九八年度研究成果報告書、一九九九・三）といった試みが出されている。

＊24　「源氏物語とニューメディア——接点と期待」（『第5回　シンポジウム　コンピュータ国文学　講演集』国文学研究資料館、二〇〇〇年秋刊行予定）。

＊25　木村功・信時哲郎「近代文学研究に関するインターネットのインフラ整備を……」（「日本近代文学研究」第59集、一九九八・一〇）、八木惠子「インターネットと研究」（「日本近代文学研究」第61集、一九九九・一〇）。

＊26　日本経済新聞一九九九年十月十八日朝刊。

＊27　日本経済新聞二〇〇〇年一月二六日夕刊。

＊28　日本経済新聞二〇〇〇年二月十九日夕刊。

源氏文化の視界を読むための文献ガイド

◉今井俊哉

いきなりのぼやきで申し訳ないが、正直、なんでこんなテーマを引き受けてしまったか、後悔しきりである。「源氏物語の文化学」といって、「文化」でない、『源氏物語』やその他諸々の物語があるだろうか。あまりに膨大すぎてつかみどころがない。そもそもこの「文化」というものが必ずしも自明で一枚岩なものでないことは、近年の多文化主義や、あるいは「カルチュラル・スタディーズ」の視点が提起するところだ（そういえば上野俊哉とか、吉見俊哉とか、ここには俊哉が多いようだが、そういう縁だろうか）。東ティモールの紛争も、旧オランダ領と旧ポルトガル領の（その間日本の統治時代があるのだが）言語や宗教の違いからくる文化紛争といえる。もはや国家はもちろん民族もアプリオリなものではない。それよりも現在、国家や民族と称しているものの枠組みを探ること、その枠組みが形作られる際に権力としての「文化」が与えてきた刷り込みこそ問題とすべきなのだろう。この辺にヒントはありそうだ。私は「ムズカシイ本」はよくわからないから、いきおい簡便な入門書的内容のものが多くなるが、取っつきやすいということでご容赦願いたい。だいぶ遺漏も多いと思われるので（もとより「文化」の沃野は広大すぎる）、この領域に興味を持たれたかたは、これを起点に手を広げていかれることを期待する。また、個人的趣味に走っている誹りも免れまいが、今回のガイドはこの方法が適切と考えて開き直ることにする。サイードは「文化形成はつねに雑種的ハイブリッドであり、混淆し、不純である」と述べていることだし。まずはここから切り口を開こう。

1 **E・W・サイード『オリエンタリズム』上・下**（今沢紀子訳 平凡社ライブラリー86年）

2 **同『文化と帝国主義』1**（大橋洋一訳 みすず書房98年）

3 **能登路雅子『ディズニーランドという聖地』**（岩波新書90年）

1は文化帝国主義の言説を考える上での必読書。従来の「オリエンタリズム」が意味する、トルコやアラブ、オリエントに対する異国趣味を、西洋の東洋に対する思考の様式、支配の様式を示す「言説」として組み替え、西洋史の中の「東洋」を読み直していったもの。そのわりに自身の言説への配慮があいまいで、批判も多いのだが、喩としてさまざまに読み替えが可能であるのは魅力だ。例えばこれはフィールドワークの危険性も喚起する。どこの祭でもよいがとにかくニュースで報道されるような有名なものに出かけられるとよい。そこでの地元放送局やNHKの映してやらんとする横暴さを見れば、たちどころに我々の中にもある「古式ゆかしき」という紋切り型の中の「オリエンタリズム」に気づくはずだ。「古典」のなかに「古きよき日本の伝統を感じる」のも疑ってかかる必要がある。その問題は後でふれよう。**2**はその発展編で、植民地宗主国たる西洋とその海外領土との一般的文化関係に広げたもの。現在1までの刊行のようで推薦にはためらわれるところもあるが、とりあえずおさえておく。こうした「オリエンタリズム」を考えるならディズニーランドほど適切な地はない（TDLの経営会社は「オリエンタルランド」!である）。**3**で筆者が指摘するように、『トム・ソーヤの冒険』に代表されるアメリカの「ノスタルジー」という強烈なイデオロギーは、アトラクション「イッツ・ア・スモール・ワールド」のなかで、繰り返される強迫歌とともに、各種の民族を「白い胎児のユートピア」に統一してゆく。

　こうした帝国主義視点の問題はSFという舞台設定によって、より看取されるかもしれない。古くから帝国ものSFはいくつもものされているし、もちろん映画「スター・ウォーズ」シリーズでもいいのだが（それよりはこの三月までフジテレビ系で放映されていた「∀《ターンエー》ガンダム」のポストコロニアルの視点が興味を引いた）、個人的な好みで二点挙げる。

4　J・ヴァーリィ『へびつかい座ホットライン』（ハヤカワ文庫86年）

5　S・スチャリトクル『スターシップと俳句』（ハヤカワ文庫84年）

4は遠い未来のお話。へびつかい座方向からやってくる謎のエネルギー線によって進化した人類だったが、今は、人類を無視してイルカ、クジラとコンタクトをとりはじめた異星人に地球が支配され、八世界という宇宙空間で生活している。内容はかつての帝国ものSFを脱構築したふっとんだもの。主人公はクローン技術で何度も生き返るわ（それによって物語的お約束は常に反古にされる）、それによって主人公の性別も無化されるわとハチャメチャで詰め込みすぎのきらいなきにしもあらず。**5**はタイ王国三〇番目の王位継承者であるところの作家による、さらにハチャメチャな作品。「千年期大戦」（ミレニアムですね）で奇跡的に生き残った終末観漂う日本が舞台。加えてクジラと会話する少女が出てくるお約束。俳句で会話し、やたら切腹する日本人、自殺用飛び込み台のついた金閣寺等、確信犯的意識的に歪められた日本のイメージは卒倒もの。ここから逆照射されるものは大きい（かもしれない?）。四国が死国（自殺アイランド）というのはここからですぞ。残念ながらどちらも今は版元品切れ状態であるらしい。復刊を望む。

　さて、帝国主義の問題にとりあえず絞っていえば、日本も当然ながらこの害悪から免れることはできない。第二次大戦中の朝鮮や台湾等に対する創氏改名や言語統制の政策はもちろんとして、それに遡り、明治期に日本が帝国主義列強の一員となるべくアジアへ進出してゆこうとする段階で、ここに日本文化の大きな組み直し、読みかえが生じている。これは文化輸出へ向けての日本固有の文化アイデンティティ追求であり、これが国体の形成である。例えば日清戦争での勝利は、それまで中国が日本文化に与えてきた影響を払拭するかたちで、中国との文化関係性を書き換えてゆくわけだ。

6 小熊英二『単一民族神話の起源〈日本人〉の自画像の系譜』（新曜社95年）

7 同『〈日本人〉の境界　沖縄・アイヌ・台湾・朝鮮　植民地支配から復帰運動まで』（新曜社98年）

8 三浦佑之『万葉人の「家族」誌　律令国家成立の衝撃』（講談社選書メチエ96年）

9 江守五夫『婚姻の民族　東アジアの視点から』（吉川弘文館98年）

6は太平洋戦争以前の大日本帝国時代の混合民族論から戦後の単一民族論への変遷を多くの引例により明らかにしてゆく。**7**は**6**の発展編。沖縄・アイヌ・台湾・朝鮮をめぐる政治的言説のなかで「日本人」という概念がいかに展開されていったかを追う。**8**では戦前の混合民族論に日本のイエ制度が反映されていると指摘するが、明治以降はともかく、古代において、特に律令制の導入後日本の家族意識は変化したはずである。その問題を含めて**8**を紹介しておく。また、**9**は従来の「一時的訪婚」から「嫁入婚」への一元的展開を読み替え、さらに嫁入婚の始発を古代にまで遡らせて多元的婚姻の型を考えている。併せて紹介しておく。

10 酒井直樹『日本思想という問題　翻訳と主体』（岩波書店97年）

11 イ・ヨンスク『「国語」という思想』（岩波書店96年）

12 村井紀『増補・改訂　南島イデオロギーの発生　柳田国男と植民地主義』（太田出版94年）

大阪で女性府知事が誕生したのをきっかけに、土俵に女性をあげる、あげないでかまびすしいが、相撲協会の言う「神事」としての大相撲は、明治期に形成されたものらしい。「日本文化」の鍵のひとつはこの明治期以降にあるようだ。**10**では筆者はまず「日本思想」を語らんとする欲望の機構に向かい、それを語る位置に「理念化された西洋」という「非日本人」「反日本人」を見る。翻訳というコード／デコードの回路を通し、日本思想が西洋思想と対置されるかたちでそのどちらもが想像的な形象となることを説く。抽象的な言い方になってしまったが、日本思想を形作る言説の枠組みを和辻哲郎を例に考えるもので難解ではない。**11**では筆者は日本語という統一体としての把握は歴史のなかで作り出された新たな認識であると述べる。この問題を漢文の桎梏から解放するための言語的苦闘としての「言文一致運動」から眺める。筆者は「国語の理念は、日清戦争を頂点とする明治二十年代の精神状況を土壌にして生まれた」と言い、この時代は「官民一体による統一的「国民」の創出と「国家」意識の高揚の時代」という。**12**は明治政府の高級官僚だった柳田の「山人」論や「海上の道」の構想と帝国主義思想は強く関与していたという挑発的な内容で、従来の柳田像を大きく転換した意味で批判も多かった本だが、基本は明治期の帝国主義的文化輸出、および文化アイデンティティ創出という視点変更である。オリジナルは福武書店（92年）

13 G・スピヴァク『サバルタンは語りうるか』（みすず書房99年）

14 『現代思想』特集「スピヴァク」（99年7月）

植民地側の問題にも目を転じよう。帝国主義のもと、各地の植民地はその宗主国の名分のもと文徳教化を受けてきた。冷戦が終わった今もその文化的侵略の傷跡は深い。サバルタンとは抑圧された従属的階級・民衆を言う。これは「彼女ら／彼ら」の歴史を自らが語ることは可能かという問だ。なぜなら彼らが用いる言語からして既に抑圧する上位階級のものであるのだから。彼女はこの本の中でサバルタン階級にある女性（女性ということで二重に抑圧されている）を扱うのだが、では「彼女ら／彼ら」は語ることができるのだろうか。スピヴァックは**13**ではできない、といっているようだし、**14**ではできるといっているように読める。この問の本質は「できる／できない」の解にあるのではないだろう。「語りうるか」という問を常に自らに投げ続けていられるか、という問題に思える。我々は今立っている場所から、言葉から常に逃げ続けなければならないのだから。

抑圧されたという意味ではフェミニズムの問題もとりあげるべきだろう。

15　L・イリガライ『ひとつではない女の性』（勁草書房87年）

16　J・クリステヴァ『中国の女たち』（せりか書房81年）

17　上野千鶴子『ナショナリズムとジェンダー』（青土社98年）

15で筆者は、フロイト／ラカンのペニス／ファロスを中心とした論に視覚の優位性をとらえる。即ちペニスという目に見えるものを原基準としており、そこに家父長性的男性社会が開かれているというのだ。最もラジカルなフェミニズム思想家。**16**は『恐怖の権力』の、前エディプス期において合一していた母と子を分かつものとしての「アブジェクション」で有名な筆者だが、ここではその論理的始発となった中国旅行記を取り上げておく。**17**は著作の多い筆者だが、関連する近作を挙げる。筆者は戦前戦後のフェミニストたちの足跡でもある反省的女性史を通して、女性こそは近代＝市民社会＝国民国家がつくりだした当の「創作」であると述べる。同時に、従軍慰安婦問題や、自由主義史観について言及する。

ジェンダー、フェミニズムの問題をとりあげたところでまたぞろで申し訳ないがSF関係を取り上げる。例えば性別の異なるクローンや性転換が日常的になった未来を仮想することは、見事な思考実験でありつつ、現状への大きな批判となるからだ。

18　J・ティプトリー・jr『愛はさだめ、さだめは死』（ハヤカワ文庫87年）

19　同『星ぼしの荒野から』（ハヤカワ文庫99年）

20　A・K・ル＝グウィン『闇の左手』（ハヤカワ文庫77年）

21　同『ゲド戦記』（全四巻）（岩波書店99年）

女性SF作家の大御所二人をあげる。ジェームズ・ティプトリー・jrはもちろん戦略的男性名のペンネーム。デビュー当初はヘミングウェーの再来のごとき硬派の文体と評価され、後にその正体があきらかになったときのパニックといったらなかったようだ。彼女の最期もセンセーショナルなものだったのだが、今はふれない。最初の邦訳短編集と最新の短編集をあげておく。そういえば邦訳第二短編集は『たったひとつの冴えたやり方』だが、イリガライの『ひとつではない…』に呼応しているのか？　**20**で描かれる、発情期のみ性別が分岐する両性具有の異星の生物は、その生物が作る社会の構造と相俟ってジェンダーの問題をつきつけてくる。**21**は、知の集積たる魔法使いの主人公ゲドの物語である第一巻、第三巻より、むしろそれを相対化するもうひとりの女性主人公テナーによる第二巻、第四巻だ。第二巻の冒頭は、まさに紫の上さながら走る少女で幕をあけるが、その彼女が第四巻で至る場所は…。いまは触れない。この領域に興味を持たれたなら

22　小谷真理『女性状無意識　テクノガイネーシス―女性SF論序説』（勁草書房94年）

を読んでその世界を広げてほしい。女性のSF作家を取り上げた

フェミニズム評論である。

さて、こうした既存の言説のイデオロギー性を暴くという方法は、昨今話題のカルチュラル・スタディーズ（以下C・S）の問題に関わっている。C・Sの方法基盤はポスト構造主義的記号論や脱構築批評とほぼ同一平面上にある。構造主義的記号論では、言説分析の面で言えば、文学、新聞や雑誌の記事、テレビCM、日常会話等あらゆるものが表象として分析可能のテクストとして等価におかれることになった。同時にそれは「文学」という特権化された枠組みも奪っていったが、この段階では分析者は対象を等しなみに見下ろす超越者の位置に立つことになる。しかし、対象の分析や介入は言語による固定化でなされる。それ自身が差異の体系にある言語において、分析者の位置が中立《ニュートラル》ではありえない。ポスト構造主義や脱構築の立場ではこの分析者の視点の洗い直しや懐疑に向けられる。その結果、分析対象は価値体系、イデオロギーの枠組みを作り上げてきた言説に向かい合うことになる。

23『**カルチュラル・スタディーズとの対話**』（新曜社99年）

24 **G・ターナー『カルチュラル・スタディーズ入門　理論と英国での発展』**（作品社99年）

25『**思想**』**特集「カルチュラル・スタディーズ」**（96年1月）

26『**現代思想**』**特集「カルチュラル・スタディーズ」**（96年3月）

27『**現代思想**』（1998年3月臨時増刊「総特集スチュアート・ホール」）

23は一九九六年に行われた、東京大学社会情報研究所とブリティッシュ・カウンシルの共催によるシンポジウムの報告である。ここではC・Sにおける重要分野にかかわって、五つのワークショップがたてられた。列挙すれば、1「ネーションとポストコロニアリズム」、2「身体、空間、資本主義」、3「カルチュラル・スタディーズの国際化」、4「メディア、ジェンダー、セクシュアリティ」、5「メディア、テクノロジー、オーディエンス」である。おわかりのとおり、これらのワークショップは互いに重なり合いつつ、同時に開けている。C・Sのボーダーレスな状況が見えてこよう。C・S界の「ボブ・マーレィ」スチュアート・ホールを招いてのそれはフロアも交えて大変盛況（というより混乱？・）だったらしいが、その熱気はこの本からも伝わってくる、などという紋切り型はよそう。はっきりいって総合討論ははちゃめちゃである。「フロア発言の時間が短く、対話と言いながら対話になってない」「なんで東大なんだ」「そもそもこの催しじたいが権威を発生させていないか」などなど、コメンテイターらのエクスキューズの（嵐の）中、フロアまるごと無限相対地獄へ陥ってゆくさまは、ひと事でなく、この領域の難しさを感じさせる。でも行きたかった！　**24**はC・Sの歴史や基本概念、その展開を紹介した入門書。**25**から**27**はC・Sの雑誌特集である。

とおりいっぺんにカルチュラル・スタディーズの始発を言えば、それは英国に端を発し、英国に根強い階級社会の、特に下層の文化を通して、その権力の枠組みを探るところから始まっている。結局、C・Sじたい、既存のロックの権威化と体制化に異議申し立てした、パンク・ムーヴメントなのかもしれない。**23**では臓物こそ飛び交わなかったようだけれど。

28 **D・ヘブディジ『サブカルチャー』**（山下淑子訳　未来社86年）

イギリスでのユース・カルチャーを分析したもので、C・S紹介の先駆的本だが邦訳がいまひとつ。パンク・ムーヴメントにそれなり詳しくないと読むにはしんどいかもしれない。ならば「セックス・ピストルズ』(「God save the Queen」正規盤はこれのみ！)や「クラッシュ」(やっぱり「London calling」)を聴け。あわせて彼らの音楽と多大に共犯関係にあった「ボブ・マーレィ」(ライブ盤でしょう)も。彼らはライブこそ真骨頂であるのだけれど。それならば悪のりついでということで

29 ビデオ「空飛ぶモンティ・パイソン」全14巻(ポリドール)

30 須田泰成『モンティ・パイソン大全』(洋泉社99年)

イギリスBBC制作のTVコメディを挙げよう。この国の階級社会の倒錯した根の深さ(それゆえなにが可笑しいのかわからないギャグもある)がわかる。全部はしんどいという人は、第一、第二クールの最初の巻(第一巻と第八巻)を観られるとよい。**30**はそのTV全シリーズの解説本。各スキットが生まれる社会背景について簡単に述べてある。食い足りない部分は多々あるのだが、これをもとに面白そうなものを選んでみるのもいいかも。あとはC・Sがらみで参考になりそうな本をあげておく。

31 R・バルト『神話作用』(現代思潮社76年)

32 同『表徴の帝国』(ちくま学芸文庫96年)

31はC・Sの特にS・ホールの思想基盤となる書。筆者の初期の仕事。「神話」が、言語の概念とその映像との連合である意味表徴の体系であることを示す。言い換えれば、バルトの言う「神話」は言語の体系に伏流するもうひとつの体系でありそれはまさしく「文化」の体系を形づくっている。**32**は筆者の筆者ならではの日本探訪記。これとてバルトの「オリエンタリズム」だと批判はできようが、そこからの逆照射を考えるのも大事だと思う。でも筆者の食べたテンプラは美味しそう。是非、表徴のかたまりであるところの寿司も食ってもらいたかった。

33 S・フィッシュ『このクラスにテクストはありますか』(みすず書房92年)

「解釈共同体」を唱える筆者は、「読み」は「解釈」によって、そしてその解釈戦略を共有する共同体から生まれるのだ、という。至極あたりまえに聞こえることかもしれないが、この「戦略」が読む行為に先立ってあらかじめ定まっているという点が重要。とはいえかなり身も蓋もない部分はあるのだが、教室の板書に残された人名から学生に宗教詩としての解釈を導かせてみせるくだりは、本当かよと思わせつつ(訳者は眉唾物としているが)読ませる。

34 シリーズ『現代思想の冒険者たち』全31巻(講談社)

思想家の足跡をたどりつつ、その主要著作を解説するシリーズものだが、解説者はその分野の先進の専門家であり、翻訳者である。巻末の「主要著作ガイド」や「キーワード解説」がその方面に歩を進める大きな手助けになり、使い勝手が非常によい。今回のからみで言えば、00現代思想の源流(マルクス・ニーチェ・フロイト・フッサール)、10バフチン、13ラカン、21バルト、22アルチュセール、26フーコー、28デリダ、30クリステヴァあたりか(なにか大事なのを落としている気も…)。個人的には月報連載のいしいひさいちの秀逸な漫画も楽しみであった。

上記のC・Sの流れのなかでふれえなかったメディア論についてほんの少しふれておく。

35 M・マクルーハン『メディア論』(みすず書房87年)

が古典的名著とされ、いまだにその読み替え本が多数出版されているが、個人的には赤瀬川原平の初期の仕事に惹かれる。

36 赤瀬川原平『鏡の町皮膚の町』(筑摩書房76年)

37 同『櫻画報大全』(青林堂76年・新潮文庫85年)

38 同『虚構の神々』(青林堂78年)

今でこそ「老人力」であるとか「新解さんの謎」など飄々とし

た味のあるエッセイで読ませる筆者だが、かつては模造千円札事件で裁判沙汰になるなど過激な美術家であった。**36**ではこの模造千円札事件にまつわる報道から新聞の虚構を暴いてゆく。メディアの問題、シミュレーション社会の問題を考える上での先駆的書物。**37**は全共闘(?-)のりプンプンの過激な、漫画とも絵画集ともつかぬクロスメディア本。**38**ではUFOを狂言回しに、現実の虚構性に鋭いメスを入れる。この延長で『超芸術トマソン』は位置づけるべきだと思うのだが。いずれも手に入りにくいのが難点だ。

だいぶ横道にそれつつ来たが、問題を「文化としての古典文学」のほうに引き寄せよう。そこには「文学」であることと「古典」であることとの二面性がある。例えば『源氏物語』の「文化」を考える際には、前者で言えば、源氏物語が書かれた「文化」背景を考え、当時の「文学」としての位置づけ、物語文学というジャンルの誕生の問題を考えること、後者では、それがどのように享受され「古典」として位置づけられていったか、ということがとりあえずは言えるかもしれない。

中国から漢字が伝来したことで、日本は文字によって記述する手段を得た。

39 **W・J・オング『声の文化と文字の文化』**（藤原書房91年）

40 **J・デリダ『根源の彼方に　グラマトロジーについて』上・下**（現代思潮社72年）

41 **西田龍男『漢字文明圏の思考地図　東アジア諸国は漢字をいかに採り入れ変容させたか』**（ＰＨＰ二十一世紀図書84年）

42 **武田雅哉『蒼頡たちの宴』**（ちくま学芸文庫99年）

ソシュールは音素という差異の体系をもとに言語の記号性を明らかにしたが、これは基本は音や声は文字に先立つという音声中心主義によっている。**39**は文字の文化と声の文化の相違を示し、特に文字を得ることで思考の内面化が可能になったとするのだが、ここでオングが言うように文字なくして全体という抽象概念も生じない。この音声中心主義に対して文字言語の優位性を説いたのが**40**のデリダであった。そもそもソシュールのいう言語の体系も文字言語を通して得られたものではないか、ということだ。漢字の輸入により、日本文化が大きく変質を受けたのは間違いない。

現在の雲南省大理周辺にあった南詔国と唐の間に戦争があった。結局唐は、甚大な被害を出したものの攻めきれず、停戦を結んだ。その終結を記念して「南詔徳化碑文」というものが造られた。碑文の刻面はだいぶ傷んではいるが、その内容は活字化され小冊子として現地で手に入る。南詔国はペー族やイ族を中心とした国だったが、この碑文がペー族語を中国語で記した変体漢文となっている。ちょうど『古事記』のようなものだ。ペー族はその後独自の文字が定着するには至らなかったが、**41**によれば、後漢以後成立した、現在の貴州省西北部にあったイ族による羅甸ラデン王国では表音文字であるイ族文字が明代まで使用されていたことが確認されている。文字がそれを扱う知識階級を生み、そこに権力が生まれていったことは想像に難くないし、その一方で、文字階級の外側に、多くの文字を持たぬ人々があったことも確かだろう。「南詔徳化碑文」や、イ族文字を探ることで、また他のアジアの少数民族の状況を探ることで、漢字輸入による文化の変質の一端が見えてくるものもあるかもしれないが、これらの少数民族の社会を安易に古代と結びつけると「オリエンタリズム」の言説にとらわれることになる。日本で漢字から仮名が創作されたように、中国でも漢字の絶えざる改良の努力がはらわれた。**42**はその漢字改良にかけるマゾヒズムとも言える情熱を追いかけたもの。その改良史の中に西欧からのアルファベットの投影も色濃くあることが興味深いし、西欧からの中国語が、ユートピアとしての普遍言語に近似するものとして位置づけられていたという指摘も面白い。ホヴァネスの曲にクジラの声とオーケストラのための協奏的作品があるが、西欧人のクジラ好きはこのへんとも関わっているのか？

この文字と口承の関係性をみる場合、川田順造の仕事の流れをみるのは興味深い。

43　川田順造『無文字社会の歴史』（岩波書店同時代ライブラリー90年）

44　同『口頭伝承論』（河出書房新社92年）

45　同『サバンナ・ミステリー　真実を知るのは王か人類学者か』（NTT出版99年）

西アフリカのモシ族を調査する筆者は**43**では太鼓ことばを伴い伝承される歴史を「無文字社会」として位置づける。だが、**44**ではこれを文字を持つ社会の側から見た欠落のもの言いであると自省する。**45**ではさらに人類学者としての自己が相対化される。ここではモシ族の王が即位三十三年を記念した生まれ変わりの儀式の再現を元に話が進む。ところが実際にそれを行ったのは十一代も前の王であり（それ以前は始祖にまで遡る）、誰もその儀式の内容をしらないのだ。そこでこの歴史補完に筆者もかり出されることになるのだが…。後は読んでのお楽しみ。

46　松薗斉『日記の家　中世国家の記録組織』（吉川弘文館97年）

47　山中裕編『古記録と日記』上・下（思文閣93年）

48　神田龍身『偽装の言説　平安朝のエクリチュール』（森話社99年）

49　古代文学会編『祭儀と言説　生成の〈現場〉へ』（森話社99年）

さて、物語が書かれた「文化」背景を考え、当時の「文学」の位置づけ、物語文学というジャンルの誕生の問題を考えるとは言ったもののそれはどこまで可能なのだろうか。**46**や**47**のように古記録や官人日記から照射される側面はあるかもしれない。だが、なにより物語の書記言語が、漢字ではなく仮名文字とともにあったことの意味するところは大きい。**48**はその「かな」のエクリチュールに着目し、そこに空虚な仮象の世界の形成をみるが、ありがちな真名／仮名＝男／女の問題に陥っていない。古記録にせよ仮名文字の位相にせよ、頼るべき指標は「言説」にしかないのだ。**49**は古代文学会が九〇年代に展開している「現場」という方法に則っての各論を載せる。これは当の言説や周辺事情を丹念に読み解くことで、歴史叙述や宗教言説が書かれた「現場」へと向かおうという果敢な試みである。だが、無限相対化という状況の中、古代の「現場」を自身のリアリティの問題として感覚や身体で再現してゆくならそこに危うさを感じなくもない。古代文学会が毎夏行ってきた「セミナー」の経緯はこの本の序にもふれてあるが、そもそもの始発は「古代」との違和にあったはずなのだ。結局は現在に立ち戻る。

50　ハルオ・シラネ、鈴木登美編『創造された古典　カノン形成　国民国家　日本文学』（新曜社99年）

50はこれはコロンビア大でのシンポジウムがもとになっており、古典作品が歴史のなかでいかに「正典化《カノン》」されていったかを明らかにする。同時に文化帝国主義的展開はこと日本の文学の側面ではいかようなものであったかを探る。日本文化のオリジナリティを求める作業のなかで（それはまた「国語」を定めていく問題と重なるのだが）そのどれもが、結局、平安時代という限界点にまでしか遡れないことに気づく。「国風暗黒時代」という名称もこの流れから逆照射されたものだが、結局は漢字の輸入以降の中国大陸の文化が無視できないほどにあることに気づかされるのだ。こうした私的ともいえるブックリストが権威化することはありえないとは思うが、それでもエクスキューズとともに自身で言葉の発生地点を脱構築し続けなければならないと考えるのは、それだけでもしんどい。

50では『源氏物語』についての言及がないのは残念だが、次の本がそれを補ってくれるだろう。

51　島内景二・小林正明・鈴木健一編『批評集成・源氏物語』全五巻（ゆまに書房99年）

近世の注釈、および近代、現代の評論（アニメ「源氏物語」の評も）、そして戦時下の『源氏物語』の劇の上演中止をめぐる記録までを網羅した労作。『源氏物語』がいかに権力やイデオロギーに関わってきたかを考える上で格好の史料となる。特に第五巻は戦時下の新聞記事をそのままに転載し、まるごと興奮のドキュメントとして読める、出色のおもしろさ。また、

52　安藤徹「源氏帝国主義の功罪」『平安文学というイデオロギー』叢書・想像する平安文学第一巻』（勉誠出版99年）

も、この源氏中心イデオロギー？の問題に一石を投じている。

53　兵藤裕己『太平記〈よみ〉の可能性』（講談社選書メチエ95年）

54　三谷邦明、三田村雅子『源氏物語絵巻の謎を読み解く』（角川選書99年）

これらの二冊も作品が権力やイデオロギーの補完装置として管理・掌握されてゆくさまを追う。

55　小嶋菜温子編『王朝の性と身体』叢書・文化学の越境1（森話社96年）

56　斎藤英喜編『アマテラス神話の変身譜』叢書・文化学の越境2（森話社96年）

57　吉井美弥子編『〈みやび〉異説　『源氏物語』という文化』叢書・文化学の越境3（森話社97年）

58　服藤早苗編『王朝の権力と表象　学芸の文化史』叢書・文化学の越境4（森話社98年）

59　小森潔編『女と男のことばと文学』叢書・文化学の越境5（森話社99年）

これら「叢書・文化学の越境」シリーズでは平安期の文化基盤やその後の受容の問題が展開されており、特に**57**は『源氏物語』が時代の権力の中でいかに利用され、また排除されてきたかに焦点を置いて編集されている。また古代におけるジェンダーの問題では前の**55**、**59**を含め

59　河添房江『性と文化の源氏物語　書く女の誕生』（筑摩書房98年）

60　武田佐知子『衣服で読み直す日本史　男装と王権』（朝日選書98年）

があげられよう。

61　三谷邦明・小峯和明編『中世の知と学　〈注釈〉を読む』（森話社97年）

も、中世の解釈共同体を探る上で指標となろう。

62　高橋亨・小嶋菜温子・土方洋一『物語の千年　『源氏物語』と日本文化』（森話社99年）

物語研究の代表者三人による鼎談集。『源氏物語』を起点に、近現代の小説やマンガに至るまでの千年の歴史を、それこそ「文化」の各方面からの切り口でたどってゆく。稿者のそれよりも頗る真っ当なブックガイドにもなっている。

あらためて「いま」はどんな時代なのか。古典ブーム、『源氏物語』ブームと言われて久しい。インターネットで『源氏物語』を検索すれば1000件以上の数があらわれて呆然とする。古典ブームイコール源氏ブームであるならそれはまさに『源氏物語』が正典として祭り上げられていることにほかならない。人々はいったい古典に何を求めているのか。

で、最後はクイズである。以下AからCは最近多数刊行されている『源氏物語』関連本のいくつかから「あとがき」の一節を引いてきたものである。

A「紫式部という、現代とは婚姻制度も社会の仕組みも違う千年前に生きてきた、たった一人の個性的な女性のつくった作品を以て、やっぱり今も昔も男と女は同じなんだよねと結論づけることに感じていた詭弁や欺瞞の感じが消えて、ああ人は変わらないのだと素直に思えるようになった。」

B「まろやかで美しい上に、ものの本質を鋭く言い表して無駄のない古語、助詞や助動詞の繊細な働き、書かれていない主語がいつのまにか変わっていたりする文脈の絶妙な流れ。私たちが惹きつけられてやまなかったこれらを、そのまま紹介できたらと痛切に思った。」

C「いうまでもなく、平安貴族たちは働く必要はなく、それだけ自由な時間をもち、自然に親しむとともに、いわゆる恋愛至上主義の世界にいたから、愛に対する発言や行動もいまよりはるかに素直で正直であった。当然のことながら、源氏をはじめ、ここに登場する女性たちの愛の思いや生き方も、それだけ個性的でそれは現代に生きるわれわれにも参考になり、教えられることが多い」

コメントを含めたヒントを出そう。Aは「家族関係」から『源氏物語』を読み解いたもの。単純な感覚に横滑りしないように努力する筆者の姿勢が伺える。Bは「感覚」として古語の美しさ、源氏物語の文章の美しさを伝えようとしたものだが、問題が感覚であるだけに現在と古典を容易に結びつけてしまう危険性を孕む。Cは…、別にいいですね。

右に掲げた以外に『源氏物語』関係のソフトな入門は数多く出版されている。それらにうかがえる『源氏物語』観や古典観を批判するのはたやすい。しかし『源氏物語』や古典の読者の裾野をひろげてきたのも、これらの書物にあるのだとも言えるし、それゆえ現代はメディアのもつ権力に常に揺さぶられているとも言える。問題は一元化した価値観、文化観である。近年、自由主義史観という新たなナショナリズムが芽生えつつあるが、そうしたものにも収奪されない相対的な位置を確保しつつその場を去りつつ(それはとても辛く、しんどい作業だが)、多元的な読みの試みを常に続けて行かねばならないのだろう。

クイズの答えは
A・大塚ひかり『源氏の男はみんなサイテー』あとがき　マガジンハウス97年
B・田中順子・芦部寿江『イメージで読む源氏物語』あとがき　一莖書房96年
C・渡辺淳一『源氏に愛された女たち』あとがき　集英社99年
でした。

尾崎左永子

［インタビュー］

「尾崎源氏」の世界

【聞き手】三田村雅子
河添房江

1999・8・21 山の上ホテルにて

源氏との出会い

河添　尾崎さんはご存じのように、歌人で、最近では『夕霧峠』で迢空賞をおとりになりました。『源氏物語』の評論としては、『恋文』『薫り』『明り』の三部作、『源氏花がたみ』というご著書があります。そして、何よりも『源氏物語』の現代訳として『新訳源氏物語』を小学館から全四巻で出されています。最初に『源氏物語』に出会われたきっかけというのが、何かお母さまが『少年源氏物語』を買っていらしたというところにあるとか。そのあたりから、さらに東京女子大時代の『源氏』との関わりなどを少しお話いただければと思うのですが。

尾崎　『少年源氏物語』というのは、すてきな本でしたよ。私、ずっと捜しているんですけれど、手に入らなくて。ただ、早稲田大学教育学部の中野幸一先生の研究室に遊びに行ったら、あったの。

三田村　そうですか。

尾崎　久しぶりに見せていただいて、「あっ、これだ、これだ」と言って喜んだのですけれど、金の星社から出ていて、青いきれいな本でした。その頃父が千葉の姉ヶ崎というところで療養していて、東京の帝室博物館に嘱託で行っていたものですから、週に一遍くらいか、月に二遍か、列車ですよね当時は、両国止りの。母が付添いで東京に出て、帰りにいつも本を買ってきてくれて、その中にたまたま『少年源氏物語』があって。

河添 どういう内容の本でしたか。

尾崎 内容は、本当によく書けている。あのね、見せたいくらい(笑)。今覚えているのは、ちゃんと五四帖になっていたと思うんですよ。桐壺巻のところには、輝く日の宮と光る君という副題がついている。そして読んでいくと、藤壺をお母さんのように慕っていると、それがだんだん恋に変わっていくということが書いてあるのよ。だけど、それが、とても素直に子供にも入ってくるように書かれている。ところが東京女子大に入ったら、戦争中ですから、皇室の不倫なんてとんでもないという時代ですよ、だから教室で話せないのよ。だもんだから、先生が「この辺のことを読んでおいてください」になっちゃう。私にはそれがわかっていたから、講義をおもしろく聴くことができたということがあったと思う。

私はあの本があったから『新訳源氏』を出す気になったんですよ。つまり、この本で最初に全体像をつかんでもらって、それで原文を読んでほしい。千年前のものでも日本語ですから。

河添 女子大時代のテキストというのは、吉沢義則氏の『対校源氏物語新釈』くらいしかなくて、それを借りて、大学の地下のカフェテリアでお読みになっていたとか。

尾崎 『岩波文庫』もあったかな…。それをみんなが借りちゃうから、続けて借りられないのよ(笑)。

三田村 『更級日記』の作者みたいですね(笑)。

尾崎 近藤富枝さんも『湖月抄』で読んでいらしたとか。どういう訳し方をするかを覚えたのは、日本評論社刊『源氏物語』の一冊があって、それが非常によくできていたんですね。それは一冊本なんですよ。ところどころ抜き刷りのようにしてできている本でしたけど。

河添 原文が、ですか。

尾崎 原文はところどころ。注釈が付いていて、かなり細かく。それが注釈にふれた最初。そのくらいしかなかったんですね。

河添 そうですか。そういうものをご覧になって、石村貞吉先生の有職故実の講義をお受けになったのですね。

尾崎 石村先生は、いい先生でしたね。もうお歳でしたのよ。頭は真っ白でいらして、声がてっぺんから出てね。ともかく有職故実の先生ですから、見てきたようにおっしゃってくださるわけ。たとえば、尼削ぎとか、「昔の尼さんというのは、ぼうずじゃないんですよ。見渡したところ、皆さんは昔の後家さんですな」なんて言われて、出家すると、ここまで切るんだということを、一つひとつ教えてくださったわけね。そういう意味では、実感がもててよかったし、彩りの問題とかね。自然と浮き上がってきますよね。染織について、そう深いことをおっしゃるわけではないけど、着る物の順序とか、そういうことを全部教えてくださったから。

河添 そこで、一応『源氏物語』とのご縁はいったん…。

尾崎 切れました、全く。

河添　そして、鎌倉に七七年に移られてから、『源氏』の講座を始められて、再会されたということなんですね。

尾崎　その前に、昭和四〇年から四一年にかけてなんですけど、一年程アメリカに主人と一緒に。当時誰だか覚えていないんだけど、アメリカの女性の学者が『源氏』のことを少し書いて、それがボストンあたりで少し評判になったんです。パンフレットみたいに薄いものでしたけれど、『ザ・ゲンジ』とかいう。みんなに会うと、よく聞かれるわけよ。でも主人をはじめとして、ボストンですから、お医者さんとか、心理学者とか、経済学者とか、法律学者、あとは、ビジネススクールに来ているビジネスマンのエリートとか、誰も読んだことがない。すると結局、あいつは国語科らしいというので、パーティーの時に質問が集中してくるわけ。男の人たちが逃げちゃうから、私は聞かれる。当時何も知らなかったの。一条天皇の頃というような覚え方をしているから、西暦ではいつとかわからなかったんですよ。千年くらいかなといって、あわてて文学史を日本から取り寄せて、はじめて千年くらい前なんだってわかって、英語も下手ですから、少ししか答えることができずに。その時に、一生懸命勉強しましたよ。

三田村　代表して答えなければいけなかったから、大変でしたね。

尾崎　日本を背負っていましたからね。その時に、英語と日本語の差っていうのに気がついて、日本に帰ってからは古典にふれてみよう、見直そうと覚悟してきたんだけど、なにしろ、それから子供を学校にやったりなんかしていましたからね、そこまで到達するのは…。独学でしたよ、はじめはずっと。鎌倉で講義を頼まれて、やり始めたら、三十年も前の知識じゃだめだと思って、それで、松尾聡先生に再入門して。いい先生でしたよ。怖かったけど。

三田村　松尾先生とは、どういう形でお読みになったのですか。

尾崎　ちょうど私、放送作家でもありましたから、後でフジテレビの副社長になった藤村邦苗という人がいて、彼は学習院なんですよ、それでなんとなく知っていたのね。彼が忙しいのに連れていってくれたの、松尾先生のご自宅に。そしたら、「『源氏物語』を読んでどうするんです」って。へどもどしちゃったんですけど(笑)。ともかく「今、池袋のサンシャインシティの文化センターで開講していて、四、五人しかいないけど、そこでも程度を落としていないから、そちらに来たら」って言われたんですよ。では、ということで行ったんですよ。そしたら、一字一句でしょ。

河添　進まないんですね。

尾崎　進まないのよ。ぜんぜん(笑)。だけど、語釈をたたき込まれたから非常に読みやすくなった。そしてね、おっしゃることがいいんですよ。「これもちょいちょい申し上げましたが」って、くり返しくり返しおっしゃる。その「ちょいちょい」がいいのよね。ノートとっているんだけど、頭のこっちからこっちへ抜けちゃうじゃない。それが「ちょいちょい」申し上げられると、積もっていくんですよ。たとえば、「をかし」と「おもしろし」はどう違うかっていうことを、ちょうど先生が論文を出された後だったので、たたき込まれたんですよ。そうしたら、『源氏』をある程度まで語釈できるようになってからは、他のものがすいすい読めちゃう。楽です、語彙は少ないし。『源氏物語』は、とりわけ言葉が多いですね。先生は、この解釈はこの時代になるとこうなるってことまで、全部おっしゃってくださいます。それが六冊くらい残っているかなぁ。

三田村　ノートブックで。財産ですね。

尾崎　ええ、それが私の財産になったんですよ。

『新訳』の工夫

尾崎　もうその頃、鎌倉で話しているんですよね。私の考えには、『少年源氏物語』がありましたから、大人のためのそうしたものが欲しいという気もあったんで、最初から原文を全部読むんじゃなくて、ダイジェスト版のようなものを作っておいて、それを読んでおいてもらう。それで今度は、それを頭に入れておいてもらって、語釈や有職故実のことも入れて、人物も時代のことも入れて、三時間でやったの。途中に三十分くらい休みを入れて、二十三人くらい奥さんが来るんです。藤沢の市民の家というのを借りて、二十三人以上入れないんですよ。ただ、そこで考えたのは、みんながこれを読み通すってことで始めましたから、もし読み通せなくて脱落する人がいたら意味がないと思ったんで、それにはどうしたらいいか。結局、ご主人がご病気になったとか、お姑さんがぼけてきた、そういうことはみんなあるわけだから。それで休んだ場合に、もうずっこけて来られないようじゃ意味がないから、それで、私の講義をテープにとって、お当番が配るんですよ。そうすると…。

三田村　何かやりながら、聞けますものね。

尾崎　きゅうり刻みながらでも、ともかく聞いていれば、三回休んでも四回目にはついてこられる。それを工夫したの。そのためにダイジェスト版を、はじめは一巻二十枚と思ったんだけど、二十枚に一巻を入れるのは至難の業で、段々長くなってしまって。これは二十枚じゃ書けないってことが分かってきたんだけど、重要なところはキチンとして、ここら辺はあまり重要でないから一行で、という、そういう飛ばし方で。だけど全く落としてはいないという書き方。四巻は別なんですけど、三巻まではそういう書き方をした。それで、八年半かかっちゃったんですよ。

三田村　その時の奥さんたちに渡すプリントが、『新訳』の元になっているのですね。

尾崎　そう。

三田村　すごい（笑）。すごいものをいただいたんですね、その時の奥さんたちは。絵もついているし（笑）。

尾崎　やっぱりね、今読み直すとね、後ろの方がこなれていますね。最初は誰がやっても「いづれの御時にか」の「にか」の「か」がどうとかね。後藤祥子先生に、最後に読んでいただいたの、三巻までを。

三田村　あぁ、そうですか。

尾崎　心配でね。心配症なんですよ。学者の奥さんということもあるんだけど、本当の素人が間違ったことを言っては、学者に申しわけないという気があるんですよ、どこかに（笑）。だから、いつも学者の説とか、学者の考え方とかを基本において、その間を埋めるような仕事をしてきたわけね。

後藤先生は忙しい中、三巻までともかく読んでくださって、四巻は間に合わないんでそのままで出しちゃったんですけど。「いづれの御時にか」の「か」のところね、そういうのは先生の説に従って直しています。ありがたかったです。瀬戸内さんの校閲は八嶌さんなんですよね。あれはあれでいいし、私はあれができるまで、私のが出るとは思わなかった。

三田村　ちょうど、同じ頃に出ましたね。

河添　そうですね。九六年の一二月に寂聴訳の刊行が始まって、九八年の四月に完成しているんですけど、尾崎さんのは九七年十月から九八年一月で、ちょうど…。

三田村　最後の方にかかっているんですね。

尾崎　重ねて出すこともなかったんですけれど、小学館の方がそういう方針で出したんです。あれが出なかったら、これは日の目を見なかった。もう松尾先生が亡くなられる寸前なんですけれど、これがやっと二十年かかって本になりますというお手紙を出したら、その時すでに入院されていたんだけど、「世間の待っているのは尾崎源氏です」って書いてあるの。すごく喜んじゃって、嬉しくて、あっこれなら何とかなるのかなって、そのうちに先生にお見せできたらと思っていたら…。でも出ることは分かっていらしたからよかったんだけどね。秋山先生が、それを受けてだと思うけど、「尾崎源氏」って書いてくださっているんですよね。

三田村　宣伝に心をこめて書いてくださいましたよね。

河添　ところで、その瀬戸内訳についての、尾崎さんのご感想は。

尾崎　私ねえ、十巻まで読んでいないんですよ。はじめの方しか。ずいぶん工夫はしていらっしゃると思います。それで、一生懸命忠実になさろうとしてるのも分かるんだけど、やはり、作家よね。そういう、筋と構成が中心だなって感じがしちゃうんです。それで、歌が五行詩になっていて、あれは苦労なさったんだろうなって、それはそれでいいんですけど、歌に関しては、私はあまり賛成しないんですけど。歌っていうのは、なんで谷崎さんが別立てにしたかとかあるわけじゃないですか。それを中途半端な形で訳を中に入れてっていうのは、私は歌をやるので自分では許せない面があるんでしょうね、きっと。

河添　その歌を、この『新訳』の中で訳されなかった理由というのは、どういうところにあるのでしょうか。

尾崎　その代わり、説明を付けている部分はある。

三田村　そうでしょうね。

尾崎　読んでいって、そこで現代語になるのが嫌だったということね。それから、日本人なら調子で分かる。五七五七七だから分かるところがあるので、そのリズムをそのまま残したいという。言葉の途中からリズムのある言葉になって、また普通の会話になるという、そういうことを残したいと思ったということですね。

河添　たとえば、桐壺の巻で、歌が九首くらいあるんですけど、『新訳』では二首しか採っていない。思い切って七首も削っているあたりは。

尾崎　歌物語ですから、歌が全部入るのが本当でしょうけど、読む方の側になってみると、歌を飛ばしちゃうと思ったんです。歌というのは一般の人にはちょっと距離があるので。だけど、やっぱり歌物語なんだっていう意味で、なるべく物語に沿って、削れないというか、物語に本当に入ってきているものだけを残そうと、そういうつもりだったんですけれど。

三田村　なるほどね。本当に生かしたいと思ったら、全部生かしたくなっちゃうから、前後をちゃんと書かなければ。歌だけを残したって意味がないわけですから。結局、それをやるためにはぐっと絞りこむしかない。

尾崎　そうですね。

三田村　でも、あれが落ちている、これも落ちているって気がしませんか。(笑)。

尾崎　それはたぶんあると思いますよ。八嶌さんが読んでいて「もの足りない」って。そういうところはそうだと思うんですね。学者の方とか、知っている人はもの足りないだろうなって思います。だけど、一般の人が読むんだったら筋をまず知りたいし。一気に読めるっていう限界が、このくらいのものだろうと思うんですね。

三田村　そうですね。

河添　歌を口語訳されないっていうので、ちょっと思い出したのは、与謝野晶子の訳なんですけど、あれも口語訳していませんよね。

尾崎　ああ、そうでしたっけ。でも結構足してあるでしょ、あの人の言葉が。

三田村　減っているところもあるし、足しているところもあるし。

河添　この『新訳』を見た時に、私自身が与謝野晶子の抄訳を少女時代に読んだものですから、何かそれを思い出して。尾崎さんご自身が与謝野晶子に興味をお持ちでいらして、エッセイや評伝を書かれていますよね。与謝野源氏からの影響があるのかしらと思ったのですが。

尾崎　全然ない。これを訳すについて、訳をみんな読んでいるように思われるんだけど、私は毒されるのが嫌だから読んでいません。瀬戸内さんのは最初の方は読んだけどね。どういう風にしていらっしゃるのかと。だけど、自分の書いたものに関しては、手を入れていませんから。ただ手を入れているとすれば、敬語をかなり削った。最初の訳文はものすごく丁寧語が多かったの。それが本になるまでに二十年近くたっていますから、その頃に比べると敬語がうるさい。うるさくない程度で、しかもなるべくきれいに残そうというような敬語削りというのはしましたよ。

三田村　敬語は少ないほうが読みやすいし、やはりない方が生々しく物語の世界を感じることができるので。どうしても敬語があると、遠ざかっている感じがしてしまいますね。

尾崎　あの「思ひ給ふる」みたいなものを、どうするかって。

三田村　ええ、謙譲や受け身敬語などは、とても無理ですね。

尾崎　最初の抄訳の時は、結構敬語を使っている。というのはね、私たちの年代というのは、わりあい丁寧語というものを使えるんですよ。だから、そんなに抵抗がなかったの。ところが二十年たってみたら、それがうるさい。だから、削りましたね。そうしたら、編集の方からね、「あんまり削らないでください」って言われちゃった。「やっぱり、敬語をどう使うかっていうのは残したい」なんて言われて。

三田村　そうですか。与謝野さんのはあまり敬語はないんですよね。円地さんもわりとないですね。すぱっと敬語をなくして、切ってらして。

尾崎　物語ということに、つまり耳から入るってことには意識しているんですよ、読んだ時に。放送作家だったから。

三田村　うまくまとめるのがとてもうまいですね。重要なところをさっさとつないで。

尾崎　それとね、音で伝わってくるようにしてあるんですよ。他のとの違いなんですよ。

三田村　それは感じました。会話文もとっても雰囲気が出てます。

尾崎　会話文が成功すれば、成功だと思っていたの。それで、他のものをちらちら見てて、たいてい嫌なのは会話だったの。会話をできるだけスムースに言わせたいなって。

河添　心内語などもわりと難しいと思うんですけど、省略したり、なるべく地の文に溶け込ませるようにして、いろいろと工夫がありますね。

尾崎　そうなの(笑)。苦労しているんだけど、それをあまり表に出さないように。何気なくみんなが一気に読めれば、それで十分だと思って。四巻の場合は、宇治十帖を、まずあの長大な文章を読み通すだけでも皆さん大変だと思ったんで、もう完全に省略ですよね。四巻は完全に再構成していますから。

『すばる』に中村真一郎さんの最後の日記が出ていて、そこに「尾崎源氏」のことが書いてあるのね。それでもうちょっと生きていてくだされぱと。「これは別に書く」って書いてあるの。

三田村　あら、残念(笑)。

尾崎　『源氏の明り』が出た時にも書いてあって、参考になることが多いということがちょっとあって、その次の時に、尾崎左永子の源氏と瀬戸内訳との差については、あらためて別に書くって書いてあるの。

三田村　どこかにメモでも書いてくれていれば、遺稿集で出るかもしれない(笑)。

尾崎　でも、そう書いていてくださってとても嬉しいですよ。

『恋文』『薫り』『明り』

三田村　尾崎さんのファンはたくさんいらっしゃるんですよね。秋山虔先生と小町谷照彦先生とこの前、尾崎さんはすてきってお話ししました。ほんとうに文章が爽快ですね。エッセイも好きなんですけど。『源氏の薫り』とか『恋文』とか、本当に微細な感覚を非常に見事に浮かび上がらせていますね。

尾崎　『源氏物語』というのは、目に見えないものの方がおもしろいところがあるでしょう。筋立てはもちろんすばらしいけど、それを追っているだけじゃ何にもならないのじゃないかということがあって。

河添　渡辺実という国語学の先生が、『源氏物語』というのは「けはひ」に関わる語彙がとても重要なんだっておっしゃっているんです。『枕草子』は一言で言ってしまえば「けしきの文学」で、『源氏』は「けはひの文学」で、そういうところに、尾崎さんの興味がたくさん注がれている気がして、いつも読ませていただいているんですが。

尾崎　「気」よね。「けはひ」のね。「もののけ」をはじめとして。『恋文』を書き出した時は、ちょうど『新訳』を始めた時なんですね。それで書いていて、どうして手紙に歌が入っているんだろうなって思って、それで調べ始めたんですよ。そうしたら、すごく魅力っていうか、あるって分かったんで。

河添　やはり「恋文」に最初に関心を持たれたというのは、歌人として、『源氏』の歌とか、歌を含む消息文に興味を持たれたのですか。

尾崎　よく分からないのですけどね。歌の起源というのは、婚姻と関係があるでしょ。字のない時から。それは前から気になっていたの。歌垣にしても、そういう傾向に関してはすごく関心があったんですよ。それでたまたま『源氏物語』を読んでいて、どうしてこんなに手紙が出てくるんだろうと、その手紙はどうしてみんな歌なんだろうと。やっぱりこれは懸想文だからかなということで、それで気をつけるようになってみると、なにしろ『古今集』とか『拾遺集』とかが散りばめられているわけじゃないですか、引歌として。それがとてもおもしろかったですね。言葉の裏にまた言葉があるという、言葉の多重性というか。それは、歌じゃないとできないのよね。だから、「春の夜の闇はあやなし」といえば、それだけでいろいろなものがくっついてくるという。そういう世界なんだなって、最初に気がついたのが、そもそも懸想文だったわけで、それでずっと書き抜いてみたら、なかなかおもしろいなって思って。そのうちに「紙」でしょ。「文字」でしょ。「紙」は大好きだった。『染織の美』という染織の雑誌があって、その仕事を二年か三年続けていたんですよ。それで、染めに非常に興味をもって、そうしたらいろいろな色が出てくるから、紙にこんなに色がつくっていうのはどういうことかって、その前の紙はどんなのだったろうって、結局、寿岳文章先生の本とかを読みはじめて、紙にまたのめり込んじゃって。染色があったから、紙にのめり込んでいったのね。結局そういう文化っていうのが、全部上り坂で、上りつめるところに『源氏』があるんですね。

三田村　そうですね。本当にそうだと思います。

尾崎　上りきってはいないんですよね。上りつめるところだから、『源氏』の舞台っていうのは。一条天皇より百年くらい前のあのへんが、いちばん上りつめる勢いがあるから、おもしろいんですよね。

河添　本当に紙でも、唐の紙があり、高麗の紙があり、国産の薄様がありと、それぞれがそれぞれの国の文化を背負いながら、非常にうまく使い分けられている。唐の文化があって、高麗の文化があって、日本の文化があって、それを代表する形で紙が出ているっていうことが、『源氏』では強調されていますよね。『恋文』がそういうことを詳しく書かれた、初めての本だと思うのですが。

尾崎　そうですね。それでいろいろなことが分かったわけですよ。私たちの年代では、ふすまのことを「唐紙」って言う。「唐紙」って何だろうって思っていたんだけど、プリントした紙だったんだってことを、これで始めて分かったし、自分の発見がたくさんあって楽しかった。

三田村　研究者的資質と、さっきうかがったお父様の影響とかをすごく感じて。

河添　学者の家に育って、学者の奥さんであって（笑）。

尾崎　やっぱり学者の基礎研究があってできることなのね。結局。松本清張さんのものなんかを読んでいると、学者に反抗しているようなところがあるんですよね。

河添　古代史についての。

尾崎　ええ。そうじゃなくて、学者には言えないところというのがあるわけでしょう。その言えないところを素人なら言えるわけだから、特に私は女で、作家なら言えるからということで、そういうところを埋めていくわけよ（笑）。そうなんですよ。

三田村　感覚で攻めるところがすばらしい（笑）。

尾崎　実際皆さんの、学者たちの成果を踏まえているから。

三田村　そうですね。そこは手堅くきちっと押さえていらして、それがすごく作品そのものの読みと結びついて、ぐっと読めてくるところが魅力的で、やっぱりさすが（笑）。

尾崎　皆様のおかげという感じで、女だから許されるのかなと思いながらやっていられるところもあったし。どなたか『源氏』の先生がね、こういう仕事をしてくださると助かるんですよねっておっしゃったの。それ分かるような気がするのね。学者では言い切れないんでしょうね、きっと（笑）。

『恋文』はエッセイスト賞に選ばれたけど、私自身としては『薫り』が一番好きなの。『薫り』をやっている時が一番楽しくて、今でも編集者が言うけど、「すごかったですねえ、追い込みのあの時は」ってね。なにしろ、分からないということが分かるまで調べないと書けなくて、結局、調べても書かない場合もある。滋野直子とか縄子とかという貞主の子孫たちがいるわけでしょ。

三田村　すごい才女がたくさんいるんですね。

尾崎　それが同じ人なのか、違う人なのか、調べても調べても分からないんですよ。系図とか、その時は同じことを十日くらい調べて、結局一言も書かなかったんです（笑）。あの時は、すごかったって今でも言われちゃう。

三田村　もう出すことが決まっていて、分かっていて、締切りがどんどん切れているのに、気にしていらっしゃらなかったんですね（笑）。

尾崎　そう（笑）。それで結局は何も書かなかったの。

三田村　隠れたところがすごいんですね。

尾崎　今もちょっと日本香料協会というところにね、「平安時代の薫香」というのを、八回くらいかな書いているから、もう百枚か、もっと書いているんですけど。

河添　『薫り』以降の、尾崎さんの薫り論のようなものになるのですか。

尾崎　そうなりゃいいんだけど。始めは『薫り』をもとに書いていたんだけど、やっぱり発見がありますよね。後から段々と。それと、これに書いた藤原範兼の部分というのを、もうちょっと詳しく調べて、それからたとえば紫の上と薫香、花散里と薫香とか、そういう組み合わせなんですよ。それがおもしろくて。僧長秀っているでしょ。あの人が、こういう、素焼きのかわらけみたいなのに穴を開けて、何重にもしておいて、下で伽羅炷くんですけど、そうすると、沈香の油脂がそこのところを抜けて付着する、それをそぎ取って、薫りのエッセンスを作ることを書いているのね。この人はどういう人だろうと思って歴史事典や何かで調べても出てこないし、そうしたら、『今昔物語』を読んでいたら出てきたの。そういうのがパッて出てきた時ってすごく嬉しくて、やっぱり唐から来た人なんですね。そういうのにぶち当たるのが嬉しくて、結局いつまでたっても、薫りからは離れられない。

三田村　私も少し薫りの感覚について書いていますが、河添さんも、薫りについては書いてらして。

河添　いえ、私は『薫り』の本を読みながら考えたっていうか、『薫り』の方はブレンドの問題が中心ですよね。私が興味があるのは、『源氏物語』の中には梅枝みたいな巻があるわけですけど、ブレンドの元の原材料のようなものを光源氏がどうやって入手しているかということなんです。

ところで、『薫り』の次に『明り』になさったのは、なぜですか。

尾崎　『明り』は先にしたくなかったんですよ。本当は「彩り」を先に書きたかったんですけど、どうしても向こうが明かりでいけと言うもんですから。あまり売れていないみたい。今度の本は今までとは違って、最初のほうに仮説を立てておいて、それを証明するようにしていて、ちょっと固いんですよね。要するに、ほの明かりの美学というのを証明していく形を取っちゃっているから、こなれきっていない。本人としては、夕顔の巻を分解することでかなり分かるという感じでやっている。

河添　私、『明り』もとても好きで、たとえば、雨夜の品定めの時に、たくさんの照明があって、ともし火が特別な表現だとか、専門家が読んでもあっと思うようなご指摘があって、私も、火影とか月影とかが、『源氏』ではおもしろい使われ方をしていると考えていて、本当に『源氏』というのは、自然の光とか、人工の光でも、それぞれに非常にうまく使い分けている。そういうところもおもしろくて、この本も題を見た時、まっ先に買ってしまったんです。

尾崎　書いている時はきつかった。今までのように楽しみながら探索していくっていう感じじゃなかったんですよ。追い詰められながら書いた。本人はきついなあというイメージ。十分書きすさんだっていう感じがないのよ。ただ、『紫式部日記』に、御帳台の中に明かりが灯っているというのを見つけた時は、非常に嬉しくって、ずいぶん昔に見つけたんですけど。何しろ世の中に蔓延しているイメージは、真っ暗な中に手探りでっていう感じしかないから、嘘言えって（笑）。

河添　現代と同じように、枕もとにもライトがあったという。

尾崎　あと、屏風の向こうに置いてあるっていうね。やっぱり揺らめく火影って一種独特でしょうからね。ただ、それこそ『枕草子』の方弘じゃないけど、ひっくり返すでしょ。油単の上を歩いていて。ああいうので火事が多かったでしょうね。明かりから出た火事っていうのが、結構あったんじゃないかなって気がしますけどね。

三部作その後、色と音

河添　次作は「源氏の色」ということになりますか。

尾崎　まあ、伊原さんが書いていらっしゃるからねぇ。ただ私が書くなら違う切り口になるだろうから。もう十年くらい前に、全部ピックアップして、どこに何が出ているっていうのは全部カードになっているんですよ。どこに切り込もうかっていうのが、なかなか難しい。染織に凝っていたから、染織の問題にまで踏み込むのかっていうこともあって。それから、色を見せないで言っていいのか。大体、日本の色っていうのは、感じる色であって、ＪＩＳ規格何号っていう色じゃないでしょう。だから、今の「色の手帖」とか見ていると、嘘って思うわよね。この色って決められちゃ困る。紅花染のきものを持っていますけど、こっちから光が当たる時とこっちからの時とでは、全然色が違うでしょ。黄色と赤が。黄櫨染の御袍だってそうですよね。太陽の色というけど、それはやっぱり黄色と赤があるということ。それをこの色でございって印刷されちゃ困る。もっと前に、色を書かないかという話があったんですけど、ここでぶつかっちゃったの。色を提示するかどうかということで。そうしたら、片一方で、今残っている平安朝のもので写真にしましょうという話があったんですよ。これも困るのよ。千年前の色と今のとでは違うでしょ。褪色して。たとえば、什器なら根来塗というのはあるんですよね。今でも幾らか。ただ、着るものは残っていませんしね。

三田村　むしろ、あせる色が日本の色ですよね。いつまでもしっかりとあるものではなくて。

尾崎　なべてうつろいの美ですよね。

三田村　そうですね。

尾崎　いつか法隆寺の幡を見せていただいたんだけど。外側はまったく灰色だけど、縫い目の中は紫、その紫の色もけっこう明るくてきれいなのね。だからそういうのを書くのは難しくて、ずっと後回しになっちゃっている。

三田村　きっと尾崎さんのなら読みたいっていう人がいるんじゃないですか。

尾崎　書きたいには書きたいんだけど、体力が落ちてきてしまっているから。

三田村　この『源氏物語』が出て、歌の方でも受賞されて、全部尾崎さんが今まで積み上げてこられていたことが頂点を極められたという感じですね。

尾崎　そうですね。いろいろなことをしてきたけど、無駄になることはないわね。たとえば、ほんのちょっとだけど乗馬とか、そういうようなことでも、馬のことを書こうと思うと非常に楽なわけよね。『梁塵秘抄』を書いている時に、あるでしょう。

三田村　あらゆる感覚が生き生きと躍動するところが。

尾崎　何でもできるってことは何にもできないことだって、よく人に言われたけど、考えてみたら、何一つ無駄になっていないと思う。たぶん下の方から支えることになっているんじゃないかな。

三田村　最初はたぶん、何でもおできになるから、ちょっとかじってみて、専門ではないという気楽なところから入るのが、一番効果的ですね。

尾崎 そうですね。それしか知らない人よりも、目が届くかもしれない。でも、全部知るってことはできないから、自分の知っている範囲ですけれど、それでいいんじゃない。完全なものなんてありえないんだし。

河添 『源氏』の「音」についても、お書きになりたいということを…。

尾崎 「音」も、ほとんど資料は済んでいるの。これは『挿花』ってう小原流の月刊誌があって、そこに一年書いたんです。

河添 生け花の雑誌ですか。

尾崎 ええ。「源氏物語の音」というので。切り込みは「千鳥の声」とか「波の音」とか、こういう場面があって、こういう心理でこうなったっていう書き方だから、分析しているわけではない。でも、それが百枚くらいあるから、それを入れればね。書くのはそんなに難しくはないけど。山田孝雄先生の例の『源氏物語の音楽』がありますし。それでもう十年以上前から、雅楽を聴きに通っていたんですけど、なかなかね。

河添 三田村さんも、音は…。

尾崎 もうねぇ、すばらしい。三田村さんの講義に、私のところに来ている人が、通っていて。

三田村 そういえば、そんなことを言っていました。尾崎さんのところに出ているって。

尾崎 自分のノートをずっとよこしてくださっているから(笑)、大体何をなさっているか知っているの。それでお目にかかりたいと思ったわけ。これは、まだまだいろんな風に取り上げられるでしょう。広がりのある素材だと思う。

三田村 以前三谷と一緒に講演なさった時に、音について書くっておっしゃっていたので、これはいけないと思って大急ぎで『源氏物語感覚の論理』を刊行したんです(笑)。

尾崎 ほんとに(笑)。好きなように書かれればいいんですよ。切り込みが違うんですから。

三田村 そうですね。

河添 三田村さんは、宇治十帖と源氏の正編の音の世界は違うんだっていうことを、非常に鮮やかに分析されているんですけれど、尾崎さんご自身は、宇治十帖と正編の違いのようなものを、どんな風にお考えになっていますか。

尾崎 『薫り』の中に書いているんだけど、やっぱり宇治十帖というのは、墨絵の世界で、色彩が消えていて、そこに薫りが入ってきているわけで。やはりあれは、出家してから後に書いていると思いますね。なんとなく墨色の世界ね。それだからあれだけ匂いが立ってくるわけね。その前に若菜があるから、若菜は色があふれているでしょ。その色を全部消しちゃったのはすごいなぁ。私は紫式部が書いたのだと思いますね。ただ、どうしても出家した後だと思うし。最後の終わり方がいいわね、すっと消えるような。たとえば音だって、宇治川の音がずっと流れているじゃない。

三田村 そうですね。

尾崎 そういう意味では、目に見えないものっていうか、そういうものを捉えて書いていたと思いますね。

『源氏』と歌

河添　歌人として、意外に『源氏物語』の歌についての評価というものを、あまりしていらっしゃいませんよね。どういう状況で詠まれた歌か説明はあっても、歌人として見た『源氏物語』の歌とか、今、NHK歌壇で自然詠についてお話されていますけど、『源氏物語』の自然詠について、何かありましたら。『源氏物語』を、さっき歌物語とおっしゃいましたが。

尾崎　やはり、決定的に紫式部という人は、物語作者だっていうことですね。だから、歌もTPOに応じて、その時その時に非常にいい歌を、ピシャッとあてはまる歌を作っているし、うまくいかないと地の文でこんな下手な歌をなんて書いて弁解したりしている。だけど紫式部本人の歌を家の集で見ると、うまくないですね。一通りね。だから、例の伊勢大輔に「今日九重に匂ひぬるかな」の時に、場を譲ったというのは、できた人としての評価はあるんでしょうけど、歌に自信がなかったんだろうと。重代の歌人である大輔の方に花を持たせるというより、自分が変なことをするのが嫌だったんだろうなって、そういうタイプの人だったんだろうと。だから私は嫌いなんですよ、紫式部は。だけど小説というか、私は心理小説だと思っているんですけど、そういう点で言うと、これは比べもののないくらいすばらしくて、その中に点じられている歌としては、それしかないっていう歌ね。だから定家以来、『源氏』はずっと歌の見本として伝えられてきたわけでしょ。こういう場合にはこういう歌を返せばいいという、一つのお手本として伝えられていると思うんですよ。特に大名とか、そういうところでは。そういった価値はあるでしょうけど、一つひとつ取り上げてみると独立性がないから。現代短歌とは違いますが。

河添　一つひとつ切り出して、それだけ出してどうという歌ではないっていう。

尾崎　そうね。それと、職業歌人的な歌の価値をきちんと知っている人ということで言えば、伊勢大輔は別として、あとは和泉式部ね、これはみんなが認めていて、この人はすばらしい才能だと思うんですよ。だから赤染衛門にいろいろ言われても、赤染衛門の歌よりも、和泉式部の方がいいでしょ。そういうものを紫式部は十分認識していると思いますね。だから自分はそういう歌は作らないと。失敗はしないと。そういう職業歌人的なものができてくるのは、和泉式部あたりからでしょ、たぶん。

河添　題詠を詠むような？

尾崎　まぁ、歌合に指名されるとか。もうちょっと後、寛子皇后春秋歌合とかあのあたりになるとね、四条宮筑前とか女御殿百合花ですか、あの人たちの歌は、非常に好きなんだけど、そこいらへんになるとかなり職業的になって、それから『新古今』に至れば、これはもう職業歌人でしょう。そう思いますよ。宮内卿とか俊成女とか。

河添　ハレの場に出て詠む歌ですよね。ケの日常の営みの中で生まれる歌とは別ですよね。

尾崎　しかもあの頃になると、それこそ机の前に座って書いている。あれが出てくるのは『新古今』くらいですよね。紫式部はそれより前だからね。

三田村 伊勢の御なんてどうですか。

尾崎 私わりあい伊勢は好きですね。だけどあれは本当にハレの歌かしら、ちょっと分からないけどね。伊勢は『古今』の中で一番多いんじゃないですか。

三田村 女性の中では一番多いですね。

尾崎 あの人はもうちょっと評価されていいんじゃないかと思うけど、歌そのものに関しては、歌人の立場から言うと、小野小町の方がうんといい。あのふくよかさっていうのはほんといいわね。私は小野小町のファンなの。

河添 「短歌」での馬場あき子さんと安永蕗子さんとの鼎談では、やはり皆さん六条御息所が好きだっておっしゃっていますね。

尾崎 なんか、みんなそう言っているのね(笑)。

河添 それはやはり、六条御息所の歌が一番いいからでしょうか。

尾崎 そうじゃないですね。やはり、同性としてかわいそうなのよ。ようするに教養があって、前坊の未亡人で、それも、帝から自分のところにって言われているのに断って、あんな若いのにちょっかい出されてなびいちゃったために、もう誇りもメタメタになる。だけど、自分の中にある嫉妬のようなものに気づいているわけでしょ。もしかしたら私が生霊になっちゃって、髪を引きずり回しているんじゃあるまいかと。自分を責めるかわいらしさね。女としてはとってもかわいいと思うし、しかも誇りがあるから二度と会うまいと思って伊勢に下ろうとすると、また光源氏が榊かなんかを持ってちらちらやって来てね、斎垣を越えてとか何とか言われると、ふらふらっと一夜を明かしてしまう。で、露の別れで。光源氏の方は自分のお兄さんに、こういう素敵なことがあったみたいなことを言ったりするわけでしょ。女の方は人に何にも言わないですよね。男ってけしからんって思うし、そういうのになびいてしまう女のかわいらしさ。ぜったい世阿弥が悪いんですよ。世阿弥が般若の面にしちゃったのが。

河添 同じ鼎談で、『源氏物語』の普通の地の文でも、見事に五七五七七になっている箇所があると話されていたのでは。言われてみると、風景描写なんかがじつに見事に五七五になっている箇所があって。

尾崎 風景描写は実にうまいのよ。『源氏物語』は自然描写がうまいんですよ。何でもないように書いてあるんだけど、あの紅葉賀とか、うまいなと思いますね。

河添 歌以上ですね。

尾崎 すごいですよ。あれは結局、歌の教養からきているんです。どうしても四季の歌、特に春秋が支えてる。『古今集』なんて、夏の歌なんてこれっぽっちしかない。

河添 専門家でも引歌っていうのは分かるんだけど、そうじゃないところでも、ちゃんと五七五七七になっている。歌人が読むとそこまでわかってしまうと驚いたんですけど。

尾崎 やっぱりそうなのよ。普通にしゃべっていてもそういう言葉が入っていたんじゃないかな。特に恋人の前ではちょっとしゃれたりしようとして。

三田村 言葉を少なくして、しかも伝えようとすると、そういう韻律に入っちゃうんでしょうね。

尾崎　入っちゃうんでしょうね。しかもその『古今集』やなんかの引歌を下に敷けばね。それは強いですよね。

河添　和泉式部でも、『和泉式部日記』を見ると、たんに歌のうまさだけじゃなくて、そこに必ず引歌が入れられているんですよね。

尾崎　当然そうですよね。あの日記の書き出しのところなんかもね。ああ、短歌だなって思っちゃう。『源氏』の夕顔にもああした感じがあるのかもしれないけど。あれもそうですよね、道綱の母も。

河添　『蜻蛉日記』もそうですよね。

尾崎　嫋々と書くでしょう。あれはやっぱり短歌ですよ。

河添　道綱の母はやっぱり歌人ですね。歌人が書いた散文ということですよね。

源氏ブームについて

河添　現在の源氏ブームについて、何かご意見がありましたら。この特集も源氏文化ということで、もちろんそれは中世から現代の源氏ブームまで含めての特集なんですけれど。

尾崎　今、誰でも触れられるようになったということは、すごく嬉しいですね。戦争時代から知っていますからね。『源氏』なんて本当に、学者の方は学者の方で、素人の触れるものじゃないってことで神聖にしちゃって、片一方では、あんな不倫な話に触れちゃいけないって。そういう片寄った中から見ていますから、今、誰でもテキストを勝手に手にできるという喜びは、もっとみんなありがたがってよ（笑）、という感じ。だからマンガになろうとアニメになろうといいと思うんですよ。それで『源氏物語』というものに接触するチャンスが多くなったっていうことはいいことじゃないの。できれば、最後には原文に触れてほしいなっていう気は強いですが。

河添　あまりにも『源氏』に対する幻想のような、そういう思い込みが大衆化されて、なかなか本当の『源氏物語』までたどり着けないみたいですね。

尾崎　何となく『源氏』らしいものに触れて喜んでいるし、そういう感じはありますね。

河添　本物とはちょっと違うところを見てしまっているみたいな。

尾崎　自分の中で幻想を持っちゃうわけでしょ。それはそれでいいと思うけどね。それ以上にもっと本物に触れたいっていう人が増えないと、怖いなとは思うけど、それがいけないとは思わないですね。ただ、「みやび」とか、言葉がひとり歩きして、本当の意味での宮廷風という、あのいじわるな、あんなところには絶対に行きたくはないと思うような、その緊張感というか、その狭い中に入れば、しびれるほど楽しいんだろうけど、ああいうことを知らないで「みやび」って言って、優雅なものは全部「みやび」と思うのはちょっとどうかなって思う。なんでも一つの言葉で、全体を平板化しちゃうところがあるでしょ、この頃の傾向として。だから『源氏物語』というと、それに関してのイメージがすごく平板になっている感じがする。

三田村　でも、講演会とか、があると『源氏物語』だと人が来るんですね。
尾崎　『源氏』って聞いただけで集まってきちゃう。
三田村　聞きたい、という人が多い。でも聞くっていうことには積極的なんだけど、読むっていう動きそのものが、普段から日常的に読む行為が非常に少なくなっているので、だめになっている。あれだけ長いものを息長く読んでいくことがなかなかできないっていう。そのギャップがものすごく離れていて、一部の人はものすごく丁寧に読んでいるし、長く読むことが逆に楽しみであるという、こういう時代であるからこそ楽しみであるっていうことがはっきりしてくるんだけど、そうではない人が多いですね。私たちも『源氏研究』をやりながら、そこをつなぎたいと思っているんですが、力がないのです。
尾崎　『源氏物語』は受け継がれてきたわけでしょうけど、江戸時代になると『源氏』を読んでいる人って、ほとんどいないわけじゃない。
河添　源氏能や連歌だって、原文よりも梗概書にもとづいているわけですから。
尾崎　だから、古式源氏香なんて、全然出てこない名の人が出てきたりして。だけど、「源氏をよまぬ歌詠みは遺恨のことなり」という定家の言葉があるから、連歌師たちはみんな読んでいるというのが表向きの看板なわけでしょう。なんだけど、本当に読んでいるとは思えないわね。お香やる人と連歌師って大体一緒ですからね。お茶も……。
三田村　そうですね。江戸時代の様子っていうのは、絵本が出ますよね。ああいうものが出て、爆発的に読者が増えたんで、まさに今の人たちが、絵と一緒に『源氏』を享受するのと同じなんですけどね。
河添　近世の遊郭を表した絵なんかでも、色男の後ろには、『伊勢物語』と『湖月抄』が並んでいたりして。業平と光源氏がプレーボーイの代表というわけ（笑）。
三田村　かならず『源氏物語』ですよね。
河添　でも実際読んでいるとは思えないし。
尾崎　それを考えたら、同じなんですよね。今も。
三田村　同じことがくり返されている感じですね。
尾崎　そういうものが、わいわいみんなの目に触れて、それに触れないと歌人じゃないみたいな、あるいは教養がないみたいな、そういう世の中なんだから結構よ。戦時じゃないんだから。戦争中にこんなもの読んじゃならんって言われたときよりも、今の方がいいと思いますよ。
三田村　まさにそういう時代に、尾崎さんが架け橋になっている。
尾崎　架け橋にならなくちゃっていう気がすごく強かったわけで、私くらいの年代が最後だと思ったから、架け橋になろうとしたんだけど、本当のことを言うと、架け橋は嫌になっちゃったの。
河添　自由に作りたいということでしょうか。
尾崎　紫式部のために、こんなに縁の下の力持ちばかりしているのは嫌だ。疲れたとか思って(笑)。これだけブームになってきたんだから、誰もがやれるんだから、もういいやと。

王朝小説について

尾崎　今書いている小説がね…。

三田村　小説なんですか。

尾崎　小説なんですよ。うそみたいなことを書いているんですけど。色が白くて、赤い髪の男の子が出てきたり、それが比叡山の渡来僧に付いてきた若い侍僧の落としだねだったりするのよ。その髪の毛を染めるのに、何で染めたらいいんだろうとか悩んでいるの（笑）。五倍子《ふし》染めかしらね。『滅びの華』っていう題で、小さい雑誌に書き始めたの。本人はおもしろくてしょうがないのよね。こんなに楽しい仕事があったんだって、今まで、石橋をたたいても渡らないくらいの仕事をしてきたでしょう。今度そこから開放されて、基になっているものはできるだけ踏んでいるんですけど、一年や二年違っていても全然いいという感じでね。歴史を書いているわけじゃないからいいやと思って書き始めたら、みんな騙されるのよ。今までの仕事はちゃんとやっているから。私が勝手に暗号になっている歌を作って、それを大江匡房のところへ届けるというのを書いたら、あの歌はどこに出ているのですかって(笑)。嬉しくなっちゃって。大江匡房はちゃんと出てくるのよ。でも、実際にしたことかどうかは分からないし、白河天皇の最初の皇子が双子だったりして。嘘よ。皆さんが本気にするからおもしろい。

河添　昔、与謝野晶子についても、『恋ごろも』という小説をお書きになって。

尾崎　あれは小説仕立というだけで、資料があるところはきちんと踏んでいるんですよ。ないところを作っているだけで。立体化しないと分からないんですもの。

河添　そういうものとは違った意味での、本当の小説なんですか。

尾崎　今度は全く物語。何を書こうとしているのかって、書いていて自分でも思うんですけど、聞かれたら「院政」を書きたいんですって答えるんですけど。ほんと少しのページしかもらえないんですよ。小さい雑誌だから。最初書き出すでしょ、最後になると思っていたことと違っちゃうんですよ。突如そこにいったら家が燃えていたりね。突如ひらめいちゃうんですよ。何かおもしろくってね。私こういうものが書きたかったんだって、やっと分かった、この歳になって。

河添　これからは王朝小説家として（笑）。

尾崎　安倍晴明を書こうとしたら、この頃だれかが書いていて。それを裏に回しちゃえば書けるから。花山院を書こうと思っているんですよ。

三田村　花山院はおもしろそうですね。大江匡房もおもしろいですね。すごく変わっていて。

尾崎　呪術の系統と学者の系統と両方持っている。それで出世欲もあるし、具合の悪い時は、すっと身を引くし。

三田村　わがままいっぱいで暮らしていて、それで、もう書くことが好きで好きでしょうがないでしょう。

尾崎　そうですね。なんで今までみんな書かなかったんだろう。私はでも、大江匡房が主役ではないんです。「院政」

が主役。だから、白河、堀河、鳥羽、崇徳、そこいら辺まで書きたいのよね。ようするに待賢門院よ。だから、出てくるのが、西行の子供時代。そんなの本気にされたらどうしようとか思いながら。

三田村　でも、西行の家っておもしろいですよね。それこそ、『梁塵秘抄』やなんかに出てくる、歌謡を集めた清経という人の孫にあたるんですよね。

尾崎　清経の孫なんですよね。

三田村　芸能の家の血を受け継いでいる。

尾崎　だから、そういうところの血を入れておいて、猶子だったということにして。

三田村　このまま『源氏』の「音」についても書いていただきたいし、「色」についてもぜひ書いていただきたいなと思っていたのですけど。

尾崎　そうね。力があればね。

三田村　今までのを見せいていただいて、それはたくさんあるとわかります。

尾崎　いやもう、時間との競争ですよ。この歳になると。やっぱり優先順位ができちゃって。

三田村　そうですね。

尾崎　まとめておきたいと思うことはいっぱいあるんですけど……。

三田村　本当にお話をうかがっていると、尾崎さんは出すと決めてしまってから、エンジンがかかるんですね（笑）。どんどん追いかけられるようにして、走っていかれますね（笑）。

尾崎　書き散らしているものがいっぱいあるから、それだけでもまとめれば、何冊にもなるくらい書いているんですよ。だけど書き下ろしが好きなの。少しずつ書いてまとめるのは嫌なんで、それで時間がないんですよ。

三田村　短いエッセイもとてもお上手ですけど、こういうたくさんのものを書くときの特別な興奮というものがあるのでしょうね。

尾崎　私、どっちかっていうと長編の方が向いているんじゃないかしら。昔は小説書くなら短編だと思っていたんですよ。だけど、秘書として手伝っていた小説家の先生に、「あんたは体さえもてば長編作家向きだ」って言われたことがあるの。今になってみるとよくわかるのね。多分こういうのを書くのでも、一冊見通して書かないと、できない。それこそ機が満たない気がして、一回一回でこういう風になっていくのが嫌で、一気にガッーっと書く方が好きなんで。だから、色にしても、音にしても、資料は全部そろっているんですけど、階段を上って、上から駈け下りる時間がないっていうかね。なにしろ歌人でもありますんでね。もう歌人やめたいと思って（笑）。

三田村　どっちが本業なんでしょうね（笑）。

尾崎　歌人って損ですよ。歌人が何かやっているって思われるから。ただ一ついいことは、作家の立場からものが言えるの。学者の人と話していると、作家の立場からものが言えるのよ。短歌作者の立場から、それはこうじゃないと言うと、向こうは作らないから反対できないという（笑）。それだけはいいと思うんだけど、それ以外は歌人っていやですよ。晶子にしてもかの子にしても、書いてはいますけど、自分の一番嫌なところをさばいている気がして、歌人のことを書くのは苦手。
河添　そうですか。
尾崎　迢空賞をもらうまで、いろいろあってね。十五年もやめていましたから、短歌を。
三田村　でも詠んでいらしたんでしょ。歌壇活動のようなことはおやめになっても。
尾崎　詠んでもいなかった。
三田村　そうですか。アメリカでも詠まなかった？
尾崎　アメリカに行った最後ぐらいに『黒人街』というのを作って、その後、十何年やめていたんです。その間、二度と歌集は出すまいと思ったの。それでやめていたのに。
三田村　やっぱり韻律みたいなものが、幼い頃から体に組み込まれている。早いうちから始められたから。
尾崎　そうねぇ。短歌の韻律を知っていることで、文章が書ける面もありますしね。あの、ラジオの仕事をしていて、どうしてもうまくいかない時には、五とか七とかいう音を入れていくと、非常に聞きやすくなる。それは不思議に。ちょっと、五とか七とかを入れてみると、じゃまみたいに思っても、色のない言葉って私は言うんですけど、色のつかない言葉ってあるじゃない、そういう言葉をフッて入れておくと、呼吸が楽になるのよ。言葉の呼吸が。普通の息づかい、こっちが楽な息づかいで書けば、読む方も楽ですから、そうしたことに短歌は役に立ちますよ。言葉の収集は否応なくするでしょ。だから、言い替えの技術がうまくなるんですよ。こう言いたいんだけど、この言葉じゃ隣の歌と同じになっちゃうから、言い替えをしたいというときに。
三田村　それはすごく違うと思います。
尾崎　それが文章にも活きるんですよ。
三田村　そうですね。
尾崎　だから、次の行に同じ言葉があまり出てこないとか、言葉の終わり具合を変えるとか、長さを変えるとか、全部息づかいだと思うんですよ。吐く息、吸う息。
河添　だから、読みやすいんですね。
三田村　高度なんだけど、読みやすい。
尾崎　本当にものを読む人っていうのは、耳から入っているような、声を聞いて読んでいるんです。無意識に。ただ目で追っているだけではなくて、自分の架空の読み手の心地よい声を、自分の程よいスピードで、聞くように読んでいるんですよね。だから、それにすっと入れるような文章の方がいいわけでしょう。
河添　今日は、盛り沢山のお話を本当にありがとうございました。「尾崎源氏」の世界を堪能させていただきました。
三田村　私は実は四月から尾崎さんの源氏訳をずっと朗読しています。学生で障害があって、源氏の本文が読めない学生に、読んであげたいと思って、今、少しずつ始めている所です。調べの美しさに魅せられながら、読んでは解説しているのですが、素敵だなと思うところと、やっぱりちょっとと思う所と両方ありますね。省略されている部分は、筋書的には不要なんだけれど、源氏物語の重要な細部でそれがないと源氏にならないという感じもします。そこいらへんが現代語訳のむずかしくて魅力的な所なのでしょうね。

中国における『源氏物語』研究

張　龍妹

一昔前に、まだ『源氏物語』を「農業の本ですか」などと聞く理工系の学生がいたが、今では、大学を出たぐらいの人なら、『源氏物語』が日本の古典名作で、世界の最初の長編小説であるということは知っている。中国語訳の発行部数を見るだけでもその普及ぶりが窺える。豊子愷訳は八〇年から八六年までの三刷二十五万三千部、九五年に二万五千部、九八年一万部、そして、九六年に新しい翻訳が出版され、その発行部数は五千部になっている。この外に、またかなりの数になる『外国文学史』『外国文学鑑賞』と題する教科書類に必ず取り上げられているため、『源氏物語』はすでに『ハムレット』や『神曲』に劣らないほどの知名度を獲得している。

ところが、たとえ大学で日本語を教えているような人でも、『源氏物語』の内容を必ず知っているとは限らない。そのような人からも「『源氏物語』は『紅楼夢』に似ていますか、それとも『金瓶梅』に近いですか」といった質問がよく出されているように、このような『源氏物語』理解がかなり根づいている。これは一方では今までの源氏研究のあり様を端的に示しているものである。以下は中国における源氏の紹介・翻訳・研究の実態を分析し、問題点と当面の課題について考察してみたい。

教材に見る『源氏物語』

『源氏物語』がはじめて紹介されたのは今世紀三〇年代ころのことである。それは謝六逸の『日本文学史』『水沫集』『日本文学』などに散見される一連の文章によるものである。[*1] 謝氏は『源氏物語』を、仏教思想を背景に、人情を中心とした、平安時代の宮廷生活と貴族生活を描いた作品で、「竹河」巻までを光源氏を主人公とした正篇で、「宇治十帖」は続篇であると紹介している。そして、作品の特徴について、歴史的な色彩が強く、人間の魂と愛欲の闘いを描いた、歴史を経度とし、現れては消える女性たちを緯度とした、恋愛心理の描写に長じた小説であると評している。研究論文はついに著されなかったようであるが、五四帖の内容を巻ごとに紹介し、源氏の味わいは全くその原文にあり、概要を読むだけでは、無味乾燥なものだと思われても怪しむに足りないと述べているように[2]、氏の源氏理解にかなり深いものがあるように思われる。

それからは時代が一挙に八〇年代に下る。朱維之編『外国文学簡編』（亜非部分）（八三年）、張効之編『東方文学簡編』（八五年）、陶徳臻編『東方文学簡編』（八五年）、季羨林編『東方文学作品選』（八六年）、呂元明著『日本文学史』（八七年）などにおける『源氏物語』の紹介である。[3]これらの教科書では、一律に以下の四点から作品分析を行っている。(1)光源氏の権勢の消長を通して、貴族階級の権力闘争を見事にとらえ、貴族政治の腐敗と摂関政治の盛衰を暗示したものである。(2)上層貴族の頽廃した精神生活を暴くとともに、一夫多妻制下に喘ぐ多くの女性像の造形に成功している。(3)心理描写や場面描写に長じているが、重複やくどいところも多い。(4)女性の運命に深く同情を寄せながら、好色の光源氏を雅びで多情な貴公子として描いていることには、貴族出身の作者の限界がある。

このような読みは基本的に豊子愷訳の訳者後記、及びそれに基づいて書かれたと思われる葉渭渠氏の「前書き」の主旨を引き継いだものである。[4]『中国大百科辞典』でも同じく葉氏が執筆しているから、この説はほぼ定説となっている。最近では、このような読みは、長年中国人を支配してきた〃階級＝社会〃という、人間社会のあらゆる現象を階級性で説明しようとするイデオロギーに由来するものだと批判する声も聞かれる。[5]しかし、それ以降の論文などにいくらかの影響を及ぼしているように思えないし、九八年に印刷された豊氏訳は葉氏の同じ序文で発行されている。豊氏の訳者後記は訳を終えた六五年一月に書かれたものである。あれから源氏の読みが変わっていないということになるが、改革開放で経済的には目ざましい発展を遂げているなかで、思想面での活生化はまだまだ見られない。

そして、それらの教材におけるストーリーの解説に誤読が目立つ。浮舟が宇治川に飛び込んで自殺しようとし、横川の僧都によって川の中から救出されたといった類のものはまだ許されるとしても、光源氏が女三宮と結婚したのちの紫の上の寂寥ぶりを単なる彼の「貪恋新歓」のせいだ[6]、と割り切るのは不十分である。それでは光源氏と紫の上がそれぞれで抱え込んでいる苦渋が理解できないばかりか、第二部の基調まで歪められることになる。女性関係と政権争いを結びつけるために、光源氏と朧月夜の関係をめぐって、光源氏が右大臣側の後宮政策を破綻させるためにとった行動であると説明し[7]、右大臣側が光源氏を失脚させるべく故意に朧月夜との密会のチャンスをつくったともいう。[8]これでは、もう恣意的な解釈としか言いようがないのである。

複雑な男女関係になると、痛烈な批判を繰り返している。中国では古代から親戚間の結婚が厳しく禁止されていたのに、源氏には光源氏と藤壺の関係を始め、五服以内の交渉が多く語られている。それに「後見」の複雑な関係を理解できないため、光源氏は養女格の秋好中宮と玉鬘に恋心を抱いているばかりでなく、同じ養女としての紫の上・女三宮と結婚していると解読されている。[*9]これでは、源氏は「乱倫」の書だと思われても不思議ではない。

中国語訳をめぐって

豊子愷より前に、銭稲孫が一九五七年に『源氏物語』の翻訳を試みたが、「桐壺」巻だけが刊行された。[*10]豊子愷が『源氏物語』の翻訳を引き受けたのは六一年のことであった。その年の八月から参考資料の購入などの準備作業にとりかかり、一二月から翻訳を始め、三月九か月かかって、六五年九月に完成した。[*11]源氏との出会いについて、氏はこのように語っている。若いころ、東京の図書館で『源氏物語』を見かけ、開けてみたら、全部が古文でほとんど分からなかった。その後、与謝野晶子の現代語訳を読み、中国の『紅楼夢』に似ていて面白かった。あれから古文を勉強し、「桐壺」巻を口に諳んじるほど熟読し、中国語に訳すことができたらとも考えたが、ちょうど美術と音楽に熱中していたころだったから、決心することができなかった。このようないきさつがあったため、四〇年後出版社から翻訳の話が持ちかけられると、快く引き受けたという。[*12]

翻訳の底本は明らかにされていない。当時日本で出版されていた注釈書や現代語訳をほとんど手に入れ、とくに谷崎潤一郎の訳は分かりやすく、また古文に忠実で、原作の趣を留めているからよく参考にしたという。[*13]外国語訳の中で、主にアーサー・ウエイリーの英訳を参照したそうである。[*14]

豊氏の訳は一読して翻訳とは気づかないほどの文体で、読者に親しまれている。とくに和歌の訳詩は、漢詩としても十分鑑賞できるような作品になっているし、和歌の技巧も生かされている。例えば、桐壺更衣が亡くなった後、帝がその母君に宛てた手紙にある、「宮城野の露吹きむすぶ風の音に小萩がもとを思ひこそやれ」という歌の訳を見てみよう。[*15]

　冷露凄風夜、深宮泪満襟。
　遙怜荒渚上、小草太孤零。

一首は原作の趣を見事に再現している。その上、枕詞の「宮城野」に「宮中」を読み取り「深宮」と訳し、「露」に「涙」をきかせてあることをも体得し、「露吹きむすぶ風」を「冷露凄風」と「泪満襟」と二重に訳出している。「小萩」を「小草」と改め、幼い光源氏を指していることをも伝えている。難点は「野」を「渚」に置き換えているところぐらいであろう。

しかし、豊氏訳に誤訳がないわけではない。「若紫」巻に良清らが明石の君について語る場面がある。その中で、従者の一人が明石入道の遺言について、「情けなき人なりてゆかば、さて心やすくてしもえおきたらじをや」と言っていた。この部分の訳は次のとおりになっている。

　不過、儻使双親死了、変成孤児、怕不能再享福了吧。
　（でも、もし両親に死なれ、孤児になったら、もうこのようないい生活はできないだろう）

「情けなき人なりてゆかば」は本文に異同のあるところ

で、通説は「情けを知らない人が国司となって赴任したら」と解されるが、「情けなき人になりゆかば」となっている本文が多く、[16] 明石の君を主語とする解釈も不可能ではない。ただ、たとえ明石の君が「情けなき人になりゆかば」を、「儻使双親死了、変成孤児」と訳すことができても、「さて心やすくてしもえおきたらじをや」には「怕不能再享福了吧」の意味は読み取れない。まして「情けなき人」は「孤児」ではない。豊氏がよく参照したという谷崎の現代語訳とウエイリーの英訳は通説に近い訳となっているから、[17] 豊氏訳の由来がはっきりしない。或いは、それに先立つ「母こそゆゑあるべけれ。……」などと語られる明石の君のかしずきぶりに対する、単なる嫌味言として改作したのかも知れない。

　右の例はまだ物語の筋にさほど影響を与えないようなものであるが、ストーリーを誤解させるような訳も見られる。「柏木」巻に病床にある柏木が女三宮の共感を求めようと、彼女と歌の贈答を行う場面がある。柏木からの「いまはとて燃えむけぶりもむすぼほれ絶えぬ思ひのなほや残らむ」の歌に対し、女三宮は「残らむ、とあるは

　立ちそひて消えやしなましうきことを思ひみだるる煙
　くらべに

後るべうやは」と答えている。この二首の歌の訳を次に示しておく。

（柏木）身経火化煙長在、
　心被情迷愛永存。
（女三宮）来書有〝愛永存〟之語、須知
　君身経火化、我苦似熬煎。
　両煙成一気、消入暮雲天。
　我不会比你後死吧！

問題になるのは柏木の歌の「残らむ」を「愛永存」と訳し、それをまた女三宮が受けているところである。柏木の歌でそのような訳は可能ではあるが、女三宮がそれを受けていると、女三宮も彼と同じ気持ちをもっていることになる。それに、女三宮の歌の訳で、「思ひみだるる」に相当する部分を「我苦似熬煎」と訳し、その内容である「うきこと」を「君身経火化」としている。つまり、女三宮が思い乱れているのは柏木が死にかけていることになる。それで、次の「両煙成一気、消入暮雲天」と「我不会比你後死吧！」は、訳として無理ではないが、女三宮からの柏木への愛の告白になっている。そこから、女三宮と柏木は相思の仲で、柏木が亡くなったのち、女三宮が彼の愛に報いるために出家しているといった読みも出てくるわけである。[18]

　九六年に殷志俊氏の訳が遠方出版社から発行された。それは豊氏の訳を部分的に変えただけの盗作である。例えば、右に挙げた桐壺帝の更衣の母君への歌は、

　夜風送冷露、深宮泪沾襟。
　遙遙荒渚草、頓然倍孤零。

と、豊氏訳とほとんど同じ言葉を使っている。それに、豊氏が「小萩」を「小草」と訳しているのを、「荒渚草」と改めているため、幼い光源氏を暗示しているという意味も取れなくなる。さらに、同じく右に挙げた柏木と女三宮の贈答部分には、盗作の痕跡がよりはっきりと残っている。

（柏木）　身焚青煙却長在、
　　　　　情迷痴心摯愛存。
（女三宮）君言〝愛永存〟豈知
　　　　　火焚君身我心煎。
　　　　　両煙併入碧雲天。
　　　　　我之帰冥、猶在君前。

同じくわずかの言葉しか変えていないが、その変えているところの一つは、豊氏訳の「愛永存」を柏木の歌では「摯愛存」と改めているものである。ところが、女三宮が柏木のそれを受けているところでは、豊氏訳の「愛永存」のままである。恐らく言葉を変えたのを、後になって忘れたのであろう。或いは女三宮の言葉がどこを受けているかそもそも知らなかったかも知れない。注釈は豊氏訳を参照したと前書きに断ってあるが、それでも、靫負命婦を靫負と命婦などと誤解している例が少なくない。これをテキストに論文が書かれることが危惧される。

源氏研究の現状

源氏研究の論文が発表されるようになったのは、豊氏訳が出版される前後のことである。九〇年代初めまでの論文をかつてまとめたことがあるので、[19]ここではそれ以降のものについて紹介しておく。発表された論文を大きく、(1)主題論、(2)影響関係、(3)文学理論、(4)『紅楼夢』との比較、(5)人物論に分類することができる。

主題論は相変わらず「歴史絵巻論」か「恋愛絵巻論」かをめぐるものである。「歴史絵巻論」が多くの教科書に採用され、ほぼ定説となっているため、多くの論文は反論を出すのではなく、物語がいかに歴史事実を反映しているかを説明することに終始している。幸い、主題などにこだわらず、作品をありのままに読もうという声も出るようになった。[20]文学理論関係では、源氏の「悲哀の美」に注目し、そこから日本固有の美意識を見出だそうとする論が多く、ただ雅び、あはれ、幽玄などの概念についての理解に混乱も多い。[21]なかには西洋の理論を用いて、源氏は悲劇であると論証しようとするものも見られる。[22]影響関係については、主に白詩の受容をめぐる論考である。源氏における白詩の引用を、丸山キヨコ氏のような分類ではなく、中国の文芸用語を用いて、「用典」「借境」「取意」「類事」の四項目に分けて説明した論も発表され、[23]面白かった。それから、「長恨歌」と源氏をめぐって、「長恨歌」が諷諭詩としての一面があるように、源氏における引用箇所にも時世を諷諭する意図があるとも論じられている。[24]『紅楼夢』との比較研究では、依然と両作品における光源氏と宝玉、紫の上と宝釵などを始めとする人物造形における近似性について比較するものが多い。

新しい傾向として挙げられるのは人物論である。「話浮舟」という論文では、浮舟が普通の結婚よりも薫や匂宮との密通に心を傾けているのは彼女の私生児としての出身によって定められたもので、出家した浮舟について、薫が「人の隠しするゑたるにやあらん」と邪推しているところを、浮舟の未来を暗示していると読んでいる。まだ浮舟と光源氏についての論しかなく、[25]論述も未熟なものであるが、作品自体を解読しようとする努力が見られる。

それから九四年に源氏研究の単行本がついに出版された。[*26] 陶力氏の『紫式部とその源氏物語』と題する論文集で、八章からなっている。時代背景・作者・概要・女性像・男性像・「長恨歌」との比較・美意識・『紅楼夢』との比較について、それぞれ一章を設けている。論の内容は紹介してきた論文の右に出るようなものではないが、初の単行本ということもあって、中国外国文学学会東方文学分会第一回学術賞の一等賞を受賞している。

近年、日本留学から帰国した研究者や、北京日本学研究センター修了者などが、翻訳によるのではなく、全集や大系の『源氏物語』をテキストに論文を書くようになった。「真木柱」巻と「夕霧」巻における「太行路」の影響を指摘したもの、[*27] 民俗学的な方法を応用して、「須磨」巻における「雨」と「月」の意味を考えようとしたもの、[*28] 生霊現象から中日の遊離魂の異同を比較したもの、[*29] 話型や和歌表現の伝統から『源氏物語』の方法を考察したもの、[*30] などが見られる。作品を丁寧に分析し、日本における研究状況もそれなりに踏まえられている。

今後の課題

現在、中国における源氏研究の主流は各大学の中文系で外国文学を教えている中文出身の教師で、七割強も占めている。彼らが各省または地域の高等教育出版社から出された『外国文学史』といった類の教材を使って源氏を教えている。すでに「教材に見る『源氏物語』」で触れたように、テキストに誤読などが多いため、彼らの手による論文にも、自ずと誤解ないし歪曲が目立つ。それから、時代背景や制度儀礼に疎いため、「日本紀の御局」を褒め言葉と解したり、女三宮を光源氏の「第四正妻」としたり、朱雀院の生母を「皇后弘徽殿女御」と呼んだりするような単純なミスが後を絶たない。このような現状を改めるには、研究に堪えるような新しい翻訳が必要である。

帰国した研究者や北京日本学研究センターの関係者の論は北京日本学研究センターの機関誌『日本学研究』で日本語で発表されることが多い。それらの論は主流である中文出身の研究者にほとんど享受されることなく、一人歩きしている。したがって、それらの人にとって、現在の研究状況を把握し、読者を想定した上で、そして中国語で論文を書くことが課題となろう。

＊1　謝六逸（一九〇六〜四〇）は評論家、日本文学研究家として知られる。著書に『日本文学史』（上海書店　一九二九年）、『水沫集』（上海世界書局　一九二九年）、『日本文学』（上海商務印書館　一九三四年）、『茶話集』（新中国出版　一九三七年）、『日本之文学』（長沙商務印書館　一九四〇年）などがある。

＊2　＊1の『日本文学史』一〇四頁からの筆者の訳。

＊3　他にも『外国文学教程』（湖南教育出版社　一九八五年）、『外国文学史　亜非部分』（南開大学出版社　一九八八年）、『外国文学』（広東高等教育出版社　一九八九年）など多数出版されている。

＊4　豊氏訳の序として発表された後、「日本平安王朝的歴史絵巻――評『源氏物語』」という題で『世界文学』（一九八〇・五）に掲載され、さらに『日本文学散論』（吉林人民出版社　一九九〇年）に収められている。

＊5　黎躍進「源氏物語主題思想争鳴評析」『衡陽師専学報』一九九五・四

＊6　朱維之編『外国文学簡編』〔亜非部分〕人民大学出版社　一九八三年

＊7　梁潮等編『新東方文学史』広西師範大学出版社　一九九〇年

＊8　鄧双琴編『東方文学五〇講』貴州人民出版社　一九八七年

＊9　＊8及び中国大百科辞典　一九八九年

＊10　井上英明「海外の源氏物語」『源氏物語事典』学燈社　一九八六年

＊11　豊華瞻「豊子愷与日本的文学芸術」『日本文学』一九八六・三

＊12　豊子愷「我訳源氏物語」『名作欣賞』一九八一・二

＊13　＊12に同じ

＊14　＊11に同じ

＊15　豊氏訳の引用は人民文学出版社から一九九五年に発行されたものにより、原文の引用は新編日本古典文学全集による。

＊16　『源氏物語大成』による。

＊17　谷崎の訳は「でも国司などの代がかわって情を知らぬ人間が守になったら、そういつまでも気楽にさせてはおかないだろうが」となっており、ウエイリー訳は、「'If an unscrupulous person were to find himself in that quarter,' said another, 'I fear that despite the dead father's curse he might not find it easy to resist her.'」となっている。

＊18　＊8及び楊豈深編『外国文学名誉欣賞』第四輯　黒竜江人民出版社　一九八三年

＊19　「中国における『源氏物語』研究」『むらさき』武蔵野書院　平成五年

＊20　＊5に同じ

＊21　王暁燕「悲美之源」『社会科学家』一九九九・三

＊22　賀　群「論源氏物語中女性婚恋悲劇模式」『西北民族学院学報』一九九七・一
張哲俊「源氏物語的詩化悲劇体験」『北京師範大学学報』一九九九・三

＊23　高志忠「白居易与源氏物語」『日本研究』一九九三・二

＊24　葉渭渠　唐月梅「中国文学与源氏物語」『中国比較文学』一九九七・三

＊25　楊暁蓮「話浮舟」『貴州大学学報』一九九二・三
劉　鉄「源氏形象的情感特徴」『遼寧大学学報』一九九三・六
徐東日「試論源氏的形象」『東疆学刊』一九九六・七

＊26　陶　力　北京語言学院出版社　一九九四年

＊27　王　琢「君が為に衣裳を薫すれば」『日本学研究』6　一九九七年

＊28　尤海燕「源氏物語中雨和月的審美意義」『外国文学研究』（武漢）一九九八・三

＊29　張龍妹「離魂文学的中日比較」『日語学習与研究』一九九八・二

＊30　張龍妹「源氏物語の方法」『日本学研究』8　一九九九年

源氏物語の栞

『源氏』を読むのが辛くなる時

大塚ひかり

「本を読むとバカになる」

「歴史なんてみんなウソっぱち」

と、歴史好き、本好きな父を罵倒するのが習性の母に、支配的に育てられた私は、本嫌いの歴史好きな中学生になった。歴史の中では、女性の権力者が目立つ鎌倉時代以前が好きになり、その時代に生きた人々が何を思い、どのように暮らしていたかを知りたいと考えて、古典を読みだした。

一冊目は『宇治拾遺物語』だったが、その面白さに私は仰天した。こんなことまで書いていいの？　と、本嫌いな私がすっかり古典好きになった。私の好きな民話や漫画の世界、スカトロ話、スケベ話が、てんこ盛り。これは！　というんで、『古事記』から『竹取物語』『枕草子』と、次つぎ古典を読むにつれ、私が求めていたのはコレだったと、安住の地が見つかったような気がした。

そして数年後の、一九七〇年代末。『源氏物語』にたどり着いた。一読、他の古典と一線を画す、不安定な感じに、戸惑った。ミカドに愛されたお妃が死んでしまう冒頭に始まり、主人公と継母や養女達との、家族の闇を思わせる冥いエロス。スムーズに行かない登場人物達の結婚生活。末摘花や花散里のようなブスが絶世の美男である主人公の妻になるという設定も、ほかの古典とは違っていた。果ては、宇治十帖の浮舟が、自分の生存圏を出て、男抜きの暮らしを選ぶというラスト……。

『源氏』は、それまで私が読んでいた古典とは、全体のトーンが大きく違っていた。一言でいえば、〝古典〟的でなく、現代的だった。物語ができた当初は、既存の価値観に挑戦する、革命的な試みのエンタテイメントであったことが、十分に推測された。

だが、というか、だからというか、読むなり私は『源氏』が嫌いになった。『源氏』の世界など、現代の現実にいくらでもあるような気がした。もっというと、自分の中にたくさんある気がした。現代的なものや自分的なものを嫌っていた当時の私としては、「深入りしたくないな」という気持ちだった。

それなのに、その後、失業・失恋・妊娠・出産…と、コトがあるたびに、私は『源氏』を読んでいた。

いやだいやだと思いながらも、『源氏』の抜群の面白さにだまされるようにして、『源氏』から離れられないでいた。

ところが。

九九年の春頃から、ついに『源氏』を読むのが辛くなってきてしまったのである。内容的にあまりに〝今〟過ぎる、〝私〟過ぎる点が、息苦しくてたまらなくなったのだ。

実は九九年、近隣と、トラブルとも呼べないくらい些細な、境界塀に関する面倒があって、それと平行して歯のかみ合わせが悪くなり、何本かの虫歯を削った。しかしそれでよくなるどころか、今度は歯医者に行くのが怖くなり、不眠不食の病になった。神経科を訪ねると「不安神経症」と言われた。私はてっきり歯のかみ合わせが悪いから不眠や不安が起きていると思っていたら、ストレスで不安神経症になったため、かみ合わせが悪く〝感じる〟ようになったらしい。同時に、動悸や生理不順、肩や背中の痛みなどに襲われた。心の病だというのに、すべては身体症状として現れてくるのだ。

その時、私は思ったものだ。頭ばっかり動かしているとストレスに弱くなるのだ。ストレスに弱くなると体にくるのだ。要するに体を使わないでいると、体に復讐される。ああこれってやっぱり『源氏』と同じ。とくに体を動かさない女君達が、物の怪に襲われたり、心違いの病、胸の病、拒食症になるのと同じだなと。

今までの私なら、『源氏』にはいつだって〝現代〟と〝自分〟があるのよねと納得したあと、さっさと現実に戻ったものだが、その時の私は、そういう自分を見るのが耐えられなかった。現実に戻りたくなかったのだ。

そんな私が当時、夢中になったのは『古事記』『日本書紀』だ。

記・紀神話は、歴史を踏まえているにもかかわらず、国が生まれる様子とか、百二十歳を越える天皇の享年とか、明らかに大ウソと分かる点が多いのだが、歴史的事実のふりをしてウソを語る歴史物語のほうが、ウソのふりをして事実を語る物語よりも、そのときの私には必要だった。

ウソでも何でもダイナミックなもの、すこーんと抜けたもの、臭いもの、厚かましいものを私は欲していた。文学より政治、思考より行動、屋内より屋外、恨みより怒り、微笑より爆笑、すすり泣きより号泣を、欲していた。すべて現実の私とかけ離れた、私に欠けたものばかりだった。

そのようにして記・紀神話に明け暮れた九九年が終わり、「バカになってもいいじゃないか、ウソっぽちでもいいじゃないか」と言えなかったかつての母と、そういう母に育てられた私とに、心からの同情と共感と諦めを覚えるようになった頃、私は再び『源氏』に戻る気になっていた。その頃には私の病も軽快に向かい、食欲も性欲も名誉欲も仕事のペースも、ほぼふだんの私に戻っていた。

そのとき、私は『源氏』という物語のパワーを改めて感じたものだ。『源氏』はある程度の精神的なエネルギーがないと、読むのが耐えられない物語なのだ。現実の自分に向き合う余力がないときに読むと、わずかに残ったエネルギーを吸い取る毒薬のような役割を果たすのだ。

紫式部が「日本紀の御局」と揶揄されたことは、その日記によって有名だが、愛読したに違いないであろう『日本書紀』を見限り、徹底的にリアルな物語を自ら紡ぎ出した彼女の精神力は、痛ましいほど強靭だと思う。

その強靭な精神力によって作られた『源氏』は、他の古典と違って、そこに人を安住させず、永遠に人を自分と向き合わせるからこそ、他のあらゆるエンタテイメントから一頭地を抜きん出て、世界の古典たり得ているのだ。

そう実感した九九年だった。

源氏物語の栞

『源氏物語』とのお付き合い

深瀬サキ

『源氏物語』を愛読書といえるほどの学識も知識もむろん私にはない。ただ時として、別の本を探しているとき、ふと『源氏物語』を手にとり、開いたページから読み始めてしまうことがある。そんなときは、だいたいが雑用に追われていることが多い。

『源氏物語』の女君たちは、私のそんな雑駁な拾い読みの慌ただしさの中でも、描き出されているそれぞれの生きようによって、いっときの話し相手になってくれるのが常である。

日本人の、かつてより言われてきた共通の感覚・感情・情趣も近ごろは通用しないとよく言われるが、『源氏物語』だけは、現代は現代の読書法で、多くのひとびとに読まれている稀有な古典といえるだろう。

私と『源氏物語』の関わりということになると、一昨年になるが、『紫上』と題した能作品を書いたことである。能楽には、今さら説明する必要もないが、『葵上』『夕顔』『半蔀』『野宮』『須磨源氏』など『源氏物語』から主題をとった演目は十指に余る。ところが『源氏物語』の女主人公ともいうべき紫の上を題材にとった演目は、見当たらない。

普段気にとめていることではないが、漠然と不思議な気持ちはあったので、折よく「橋の会」のことで土屋恵一郎氏とともにわが家にお見えになった松岡心平氏に、私はおたずねしてみた。

「いやぁ、世阿弥は足利義満や二条良基などによってまるで『源氏物語』から抜け出したように美しい稚児だと言われていましたし、幽玄なその美しさは源氏、紫の上にも匹敵すると褒められていたので、自分と同じ、無上の美の化身である紫の上は、今更書く必要を感じてなかったんだなど、冗談めいた話ですが、言われていますけどねぇ」。

　松岡氏は笑いながら、おおよそこんなことを答えて下さった。

「多分、世阿弥は、主婦に興味がなかったんだよ。舞台だもの、主婦が主役じゃあ見せ場がないと思ったんだよ」。

「主婦ねえ。そういう見方もあるってことねえ、当たっているいないは別として、その視点は面白いね」。

「舞台の造りも、照明はむろんのこと、今とはくらべものにならないし。貴婦人を動きのないままの本来の姿で舞台に置いても、当時の舞台では表現にならなかったかもね」。

「その点、生霊とか、物の怪とか鬼女ってのは、素材としても面白いし、動きも考えられ、その一方で貴婦人である哀しみが、異様な姿や心理を通して凛と響いてきますものね」。

「世阿弥は、『源氏物語』の高貴な女性たちを、作劇の上で常に美しさの極みとして念頭においていたらしいので、世阿弥作と言われていても、ほんとうのところは分からないが、無上の女君たちを舞わせることが出来たか、どうかですね」

「やはり、紫の上ほどに美しいと言われていた世阿弥には、紫の上をあられもない姿に変えてまで書いて、夢をこわす必要はなかった？」。

「分かりませんけどね」。

　私たちは勝手なお喋りで時を過ごし、結局私は、そのときの会話のいきさつから、とうとう『紫上』を書くということになったのだった。

　幾月か後、「春の夜のあやなき闇に　斯《か》くかそけき気配となりて漂うわれは　いにしえより紫上とて語られ来りしもの。わが一世《ひとよ》をこよなき一世と見そなわすひとも多かり。げにしかれども　おのが心を包みかくさず申せば　ひとえに際《きわ》なく寂《さみ》し」と、主人公の一声が押し出されてきた。新・旧の語りくちをとり混ぜたようなこの出を、私は別段名文句だと思って引いたわけではない。私の『紫上』の出発点が、主人公の言葉からだったことを記したいと思ったからである。

　具体的な舞台構成に発展したときには、シテが最初に登場することはありえないだろう。私としても、ワキなり地謡なりの語句から考えてもよかった筈である。実際の上演では『紫上』も地謡から始まっている。

　しかし私が押し出した一声は前述したように、紫の上のそれであった。私は無意識に『源氏物語』に親しんではきたが、この度は、能作品でみずから舞台に紫の上を造形する立場に置かれたわけである。いったい紫の上は、どのような姿で私の中に居るのだろうか。思うに私は、自分自身への一種の興味を軸にした試みを、『紫上』の出発点で、まずためしてみたかったのである。

とりわけ、『源氏物語』の「若菜下」で源氏が紫の上を相手に過去を述懐する場面は、たとえ結婚の形式をとらずとも、一緒に暮らしてきた男女の関わりの中においては、現代でもあり得る文句ではないかと思っていた。

源氏は言う—自分は栄光よりさらに大きい辛苦に満ちた道を歩んできたが、その苦労にくらべれば、紫の上はかたわらにいる源氏の愛に包まれ、親のもとで愛しまれ、ひたすら大切にはぐくまれている幸せな生活を送ってきた。みかどのきさいの宮やおきさきでも寵を争う不安を抱えているものなのに、紫の上は源氏が兄朱雀院の意向で女三の宮と結婚した後も、以前にもましてさらに深く愛されている幸せな方だ、と。

これに対して、『源氏物語』では、

「のたまふやうに、ものはかなき身には過ぎにたるよそのおぼえはあらめど、心にたへぬもの嘆かしさのみうち添ふや、さはみづからの祈りなりける」。(『日本古典文学全集』小学館)と、紫の上に語らせている。

「仰しゃるとおり、つたない私にとりましては過分な身の上と、よそ目には映っていることでございましょう。けれども心に堪えられない嘆かわしさばかりがついてまわりますのは、それらの苦悩が私の祈りとなってみずからを支えてくれたからでございました」とは、まことに切なく、多くの訴えを含んだ生きようだと思う。

紫の上の生活とその考え方に対する関心だけではなく、『源氏物語』の中で私が惹かれる場面の一つに、「若菜上」の源氏が、二十年も前に別れた朧月夜を訪ねる描写がある。

女三の宮を新しく妻に迎えた源氏は、紫の上の心持ちが、かつてのように自分に馴染んでくれないもどかしさを振り切るような気持ちで、朧月夜を訪ねるのである。

しかし二人の間にはついに旧交は復活しなかった。愛し合った記憶だけでは、お互いの上を流れた別々の時間は埋めようもない。逢うことによって、いっそうその距離を感じさせられる恋の思い出は、たとえさまざまな切なさが二人の間を去来したとしても、それもまた人生の一齣というものであった。それゆえにまた、人生そのものの喪失にもつながらないのである。

紫の上の話題に戻れば、紫の上はその幼い日から源氏の初恋のひとである藤壺の宮の、いわば身代わりとして育てられ、やがて妻となった女性である。紫の上の人生のほとんどの時間は源氏の生活に組み込まれてきたといっても言い過ぎではあるまい。たとえ、源氏が紫の上を愛し続けたとしても、無意識に現われる源氏の言動は、紫の上を自分の単なる従属物と考えている点で、それを裏切っている。

紫の上が、ふと自分の人生を省みたときの喪失感は、自分の生も、いや死までも、同じ空白で占められているではないか、という絶望感だったのではなかったかと思う。それは激情ともいうべき死への渇望に容易に変化するものでもあろう。

その紫の上に、もし救済の手だてがあり得るならば、それはどういう形になるだろうか。おこがましいと言われても仕方ない。結果はご覧下さった方々のおきめ下さることとして、私は、この能作品を書かせて頂いたお蔭で、『源氏物語』とゆっくりお付き合いさせて頂けた。紫の上に感謝を捧げたい。

❖投稿募集❖

『源氏研究』では、『源氏物語』にかかわる研究論文、評論、資料紹介などを募集します。

・締切は特に設けませんが、第6号の特集にかかわるものについては、二〇〇〇年九月末日を締切といたします。
・原稿は未発表の自作に限ります。
・研究論文、評論は四〇〇字詰原稿用紙三〇枚程度の分量を原則とします。
・原文の引用も含め、新字のあるものは新字でお書き下さい。
・原稿には、住所、電話番号、年齢、職業も明記して下さい。
・採否は決定次第お知らせいたします。
・投稿原稿は返却いたしません。
・掲載した場合には、規程の原稿料をお支払いいたします。
・原稿は左記へお送り下さい。

〒101-0051　東京都千代田区神田神保町一―四六
翰林書房『源氏研究』編集部

源氏物語の
栞

追想：越前国府への道

後藤祥子

いささか旧聞に属するが、一九九六年は紫式部が父親の越前赴任に同行した長徳二年からちょうど千年にあたるというので、武生市の源氏アカデミーの呼び掛けで、「紫式部越前国府来遊千年祭」と銘打った大々的なお国入りの行事が催された。折りから、九八年秋に開館した宇治市源氏物語ミュージアムがちょうど準備段階の気運にあって、武生市・宇治市、それに琵琶湖北岸の塩津港「西浅井」の三市町の共催という規模になった。アカデミーには例年、全国から固定客ともいうべき源氏ファンが集まるのだが、第九回にあたるこの時の動員数は例年の固定客を呑み込む勢いで、各市町ともまさにお祭り気分（とは云え足掛け四日にわたる三市町での催しを終始見届けたのは、他ならぬこの固定会員なのである）。紫式部や父為時はじめ、旅立ちの吉凶を占う陰陽師や、女輿を担う駕輿丁まで、全国規模、各市町で出演者を募ったものだから、行列参加者・観客ともども、身内の祭礼的気分を煽ったに違いない。それにしても、『源氏』の威力たるや大変なものだとあらためて実感させられる催しではあった。

　不運な私は、せっかくの行事の前半分に参加できず、ヴィデオで追体験という仕儀になったのだが、編集前のテープにしろ、編集後の完成品にしろ、これはなかなか貴重な資料である。王朝時代劇の旅のシーンというのはあまり印象がなく、あっても主人公の運命に関わる部分にばかり焦点があたるから、国守の旅というものの全体の規模や構成などとんと注目したことがない。それが今回に限っては、旅立ちから着任までの一部始終を、人員構成から旅立ちの手順、道順はもとより行く先々で行うべき諸行事までの一切を逐一再現しなければならないわけだから、まさに無からの出発といってよかった。

監修責任者である瀧谷寿氏のお肝煎りで、村井康彦氏を委員長とする実行委員会が構成され、武生や敦賀、ある時は京都で夜を徹して検討が重ねられた。これは、作家紫式部の旅という以前に越前国守藤原為時の国府赴任という旅であったから、国守の旅立ちから着任までという基本構想には、最初から『時範記』（承徳三年春条）を下敷きにするという暗然の了解があったのは自然ななりゆきであった。承徳三年は紫式部の時代から百年は下るけれど、国守の任命から旅立ち、着任、新任早々の諸行事をこれほど克明に書き残した実録は他にない。反閇・境迎え・印鎰の授受・神拝などなど、時代劇でも見たことのないことずくめで、もう興味深々である。

いま一つ参照されたのが『朝野群載』巻二十二の「国務条々事」で、不与状などの準備から始まる箇条書きのこの文書は、まことに要を得た新任国守向けハウツウものである。実は、この第二条で述べられる「赴任国吉日時事」や第七条の「択吉日時入境事」は、藤本勝義氏が絶好のタイミングで考証された。為時の旅立ちや着任日を割り出す際の重要な拠り所になるのだった（「紫式部の越前下向をめぐっての考察」『青山女子短大総合文化研究所年報2』）。氏によれば、琵琶湖の船路で雷に遭う式部の旅は、暦の吉凶に照らして旧暦六月二十八日の出立、七月十一日着任となると云う。もっとも、実際の催しではその通りには行かないので、新暦十月十日から十二日の足掛け三日の旅となった。宇治から湖西をバスで一気に塩津へ駆け抜け、湖上から着岸する式部を待ち構える段取りである。ところで藤本氏が吉日割り出しの為に作成した長徳二年の具注暦（この年の具注暦をまともに伴った公家日記は残っていない）は、本物そっくりに試作されて、催しの当日、大変な人気を博した。制作者は稀有の器用人加藤良夫氏（前武生市立図書館長）である。

越前国府がどこにあったかという問題は、着任儀式のリアリティーにも関わるだけに慎重に検討されたらしい。越前国衙跡確認調査報告の記者会見が千年祭の翌九年正月十日に行われている事からも、お祭り行事とはまた別の地道な調査が平行していたことを知る。一方、実行委員会の方でも敦賀の松原客館の所在について実地踏査をやり、また海上から北陸道の山並を眺め、木ノ芽峠を遠望するという贅沢も味わった。地理的考証では、古代三関の一つ愛発が敦賀市関峠だとする新説を、京大の今は亡き足利健亮氏が提起されたのも、行事と一連のリレー講演会でのことである（足利教授は昨夏急逝された）。

　結局着任儀式は、今も武生市の街中に鎮座する総社に決まった。総社は神拝を省力化する目的で国衙脇に建てられたから、失われた国衙の位置を推定する際の最有力候補ということになる（村井康彦氏「国庁神社の登場——総社の系譜——」国際日本文化研究センター紀要『日本研究』12　平成7年6月）。着任の儀式に使う国印は青銅製で、宇治の歴史資料館館長である源城政好氏の指導で作られた。荷唐櫃や式部の乗る網代輿も借り物でなく絵巻からの試作である。女性軍が力を発揮したのは、式部の袴から為時の狩衣、侍女の袿に、官人から白丁に至る四十余人の国司行列三市町分、出迎え官人の衣装まで、合わせて一三三着の制作だった。京博の河上繁樹氏や仁愛女子大の河野久子氏の指導で、武生市の源氏読書会の面々が夏中かかりきった。一部始終を取り仕切った山口久恵氏や三田村文子氏などは、直衣・狩衣から白丁に至るまで縫って着せられる、今や希少なプロである。

　本番は宇治上神社を門出の館として幕を開けた。平安時代の建造物をそのまま使う贅沢さで、福嶋昭治氏の王朝語再現の脚本に、氏自身によるユーモアたっぷりの解説が入る。飾らないひょうひょうとした語り口には熱烈なファンが多い。旅の吉凶判断や反閇（陰陽道の呪祝動作）など諸々あった後、騎馬行列は宇治橋を渡って（方向としては逆だけれども）宇治公園で出発式、バスで塩津に向かい、午後には早くも着岸シーンがある。

　二日目は敦賀から木ノ芽峠越えにかかる。道祖神に幣を手向ける儀式が峠で演じられ、今庄町の鹿蒜神社から騎馬行列。見物が蜂に襲われたのはこの日のことだ。三日目は今庄から旧道で湯尾峠へ。ここで境迎えの儀をやる。本来なら近江・越前国境の深坂峠だろうが、距離的に無理があって、「奥の細道」にも出てくる湯尾峠が選ばれることになった。新任国守と在庁官人との最初の出会いである。山道で馬がこけるアクシデントもあったけれど、女乗りの輿が木の間を見え隠れしながら峠を下ってゆく様は夢のようだ。イベントの最終地点、総社での着任儀式は雨の中で有終の美を飾った。四年越しに蔵いこんだ資料を捜し出して脈絡をつけながら、当時の貴重な体験にも、またこうして追想の機会を頂けたことにも心から感謝している。

　付記　校正段階の三月十九日、行事の総指揮者林一彦氏の訃報を受けた。

源氏物語の栞

私の研究、私の信条

吉海直人

研究歴が二十年を過ぎた頃から、今までの蓄積が自然にまとまりはじめた。私の場合、恥ずかしながら源氏物語研究のレベルは二流以下で、むしろ百人一首研究の方が評価されている。それもそのはず、競争相手が少ない中で『百人一首研究必携』（平2）を皮切りに、『百人一首の新考察』（平5）、『百人一首研究ハンドブック』（平8）、『百人一首年表』（平9）、『百人一首への招待』（平10）、『百人一首注釈書目略解題』（平11）と、矢継ぎ早に悉皆研究の成果を公刊しているからである。

それに対して源氏物語研究は、三十歳を記念して『源氏物語研究而立篇』（昭58）を出版してはいるものの、内容的にも方法論的にも未熟であり、自己満足以外のなにものでもなかった。その反省を込めて、桐壺巻の注釈・人物論の再検討・巻別論文目録をまとめたのが『源氏物語の視角』（平4）である。ここで私は斬新な方法論よりも、基礎的な積み重ねを尊重・重視した。ただ面白いことに、逆に基礎（本文読解）から出発したはずの人物論が、従来の解釈とは大きく異なるものとなってしまった。

ところでこの本は、もともと大学の講義ノートをもとにして作成したものだが、戦略の一つとして「桐壺巻研究文献目録」を付けてみた。それまで巻毎の論文目録はなく、不便を感じていたからである。桐壺巻がまとまると、他の巻も気になってきたので、思い立って明石巻までまとめてみることにした。最初に『源氏物語研究ハンドブック』（平6）として桐壺巻から末摘花巻までを収録し、また「テーマ別研究文献目録」も掲載してみた。その結果、爆発的に売れたというわけではないが、出版社が損をしない程度には捌けたらしい。それで第二弾（二匹目の泥鰌）として『源氏物語研究ハンドブック2』（平11）の刊行となった。

私はこれまで研究の補助として、また縮小再生産を避けるために、複数の研究文献目録を作成してきた。「沙石集関係文献目録」（昭和61）、「落窪物語研究文献目録」（昭57）、「住吉物語研究文献目録」（平元）、「鎌倉時代物語研究ハンドブック上・下」（平6・7）、「松浦宮物語研究文献目録」（平8）などなど。作成の動機は大学院の演習用であったり、研究会用であったり、自分の研究用であったりとさまざまだが、ただ一つはっきりしているのは、論文目録はあくまで自分の研究のために作成している、ということである。だから商売としてやるのは苦痛であり、またそれを業績にカウントしてほしいとも思わない。そのかわり、目録はなるべく論文と連動させるようにしている（私は決して目録屋ではない）。そのためか、今までにしばしば業績稼ぎという悪口を言われたが、私は目録・翻刻を含めて、書かずにはいられないのである。

そうこうしているうちに、いつしか四十歳を過ぎ、自分の研究を真摯に見つめ直さざるをえなくなってきた。自分の研究の核は何か。最初の而立篇は単なる論文の寄せ集めに過ぎなかったではないか。一貫したテーマで研究書がまとめられるのか。そしてもう一つ、國學院で学んだことがどのように生かされているのか。そういった自問自答の中でつかみ取ったのが、やや奇妙な乳母の基礎的研究であった。これなら全ての条件を満たしている。そこで全体の構図を思い浮かべながら、欠けている部分を補い、学位論文のつもりでまとめあげた。

そうして誕生したのが『平安朝の乳母達』（平7）である。乳母など、主人公どころか端役にすぎない存在であるが、主人公の腹心の部下として活躍している乳母・乳母子に注目し、乳母のいる風景を考えると、今まで見えなかった世界が現実味を帯びて立ち現れてくる。この研究は、私にとってはかなりの自信作であった。しかし、それほど大きな反響はなかったようだ。またあまりにも真剣に取り組んだ反動で、刊行直後は乳母など見るのもいや、という状態が続いた。しかし三年ほど経過すると、何か忘れ物をしているような感じがつきまとい、再び乳母のことを考えはじめるようになった。そうなのだ。これは私のライフワークの一つなのだ。

こうして國學院で学んだ成果を自分なりにまとめた

わけだが、そうなると次には国文学研究資料館文献資料部に勤務した意味を問われることになる（大学も就職も決して偶然ではなく運命なのだ）。現在こうしてまがりなりにも研究を続けられるのは、資料館に就職できたからである。それだけでも本当に有難かった。その上、ワープロを使えるようになったこと、そして和本を扱うようになったことは、私の研究史においては革命にも等しい大変化であった。その意味で資料館勤務は、間違いなく私の血肉となっているのであるが、いかんせん具体的な成果として提示できるものはまだ何もない。

続いてキリスト教主義の同志社女子大学に奉職したこと、また奈良に居住していることの意味が問われる。こちらへ来て早くも十年が過ぎた。同志社・キリスト教・新島襄に関しては、幕末・明治期を中心にして関係文献の収集を行ってきたが、ようやくその成果を少しずつ発表できるようになってきた。また女子大ということで、近世における女子用往来に興味を抱くようになった。これは百人一首とも通底するものである。奈良に関しては、絵図屋という名所案内専門の書肆に注目し、その出版物を精力的に収集する中で、かなり絵図屋の全体像がつかめてきた（強いて言えば、こういった研究の背景に、資料館の体験が生かされている）。

私は、決して手広く研究しようなどとは思っていない。単に自分のアイデンティティーを人生史の上で確認しているだけである。必然的に年齢を重ねるにつれ、そして人との出会いが増えるにつれて、目配りすべきものが増えてくる。私の時間は、馬鹿馬鹿しいと思われるかもしれないが、大量の古書目録に目を通すこと、ワープロに論文の補遺を入力すること、この二つだけでかなり費やされている。だから時間は大事にしなければならない。そこで時間のかかる遊び（麻雀・酒）は絶対にしない。なるべくアルバイト（非常勤講師・予備校）もしない。早寝早起きする。可能な限り大学の研究室へ行って勉強する、といったことを信条としている。だからといって決して無理をしているわけではない。自分の一番好きな道を歩んでいるのだから。

半世紀のつきあい

「源氏物語」と私

今井源衛

「源氏物語と私」というのが与えられた課題である。「源氏研究者の一人としての普段の覚悟の程を聞かせよ」とまで、大時代な質問と受け取っているわけではさらさらないけれども、しかし、さて、とつい頭を抱え込む気持ちがすることは否めない。「老耄の身、今さら何をか言はんや」と、へそまがりなことをいうのも大人気ないし、大上段に構えて一席弁ずるのも恥ずかしい。注文は、私小説的に勝手気ままに書いてもいいという事らしいから、やはりそうさせていただくことにする。

昭和三二年、今ではなくなってしまった創元社から、日本文学協会の企画による日本文学新書が刊行された。私は、その中の『源氏物語』上を執筆した。この双書は順調には進まず、出たのはその上巻だけで、下はついに書かずじまい、出ずじまいになったものだったが、それなりに私の著書の第一号ではあったので、書かせて貰えただけで喜んでいた。

その序文に私はこう書いた。いささか長いけれど、お許し願いたい。

　二十歳の夏のある夜明け方、高等学校の寮でにわかに血を喀いた。それから田舎に帰って静養していたら、苦もなくまるまると太った。朝はラジオのフランス語講座を聞き、午後の散歩にはヴェルレーヌの詩集なんかを懐に入れていた。「げにわれは、うらぶれて、ここかしこ、さだめなく、とびちらふ、落葉かな」。病気も軽く、友人たちから離れていることが、若い私を甘い感傷に誘いこみ、私は、要するに幸福だった。

谷崎源氏を読み耽ったのもその頃だ。裏庭へ寝椅子を持ち出し、柿の落ち葉を面に受けながら、一日に一冊ずつ読んだ。薄明の中にゆらめき漂い、翳り匂う浪漫的雰囲気が私を強く捉え、当座の間、私は田舎の森の上にしたたかにさし上ってくる月輪や、隣家の法事の抹香の匂いにまで、王朝を連想したものだ。名前の源の字が奇妙に気にかかる日々だったのである。

しかし、その冬、風邪がもとで病気は再燃した。床に就くとともに微熱が続いて、みるみる痩せ、半年経つと骨と皮であった。浸潤は左肺全面に広がり、熱は三八度を越え、再び喀血した。「げにわれは、うらぶれて」どころではなかった。死にたくない、どうかして生きていたい。こんな若さで死ぬんじゃたまらない、ともがいた。病勢の悪化の前には文学書はあまりに無力であった。せっかちに処方を求める患者には、むしろそれは害があった。私は読むのを止めた。男女のいざこざや、はかなげなため息やゆらめき漂う光りと影、「みやび」も「あはれ」も、いったいこの俺のいのちの危機に何のかかわりがあるのか―熱や喀血の恐怖に苦しみながら、毎日天井を睨んでほんとうに怒っていた。

あらためて今読んでも、そのころの私自身の幼稚な文学への不信や、いわば筋違いな怒りをなまなましく反芻することができる。これが筋違いだとじきに気づかせたものは、その直後から怒涛の如くに押し寄せて来た日本国の、というよりは野蛮な軍人を先頭にした狂気のミリタリズムと、それに続く戦争への突入である。

大病の後、私はようやく命拾いをして復学し、数年かかって大学へも進学したが、研究室の書物も多くは疎開されていて、休講も多く、外に出れば、街々にも声荒く若者を叱咤する声ばかりが溢れていた。友人たちは一銭五厘のハガキで兵営につれ去られ、坊主頭で船に乗せられ、獣のように戦わされたあげく、黙って死んでいった。「大本営発表」は大嘘・大法螺吹きの異名となり、世界中周知の事実を我々日本人だけは知らされなかった。

日常の破廉恥な裏切りやペテンの類と比べて、それらには桁違いに人々を不幸に陥れる凶悪なものがあった。

しかし、文学は、同じ嘘でも性質が違う。『源氏物語』が一千年間人々の間に読み続けられてきた事を考えるならば、このたかだか数年ほどで人々に見破られた嘘やイカサマとは、たとえどのような凶暴な力がそれらの背後に控えているにしろ、古典とは比較にならないケチな代物であるはずだ。かつて、あのように私の心を魅惑した『源氏物語』には、同じ作り話でも、千年持ちこたえただけに、それらのインチキと違った鉄壁不動のものがあるのではないか。それは『源氏物語』だけではなく、古典全般にもかかわる問題だろうか。古典は医薬ではないから、生命の危機にはまったく役立つまい。しかし、時間と空間とを越えた人の心の真実を語り示してくれることで、それは広く人間の心に訴えずにはいないだろう。……田舎育ちの幼い頭で、一途にそんな事を私は思った。そして、やがてまた文学書を、特に古典を読み始めたのである。

あれからちょうど半世紀が経つ。その間、教師という職掌がらもあって、古典、とくに『源氏物語』には途切れることなく付き合ってきた。あえてヤボなことを言えば、古典文学全集、六冊本の新旧版両度に亙って、計一〇年以上その執筆に従い、その間に気づいたことを論文に書いて本にまとめたり、その外さまざまな注文に応じて時間をとられる事も多かったが、正直なところその五〇年間の半ば近くは、生活の為もあって、『源氏物語』に費やされたであろう。

右の五〇年間は、学生時代やその延長のころを別とし、私の年齢でいえば、三〇代・四〇代・五〇代・六〇代・七〇代の各年代に亙る。その間に学界の趨勢は勿論その様相を次々と変えたらしい。「らしい」というのは、私自身がその事実について十分に知らなかったし、積極的に知ろうと努力もしなかったからである。

勿論生来の迂闊者だからであるが、それとともに、私には単純にこう思うところがある。人生、近ごろ長生きをするようになったから、たとえ人生七〇年としても、自己というものを保持できる年齢はたかだか四〇年であろう。一世代三〇年という古来の通念は、今でもある程度は通用するだろう。

私が戦後まもなく学界に出たころは、今では死語に化した観があるが、いわゆる「歴史社会学派」の全盛期であり、私たちは、その上に「第二次」を冠せられる学派に加えられた。勿論自称したわけではなく、他からそう呼ばれたのであるが、それを今さら迷惑顔をするつもりは毛頭ない。ああいう問題の切り込み方こそ当時の国文学研究にとって最も大切であったと私は今も信じている。

しかし、一方では、先に記したような、私自身の病中瀕死の体験が、いつまでも私の心身の中核に巣食っていて、実存的な人間存在という思想に共鳴する点が多かった。

その心情には、母から聞いた父の思い出話もいくらか拘わりがあるかもしれない。父は三〇歳という若さで、僅か数日間床に就いただけで一九一八年の冬、世界中に流行したスペイン風邪であっけなく死んだ。それは私の生まれる三か月前であった。父は平素から「人間どうせ大海のアカコ一匹や」と言っていたそうだが、その臨終が迫って、母が「子供たちについて何か言い遺すことは」と尋ねると、「自分のことさえどうも出来んのに、子供のことなぞどうでもええわ。」とつぶやいて、心なしかニヤリと笑ったように見えたという。自分の生命は如何ともできない運命のもとに生きている人間というものを考えるたびに、私は今も、この父の臨終のことばを思い出すのである。

　社会主義というものは、人々の幸福実現には不可欠だとは思うものの、その人間を救済する度合いはたかが知れている。肉体的・精神的に苦しむ人々にとって、救済はあくまで、究極的には個人的な問題に帰着するだろう、という思いがするのである。その頃当時すでに唯物論の研究者として名が出ていた一人の友人と、ある時雑談を交わしていて、彼は、革命で殺された特権階級の連中の数よりも、貧窮と圧政の中で死んでいった人々の数のほうが圧倒的に多い、だから暴力革命は許されるべきだ、と言った。私は、肺結核の患者が周囲で次々に死んでゆく姿を見ていた。富裕な人も貧しい人も、その姿はひとしく残酷であり、あわれであった。もし、彼らが富裕であるが故に、貧しい人よりも先に死ななければならないとすれば、そのような事を正義と呼ぶ論理は間違っている、と私は反対した。社会主義は時には冷酷極まる顔つきになると私は思った。まだスターリンの粛正と名付けられた数十万人に及ぶ大量殺人が全く知られていない時代であった。

『源氏物語』によって人間が直ちに救われるとは、私も思わない。それは、私の病中の体験と同様だろう。問題はもとより心の問題ではあるが、むしろ『源氏』を読んで、人間の救いのなさに憂鬱な感情に囚われることも多いであろう。登場する女人像の誰一人として、心から自身の人生を祝福しそうな者はいまい。紫の上すらも、あのような憂愁に閉ざされながら死んでいったのだ。人生は苦界であり、そこからの脱出は、御仏に縋り、死によって浄土に赴くほかにはない。そうした覚悟が出来上がってはじめて、『源氏』の世界は絢爛としてまぶしく、静かに人々を酔わせる。

　しかし、その用意が出来ていない人々に向かっても、『源氏物語』は千年を経て、いささかも変わりようのない人生の姿を、折々ごとに語って見せてくれる。

　有名な若菜下巻の、光源氏が自分を裏切った青年柏木に向かって吐くいやみのことば、

　右衛門督心とどめてほほ笑まるる、いと心恥づかしや。さりとも、今しばしならむ、さかさまにゆかぬ年月よ。老は、えのがれぬわざなり。

この苦汁に満ちたことばに籠もる人生の重み。

　総角巻の弁尼が、薫に語る宇治の姫君たちの現在の窮状とその心情について語ることば、

　今は、かう、また頼みなき御身どもにて、いかに

もいかにも世になびきたまへらんを、あながちにそしり聞こえむ人は、かへりてものの心をも知らず、いふかひなきことにてこそはあらめ、いかなる人か、いとかくて世をば過ぐしはて給ふべき。松の葉をすきてつとむる山伏だに、生ける身の棄てがたさによりてこそ、仏の御教へをも道々別れては行ひなすなれ。

ともかくも、人間は日々に生きてゆかねばならぬものなのだ。蜻蛉巻の巻末近く、薫が六条院に姉の明石中宮を訪ねると、若い女房たちは遠慮がちななかに、世慣れた年増の女房弁のおもとが対応に出る。その挨拶のことば。原文はかなり難解なので、口訳文に代える。

世間ではとかく、お親しくさせていただく理由のない者がかえって気がねなく、無遠慮なふるまいに及ぶもんではございませんか。私と致しましても、かならずしかるべき筋合いを守った上で、こうしてうち解けてお目にかからせていただくわけではございませんが、一旦こうした厚かましさが身についてしまいますと、私がお相手役を引き受けないことには落ち着きませんので……

この場合にふさわしい達者な中年女の面目躍如である。こんな一文が面白く感じられるのは私にもつい最近の体験である。先に四〇代・五〇代・六〇代・七〇代に、それぞれの新しい面白さを発見するなどと言ったが、宣長が『源氏物語』は、年齢に関係なく、読む度毎に新鮮な興味が湧くといったのはこれなのか。生涯を賭けて読んでも、やはり悔いがないと、今、私もさほど無理なく言えそうな心境にある。

◉インターセクション

源氏物語研究とニューメディアとの接点

伊藤鉄也

一、発端

国文学研究資料館が毎年十二月に開催する「シンポジウム　コンピュータ国文学」は、平成十一年度で第五回目を迎えた。この企画を『源氏物語』の特集で行うことは、早くから腹案として温めていた。平成十一年は、〈日本古典文学本文データベース（実験版）〉がインターネット上に公開され、『源氏物語』のCD－ROMが三種類も刊行されるという、まさに『源氏物語』にとってのニューメディア元年だからである。六月には、そのテーマと講師陣を決め、七月から八月にかけて、講師の先生方への依頼を始めた。有り難いことに、みなさんから快諾を得られた。お願いするに当たっての趣旨は、おおよそ次のようなことであった。

まず、国文学研究資料館が新時代の文学研究のナビゲーターとなるよう、その先蹤となる『源氏物語』のシンポジウムになればと思っていること。また、当日の講演とシンポジウムを、インターネットを活用して同時生中継し、会場にこられない方々にも参加してもらおうと準備をすすめていること。全国と海外の多くの源氏物語研究者が、インターネットを通じてこのシンポジウムに参加できるような仕掛けを計画していたからである。これが実現すれば、それこそ研究者間のコミュニケーションの変革になるはずである。

当日は、『源氏物語』のデータベースとCD－ROMのことが話題の中心となるが、それは信頼できる本文があってこそのものだと思われる。そのためにも、ぜひ、源氏物語研究における本文の重要性とその読みの一端を、諸先生に語っていただければ、と思った次第である。また、これまでのシンポジウムは、コンピュータやその技術が語られることが多かったようである。しかし今回は、国文学の作品を読む、という視点を大切にしたいと思っていた。

二、内容

十一月に、次の案内文とプログラムおよび講演要旨を国文学研究資料館のホームページに掲載して、多くの方々にシンポジウムの具体的な内容をお知らせした。

第5回シンポジウム・コンピュータ国文学へのお誘い

データベース室長　中村　康夫

平成十一年は、源氏物語研究のみならず、広く古典文学研究にとって画期的な年になります。実用に耐えうる作品本文が、電子テキストとして流通しだしたからです。

従来、いろいろな形で、『源氏物語』の本文をテキスト化したものが流布していました。しかし、それがデータベースというスタイルで、それもその内容と性格を異にする三種類ものデータベースが、CD—ROMで刊行されるのです。これらは、文学研究者を意識した完成度の高いものであるため、国文学における電子媒体を活用した新たな研究が実質的に始まることを実感させてくれます。

また、本年四月から、〈日本古典文学本文データベース（実験版）〉がインターネット上に公開されました。『日本古典文学大系』として親しまれた全百巻、五百六十作品もの膨大なテキストが、自由に利用できるようになりました。文学研究における新たなツールとコンテンツを手にした今、これらをどのように自分の環境の中で有効に利用し、いかに活用していくかが、まさに当面の問題として浮上したのです。具体的にみんなで考えていく時期が到来したといえましょう。

『源氏物語』の本文が電子媒体によるデータベースという装いで提供されたことは、『源氏物語』に多方面からアプローチする人々が急速に増大することにもなります。二十一世紀を控えた今、新時代における文学作品の流布形態とそのデータの内容を確認しておくことは大切なことです。しばらくは、今後の文学と研究のありかたから目が離せなくなりました。

このような状況の中で、今回は『源氏物語』とデータベースの接点に留まらず、二十一世紀を視野に入れての今後の研究方法と展望も見据えて、第一線で活躍中の研究者による講演とシンポジウムを企画しました。多数の方々の参加を、心よりお待ちしています。

「二十一世紀の源氏物語研究」

日時：平成11年12月3日(金) 10・00〜17・00
場所：国文学研究資料館　大会議室
主催：国文学研究資料館
参加資格：特になし　参加費：無料

プログラム　午前の部　10・00〜11・40

☆〈講演〉
河添房江（東京学芸大学）
源氏物語とニューメディア—接点と期待—
室伏信助（東京女子大学）
源氏物語の本文—現状と課題—

※昼休憩—会場外で関連サイトおよびCD—ROMのデモ

午後の部　13・00〜14・15

☆〈講演〉ニューメディア・データベース『源氏物語』
伊井春樹（大阪大学）……角川書店版CD—ROM
今西祐一郎（九州大学）
……九州大学版HP・勉誠出版版CD—ROM
中村康夫（国文学研究資料館）
……岩波書店版CD—ROM

☆〈討論〉パネル・ディスカッション　14・30〜17・00
「源氏物語研究の新展開」
河添房江・室伏信助・伊井春樹・今西祐一郎・中村康夫・稲賀敬二（安田女子大学・広島大学よりインターネットで参加予定）
司会　伊藤鉄也

講演要旨

□河添房江　源氏物語とニューメディア—接点と期待—

二十一世紀の源氏研究において、私たちはどのような理念をもってニューメディアを導入するべきなのか。本講演では、まずニューメディアの定義を明らかにしながら、『源氏物語』との接点の現況を、インターネット上の源氏関係のホームページや、四つのＣＤ－ＲＯＭを中心に概観する。次にこれまでの研究環境とニューメディアの接点の歴史を振り返る。さらに、インターネットやパソコン通信を研究や教育の上でどのように活用できるか、現況と問題点を報告する。最後に、二十一世紀の源氏研究への貢献という視点から、ニューメディアへの期待を明らかにするとともに、国文学科の縮小・改組の動きのなかで、学問の枠組みじたいも流動的になりつつある国文学の再編に対しても、ニューメディアがいかに寄与しうるか、その可能性についても言及したい。

□室伏信助　源氏物語の本文―現状と課題―

二十一世紀の源氏物語研究を展望する重要な課題として、新しい本文研究が急速に浮上してきた。

近代における古典の本文批判学は、稀有の伝来過程をもつ土佐日記から出発した。が、その復元方法がそのまま源氏物語の本文批判に準用された誤りを殆ど認識しないまま、その拡大再生産が注釈を伴って盛行しているのが現状である。書写という行為が活字という文化の侵蝕を受けて享受の多様性を見失い、さらに印刷技術の発達で画一化が進み、その実状に無批判のまま研究が進捗している。本文の系統化や異文の多数決化が常識となった現在の本文批判学の誤りを正し、古人が源氏物語を手写しで伝えてきた文化を回復することこそ、今後の大きな課題ではないか。

□伊井春樹　多機能へのチャレンジ
―角川書店版源氏物語ＣＤ－ＲＯＭ―

一つの作品を読もうとすると、私たちはテキストは当然ながら、それに関連するさまざまな資料を机の上に積み上げるか、必用とするたびに書棚に足を運ぶことになる。各種の注釈書、総索引、辞書、別系統の本文、さらには有職故実書から絵巻の類、地図等と、いつのまにかまわりは本で埋もれてしまう。

今回の角川版では、その基本的な資料を収集し、できる限り機能的な活用ができるようにチャレンジしてみた。校訂本文のほかに、大島本・尾州家河内本・陽明文庫本・保坂本の翻刻本文、四本の同時比較、語彙、品詞、引歌、色彩語彙、感情語彙、地名、人名の検索、さらには初めてジャンル別による事項検索を試みた分類事典など、盛りだくさんな内容である。これは、いずれは構築されていくであろう、古典文学分類総合事典への階梯でもある。

□今西裕一郎　九州大学版ＨＰ・勉誠出版版ＣＤ－ＲＯＭ

われわれの『源氏物語』データ・ベースは、元来、統計数理研究所における村上征勝教授主導による計量分析の観点からの『源氏物語』成立論検証という研究テーマのために作成したものである。『源氏物語大成』所収の本文によったのは、その副産物として『源氏物語語彙用例総索引』を刊行する際の便宜を考えてのことで、それ以外に深い意味はない。品詞の使用頻度にもとづく計量分析の結果は、統計学的には有意の数値が見出されはするものの、それが『源氏物語』の成立順序に直結するとはいいがたく、前途の多難が予想される。

今回、報告・提案したいことのもうひとつは、『源氏物語』テキスト影印の画像データ・ベースのありかたについてである。日本古典の影印画像のインターネット上での公開はすでにいくつか実施されてはいるが、たとえば『伊勢物語』のような作品の規模も小さく、かつ章段区分のある場合は問題ない。しかし『源氏物語』のような大きな作品の場合、単なる影印画像の提供だけでは、必要個所の検索・参照は困難をきわめる。九州大学附属図書館の研究開発室において目下作成中の『古活字版 源氏物語』の画像データ・ベースでは、カラー画像に『源氏物語大成』校異編のページ数を付して、瞬時の参照を可能にした。

今後ますます盛んになるであろう、『源氏物語』を始めとする大部の作品テキストの画像公開にあたっては、最低限、然るべき活字テキスト（なるべくなら索引機能を備えた）への対応処置を施すべきであろう。

□中村康夫 岩波書店版CD－ROM
岩波書店刊のCD－ROM〝古典コレクション〟の基本思想については、すでに講演集に採録されているので、今年は、システムの応用と将来構想についてお話しする。

電子情報は、多様な意味において流通し、互換性があるように記述されているべきであり、互換性の広がりはより豊かな研究の視野を拓き、専門情報の相互利用へと招く。

二十一代集も源氏物語も後世に与えた影響は多大であり、さまざまな他の作品と一緒に検索するようにすると、どの方向にも研究の触手は広がる。それぞれをより専門的に深めるために、古注釈類をそこに持ち込んでもよいし、影響を大きく受けた作品群を持ち込んで影響検索するのもよい。毎年、数多く発表される資料紹介や、翻刻なども、すべてこのデータベース構想で統合的に利用できる。

特別パネラーとして参加していただく稲賀敬二先生のお話の内容に関しては、『水茎』二十六号（平成十一・三）に掲載された「『源氏物語大成』から半世紀―本文研究の未来像は―」を、小松茂美先生のご許可をいただいて有効に活用した。パネルディスカッションにおいて、広島からネットワークを通して参加される稲賀先生と共有する情報になればと思ったからである。

メイン会場となる国文学研究資料館の大会議室には、スクリーンとプロジェクター（大画面投影装置）およびパソコンを用意した。パネルディスカッションの時に、広島大学の大会議室にいらっしゃる稲賀先生を映し出したり、インターネットの画面を表示するものである（写真参照）。

三、討論

インターネットの普及によって、ネットワーク社会が身近になってきた。テレビのニュース番組でおなじみのライブ中継も、我々一般人でも可能となったのである。本シンポジウムも、ネットワークを活用した情報共有実験を兼ねていた。コンピュータや電話などの各種コミュニケーションツールを活用した実験を盛り込んでいたからである。ただし、今回は予告したホームページによるライブは中止とし、広島大学との双方向ネットワークでディスカッションを行うことに専念することにした。広島大学では、稲賀先生を囲んで、五十人ほどの参加者がこのシンポジウムに参加してくださった。

当日の講演後のパネルディスカッションは、以下のような流れとなった。

【講演の補足と質疑応答】

・パネラー……講演の補足説明と会場参加者からの質疑応答

【源氏物語の本文の問題】

・稲賀先生……広島大学に接続してコメントをもらう

（ネットワークが不調の場合は、二本の電話回線で会場内に双方の音声を流すというバックアップラインを確保していた。またそのような場合には、広島にはあらかじめ別電話で実況中継をして、国文学研究資料館でのやりとりを伝えることになっていた。）

【国文研会場でのフリーディスカッション】

・パネラーと会場参加者から稲賀先生への質問

・これからの源氏物語研究・若手研究者への期待

（渋谷栄一・上野英子・上原作和氏からの質問）

・源氏物語の本文と古注のデータベース化に関するプロジェクトをスタートさせる。

以上の講演およびパネル討論の詳細は、『第五回　シンポジウム　コンピュータ国文学　講演集』（平成十二・十）にそのすべてが再録されることになっている。希望者には配布しているものなので、後日、国文学研究資料館研究情報部データベース室に請求してご確認いただければと思う。また、拙稿「『源氏物語』の本文をデータベース化することに関しては、『源氏物語』受容環境の変革」（『古典講演シリーズ5　伊勢と源氏』国文学研究資料館編、平成十二・三、臨川書店）で詳述している。

四、成果

『源氏物語』の本文に対する研究者の姿勢について、本文を読む原点に立ち帰る上での重要性が、改めて再確認されたと思う。そして、その本文などの文献資料をデジタル化したCD—ROMを、これから我々はどう活用したらいいのか。この点については、十分な討議まで至らなかった。もうすこし使いこなしてからでないと、具体的な議論にならないからであろう。まさに、二十一世紀の研究が、ますます楽しみとなってきた。その意味もあってか、二十一世紀の『源氏物語』の研究については、もう少し成果を見守るということになったように思われる。

とにかく、新たなメディアによる『源氏物語』の研究がスタートしだしたのである。これは、会場の全員が実感しことである。これをどう有効に利用・活用するかということに関わって、若手研究者への期待が大きくなってきたと言えよう。

今回は文学作品の中に内在するメッセージを読むための情報文具であるパソコンや、テキスト情報集としてのCD－ROMを前面に出した話し合いになったと思う。データベースというものが、具体的に目の前に姿をあらわしたからである。国文学研究資料館は、全国の大学の情報発信や文学関連の事業のお手伝いができる機関である。大学共同利用機関としての役割を果たすためにも、こうした多面的なアプローチを、可能な限り提案し、実行していきたいと思っている。

なお、今回の一つの目玉であったインターネットの生中継は、当初の計画からすれば大幅にトーンダウンとなってしまった。海外からのチャット（パソコン通信での文字の会話）によるディスカッションへの参加や、国内の方々とのネットワークを介したリアルタイムのコミュニケーションは、次の機会にチャレンジすることにした。広島との双方向ディスカッションとなった経緯の中から、いくつもの収穫が得られた。文字だけの情報発信とは違い、画像や音声の送受信となると、コンピュータとネットワークの環境も相当しっかりしたものが背景にないといけない、ということなどである。一朝一夕にはできないが、現今の技術革新は、文系人間にも有効に活用できるメディアとなりつつあることを示している。これは、情報発信の中身（コンテンツ）のみならず、今後の文科系大学や研究のありかたにも大きく関わっていくものと思われる。

シンポジウム終了後、講師の先生方との懇親会は広島と同時進行だったようである。「この集まりも広島と中継したら」と言われるほど、まさにバーチャルの世界を現実のモノとして実感させてくれたイベントであった。

〈付記〉シンポジウム実施に当たっては、安田女子大学の稲賀敬二先生はもちろんのこと、広島大学の位藤、妹尾、相原先生をはじめとする、多くの方々の協力をいただいた。また、国文学研究資料館の情報発信態勢のとりまとめについては、安永、中村、野本、北村先生や事務官技官の方々にもご理解をいただいた。手探りの公開発信だけに、実に多くの人々の支援があって実現できたのである。こうした取り組みは、これからは多くの組織が試みるはずである。今回私は、技術力よりも人と人との信頼関係が、その過程と結果を左右する要点となることを学んだように思う。なお、このシンポジウムの参加者は、百五十名を遥かに越すものであった。

左より稲賀（スクリーン）・伊藤（司会）・河添・室伏・伊井・今西・中村の各パネラー

編集後記

『源氏研究』もようやく五号目を迎えた。三号雑誌の多い中で、意外の健闘だろう。

この間の「国文学」の崩壊のスピードは思っていないほど早かった。国文学の空洞化の危機に警鐘を鳴らすつもりで始めたこの雑誌であるが、予想以上に早く危惧は的中してしまったようだ。

その中で源氏物語のみはブームに乗って一人勝ちのように見える。河添房江が言うように、ミレニアムで源氏回顧が急激に起きているのだろう。もはや日本人としてのアイデンティティに自信の持てなくなってしまった現代人をまとめていく究極の古典としての「源氏物語」、国民統合の徴としての「源氏物語」という性格は、これまで繰り返されてきた源氏物語の政治利用の辿り着いた姿でもある。源氏物語は天皇制とともにあり、天皇制は源氏物語によって支えられているというのが絵巻・舞など源氏文化をさまざま考えてみたわたしの実感であるのだが、みなさんはどう感じられただろうか。

過去の源氏物語をめぐる言説・風景を振り返りながら、源氏物語の「文化」としてのしたたかさ、生命力を解明し、源氏物語の今後を占ってみたいと思っている。

（三田村雅子）

「源氏文化」という語は、それ自体としては、少しわかりにくい言葉だったかもしれない。しかし『源氏物語』という虚構の物語を核として生まれ、増殖し、継承されてきた、様々な文化現象を総称するものとして、このような語を仮定することも許されるのではないだろうか。それはまた、文学と文化との相互関係へと、われわれの視界を広げてくれるものでもあるだろう。今回は、物語の内と外から、さらには院政期から現代までの流れの中で、『源氏物語』という存在自体が投げかける意味を考える特集となった。

また座談会では、藤井貞和氏をお招きし、『源氏物語』の研究状況を振り返り、あわせて、今後への指針をうかがえたのは貴重な時間だった。冒頭から「文学の崩壊」といった、物騒な話題から始めなければならなかったのは、残念ではあるものの、やはり、そんなに簡単にはあきらめない。われわれを鼓舞し、生きる勇気を与えてくれる、この物語なるものの魅力を見据え、新たな研究へと展開していきたいと思うばかりである。

この号でも投稿論文を採用させていただいた。今後もなおいっそうの、若く活力ある原稿を御寄せいただければ幸いである。次号は『源氏物語』の二十一世紀を展望する。

（松井健児）

執・筆・者・一・覧

伊井春樹　一九四一年愛媛生、大阪大学大学院教授。『源氏物語注釈史の研究』（桜楓社）、『源氏物語の謎』（三省堂）、『成尋の入宋とその生涯』（吉川弘文館）、『CD－ROM角川古典大観源氏物語』（角川書店）〈中古文学〉

石阪晶子　一九七五年東京生、フェリス女学院大学大学院生。「照らし返される藤壺」（『日本文学』第48巻第9号）、「枕草子・雪山の段の〈衣〉と〈食〉―欲望をめぐる言説」（『玉藻』第35号）〈平安文学〉

伊藤鉄也　一九五一年島根生、国文学研究資料館助教授。『源氏物語受容論序説』（桜楓社）『源氏物語別本集成　全十五巻』（共編、刊行中、おうふう）『四本対照　和泉式部日記』（和泉書院）〈平安朝物語文学〉

今井源衛　一九一九年三重生、九州大学・梅光女学院大学各名誉教授。『源氏物語の研究』（未来社）、『王朝文学の研究』（角川書店）、『花山院の生涯』（桜楓社）、『王朝末期物語論』（桜楓社）、『大和物語評釈』（上下・笠間書院）〈平安文学〉

今井俊哉　一九五九年東京生、東京学芸大学、横浜市立大学、共立女子短期大学非常勤講師。「シュレジンガーの箱」（『想像する平安文学』第一巻）「光源氏の鏡」（『学芸国語国文学』第三十二号）〈平安文学〉

大塚ひかり　一九六一年神奈川生、早稲田大学第一文学部日本史学卒。『「ブス論」で読む源氏物語』（講談社＋α文庫）、『感情を出せない源氏の人びと』（毎日新聞社）など。〈古典エッセイスト〉

尾崎左永子　一九二七年東京生、エッセイストクラブ理事、『新訳源氏物語』全四巻（小学館）、歌集『さるびあ街』、評論『源氏の薫り』。〈歌人〉

河添房江　一九五三年東京生、東京学芸大学助教授。『源氏物語表現史―喩と王権の位相』（翰林書房）、『性と文化の源氏物語―書く女の誕生』（筑摩書房）〈平安文学〉

後藤祥子　一九三八年島根生、日本女子大学教授。『源氏物語の史的空間』（東大出版会）、『袖中抄の校本と研究』（笠間書院）、『元輔集注釈』（貴重本刊行会）〈平安文学〉

助川幸逸郎　一九六七年東京生、横浜市立大学非常勤講師。「精神分析を援用して、今の日本で言うべきこと」（『テクストへの性愛術』森話社）〈中古中世物語文学〉

立石和弘　一九六八年東京生、フェリス女学院大学非常勤講師。「『とりかへばや』の性愛と性自認」（『女と男のことばと文学』、森話社）、「『平家物語』の自死の身体」（『テクストへの性愛術』、森話社）〈平安文学〉

張　龍妹（チョウ リュウマイ）　一九六四年中国浙江省生、北京日本学研究センター助教授。「古代の鳥―心の遊離―」（『国語と国文学』平成九年六月）、「六条御息所の生霊の生成」（『国語と国文学』平成十年十一月）〈中古文学〉

深瀬サキ（本名大岡かね子）　一九三〇年静岡生。劇曲集『思い出の則天武后』（講談社）、歌舞伎上演台本『坂東修羅縁起譚』、新作能『紫上』など。〈劇作家〉

藤井貞和　一九四二年東京生、東京大学教授。『物語文学成立史』（東京大学出版会）、『詩の分析と物語状分析』（若草書房）、「源氏物語論」（岩波書店）〈平安文学〉

松井健児　一九五七年岐阜生、国学院大学大学院修了、駒沢大学教授。『日本文学研究論文集成・源氏物語1』（編著、若草書房）、『源氏物語の生活世界』（翰林書房・近刊）〈平安文学〉

百川敬仁　一九四八年大分生、明治大学教授。『内なる宣長』（東京大学出版会）、『「物語」としての異界』（砂子屋書房）、『日本のエロティシズム』（筑摩書房）〈日本文学・日本思想史〉

三田村雅子　一九四八年東京生、早稲田大学大学院修了、フェリス女学院大学教授。『源氏物語　感覚の論理』（有精堂）、『源氏物語―物語空間を読む』（ちくま新書）、『源氏物語絵巻の謎を読み解く』（共著、角川選書）〈平安文学〉

吉海直人　一九五三年長崎生、同志社女子大学教授。『源氏物語の視角』（翰林書房）、『平安朝の乳母達』（世界思想社）、『百人一首への招待』（ちくま新書）〈平安朝文学〉

吉森佳奈子　一九六七年東京生、信州大学助教授。「『河海抄』の『源氏物語』」（『国語と国文学』第八五八号）、「『河海抄』の「日本紀」」（『国語と国文学』第九〇七号）〈日本文学史〉

四辻秀紀　一九五五年三重生、徳川美術館学芸課長。『新講源氏物語を学ぶ人のために』（共著　世界思想社）、「葦手試論」（『国華』一〇三八号）など。〈古代・中世絵画史〉

(translated by Miyako SATOH)

Published by KANRIN SHOBŌ
1-46 Kanda, Jimbōchō, Chiyoda-ku, Tokyo, 101-0051 Japan
TEL (03) 3294-0588 FAX (03) 3294-0278
Genji Kenkyû is now available for purchase through the publisher's homepage at the follwing URL:
http://village.infoweb.ne.jp/~kanrin/

Copies of *Genji kenkyū*, nos. 1-4, and *Sōseki kenkyū*, nos. 1-11, may be ordered at bookstores throughout Japan, and at Kinokuniya bookstores in the United States (located in New York City, Chicago, and Los Angeles).

GENJI KENKYŪ

No. 5 2000

Theme——The Scope of *Genji* Culture

源 氏 研 究 第 6 号 予 告

【特集】21世紀を拓く

2001年4月刊行

源氏研究 GENJI KENKYU

2000◎第5号

●編集	三田村雅子 河添房江 松井健児
●発行日	2000年4月20日
●発行人	今井 肇
●発行所	翰林書房
	〒101-0051 東京都千代田区神田神保町1-46
	電 話 (03)3294-0588
	FAX (03)3294-0278
	http://village.infoweb.ne.jp/~kanrin/
	Eメール●kanrin@mb.infoweb.ne.jp
●装幀	石原 亮
●印刷・製本	アジプロ
●編集協力	立石和弘

■源氏研究バックナンバー

創刊号　特集●王朝文化と性

【座談会】　橋本 治

◎**制度と感覚**／藤井貞和●「などやうの人々」との性的交渉―幻の巻／三田村雅子●黒髪の源氏物語―まなざしと手触りから

◎**身体・性・子ども**／原岡文子●『源氏物語』の子ども・性・文化―紫の上と明石の姫君／松井健児●『源氏物語』の小児と筍―身体としての薫・光源氏の言葉

◎**性差と会話の力学**／河添房江●蛍巻の物語論と性差／安藤 徹●会話の政治学・序説―「蛍」巻のエスノメソドロジー

◎**現在への架橋**／与那覇恵子●結婚しない女たち―王朝の性／島内景二●豊饒なる不毛―光源氏・『源氏物語』・国文学

▼**インタビュー**　王朝美術とジェンダー　千野香織

▼**アメリカの『源氏物語』研究**　高橋 亨

▼**自著紹介**　中山眞彦／永井和子

（'96・4）２４２７円

第2号　特集●身体と感覚

【座談会】　山口昌男

◎**身体と出会う**／古橋信孝●身体と感覚の共有／土方洋一●〈ゆかり〉としての身体―光源氏の幻想のかたち／藤本宗利●源氏物語の「食ふ」―横笛巻を中心に

◎**身体の反照**／松井健児●柏木の受苦と身体―深まりゆく身、身の深みへ／立石和弘●鏡のなかの光源氏…光源氏の自己像と鏡像としての夕霧

◎**感覚の越境**／高橋文二●「思い出」の中の官能性―「手習」巻と「幻」の表現をめぐって／橋本ゆかり●抗う浮舟物語―抱かれ、臥すしぐさと身体から／三田村雅子●濡れる身体の宇治―水の感覚・水の風景

▼**インタビュー**　源氏能の身体と感覚　松岡心平

▼**文献ガイド**　助川幸逸郎・松岡智之

▼**海外における源氏研究**　ジョシュア・モストウ●『源氏物語』の「絵」

▼**源氏物語の栞**　塚本邦雄／本田和子／山口仲美

▼**源氏物語と私**　秋山 虔

▼**インターセクション**　小山利彦／伊藤鉄也

（'97・4）２４００円

第3号　特集●〈歴史〉の想像力

【巻頭インタビュー】　瀬戸内寂聴

【座談会】　山折哲雄

◎**歴史学からの提言**／保立道久●『竹取物語』と王権神話―五節舞姫の幻想

◎**歴史の転倒**／今井久代●延喜の帝と桐壺帝／小嶋菜温子●ゆらぎの〈家〉の光源氏―失われた生誕儀礼

◎**外部とジェンダー**／松岡智之●桐壺更衣と和様―美人史上の源氏物語／河添房江●交易史のなかの『源氏物語』―「唐物」と文化的ジェンダー

◎**源氏幻想の生成**／三谷邦明●囚われた「思想」―なぜ薫なのかあるいは分裂する人格と性なしの男女関係という幻想／三田村雅子●「源氏物語絵」の神話学―権力者たちの源氏物語／兵藤裕己●歴史としての源氏物語―中世王権の物語

▼**文献ガイド**　立石和弘

▼**源氏物語の栞**　伊吹和子／三枝和子／服藤早苗

▼**源氏物語と私**　中村真一郎

▼**インターセクション**　篠田正浩

（'98・4）２４００円

第4号　特集●遊びと空間

【座談会】　河合隼雄

◎**遊びの遠近法**／阿部好臣●「遊び空間」六条院の組成―大人の「遊び」・子供の「遊び」／高橋 亨●横笛の時空―源氏物語の音楽とその主題的表現

◎**空間を渉る**／小林正明●夜を往く光源氏／松井健児●酒宴と権勢―光源氏の嵯峨遊行／竹内正彦●池のほとりの光源氏―「少女」巻の〈放島の試み〉を起点として

◎**物語絵の風景**／川名淳子●男たちの物語絵享受／木谷眞理子●二つの「源氏絵」をめぐって／小町谷照彦●源氏百人一首のことなど―源氏物語享受の一位相

▼**文献ガイド**　安藤 徹

▼**インタビュー**　大和和紀

▼**海外における源氏研究**　ドーリス・G・バーゲン●紫上の再見／木村朗子●第七回MAJLS参加報告

▼**源氏物語の栞**　小谷野敦／北村薫／三田村雅子

源氏物語と私　秋山光和

▼**インターセクション**　池 浩三／池田 忍／中村康夫／伊井春樹

（'99・4）２４００円

◉源氏研究バックナンバー常備店

- 札幌　旭屋
- 仙台　紀伊國屋／ジュンク堂
- 宇都宮　紀伊國屋
- 大宮　ジュンク堂
- 神田　三省堂本店／岩波BS／東京堂
- 八重洲　八重洲BC
- 銀座　教文館
- 日本橋　丸善
- 新宿　紀伊國屋本店／三省堂
- 渋谷　紀伊國屋／旭屋／阪急BS
- 高田馬場　芳林堂
- 池袋　リブロ／旭屋／芳林堂／ジュンク堂
- 長野　平安堂新長野店
- 金沢　喜久屋書店
- 名古屋　丸善／ちくさ正文館／紀伊國屋
- 京都　駸々堂京宝店／丸善／ジュンク堂／アバンティBC
- 大阪　〈梅田〉紀伊國屋／旭屋〈難波〉ジュンク堂〈あべの橋〉喜久屋
- 神戸　ジュンク堂BC／ジュンク堂三宮店
- 明石　ジュンク堂
- 姫路　ジュンク堂
- 岡山　紀伊國屋
- 広島　紀伊國屋／丸善／ジュンク堂
- 松山　紀伊國屋
- 福岡　紀伊國屋（天神・福岡本店）／丸善
- 大分　ジュンク堂
- 鹿児島　ジュンク堂

◉定期購読のおすすめ

源氏研究は、年1回（4月20月）の刊行です。

源氏研究は、すべての書店に配本されるものではありませんので、定期購読のお申し込みをいただくのが最も確実にお届けできる方法です。

お申し込みは、なるべく最寄りの書店をご利用下さい。

直接小社から郵送をご希望される場合は、ハガキまたは電話でお申し込み下さい。刊行のつど郵便振替用紙を同封のうえお送り致します。

（送料＝３１０円）

新刊案内〈価格は税別〉

源氏物語の生活世界

松井健児［著］

◎目次より

I **源氏物語の王朝**
1 贈与と饗宴
2 蹴鞠の庭
3 碁を打つ女たち
4 朱雀院行幸と青海波
5 歴史への参入

II **源氏物語の生活内界**
1 生活内界の射程
2 小児と筍
3 受苦の深みへ
4 みやびと身体
5 身体の表意

III **源氏物語の儀式と宴**
1 光源氏と五節の舞姫
2 光源氏の御陵参拝
3 酒宴と権勢
4 藤の宴
5 宮廷文化と遊びわざ

IV **源氏物語の歌と生活**
1 新春と寿歌
2 贈答歌の方法
3 朝顔の姫君と歌ことば
4 光源氏の望郷歌
5 薫独詠歌の詠出背景

A5判・三八四頁・六八〇〇円

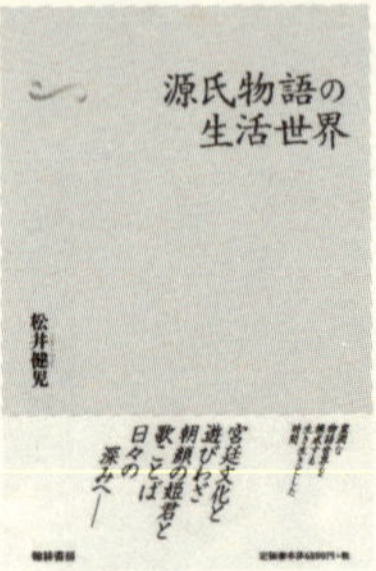

源氏物語の時空と想像力

高橋文二［著］

◉時間と空間が微妙に入り交じり、人間と自然が精妙に融和する。平安朝の人々の表現世界を華麗な筆致で展開する。

序 「源氏物語」の時空
一 平安京の不在
二 「源氏物語」の抽象性について
三 他界の影
四 「六条院」の美学
五 「六条院」の山里
六 「わたくし」の物語
七 「幻」巻の意義
八 「道心」という幻想空間
九 「思ひ出」の中の官能性
十 「空」と「なごり」と「月影」と
十一 「徒然草」第二十段「空のなごり」小見

四六判・二四〇頁・二四〇〇円

竹取物語の研究
――達成と変容――

奥津春雄［著］

◉竹取物語の創作性を「竹取物語」の本体・その変容としての竹取説話・「斑竹姑娘」の三方面から検証する。

［目次］

序章 竹取物語の定位
第一章 唐代伝奇の方法と初期物語
第二章 竹取物語の成立
第三章 竹取物語の達成
第四章 平安朝文学における影響
第五章 中世竹取説話
第六章 斑竹姑娘と竹取物語
第七章 結語

A5判・八六七頁・二六〇〇〇円

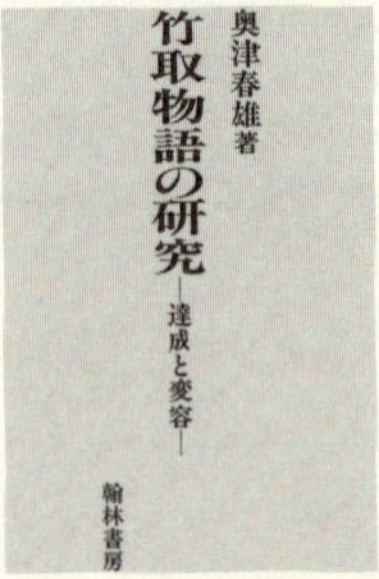

狭衣の恋

倉田実［著］

◉『狭衣物語』の様々な恋と人物の諸相を和歌の恋題と「…人」表現によって読み解く。

I **狭衣の恋**
一 〈言はで忍ぶ恋〉の狭衣 ――源氏宮の物語
二 〈名を隠す恋〉の狭衣 ――飛鳥井の君の物語
三 〈逢ひて逢はぬ恋〉の狭衣 ――女二の宮の物語
四 〈濡衣の恋〉の狭衣 ――一品の宮の物語
五 〈形代の恋〉の狭衣 ――宮の姫君の物語

II **狭衣物語の「…人」の表現性**
六 狭衣という人
七 狭衣の女君たち

四六判・三二〇頁・三二〇〇円

■新刊案内〈価格は税別〉

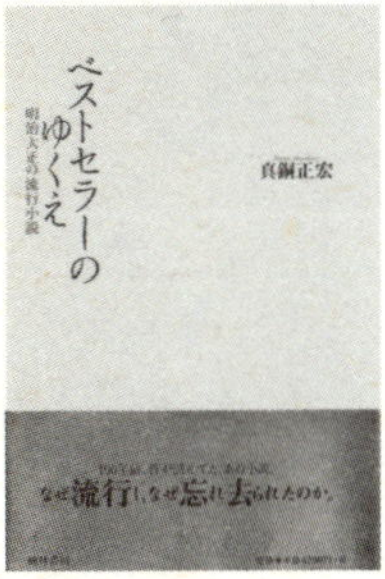

真銅正宏

ベストセラーのゆくえ 明治大正の流行小説

序 明治大正の流行小説

I なぜ流行し、なぜ忘れ去られたのか

一 歌舞伎や新派、新劇など演劇との関係から

二 講談・人情噺・浪花節など寄席芸との関係から

三 読者層との往復関係から

四 その他の要因から

II 「日本近世大悲劇名作全集」所収諸作品

一 流行と文学性について——尾崎紅葉『金色夜叉』

二 通俗性の問題——小杉天外『魔風恋風』

三 家庭小説というジャンル——菊池幽芳『己が罪』

四 小説における偶然——村井弦斎『小猫』

五 継子物の系譜——柳川春葉『生さぬ仲』

六 議論の効用——小栗風葉『青春』

七 演劇性と音楽性——泉鏡花『婦系図』

八 江戸、明治大正、そして現代——渡辺霞亭『渦巻』

A5判・二三〇頁・四二〇〇円

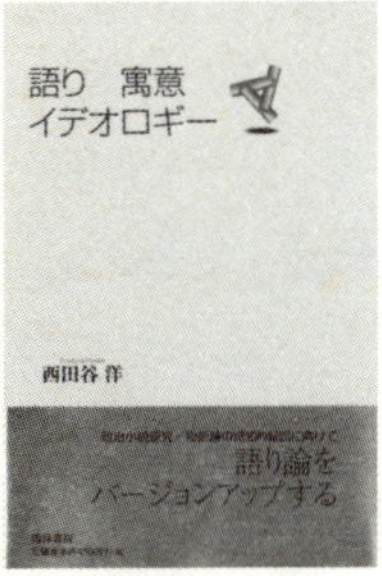

西田谷洋

語り 寓意 イデオロギー

◉政治小説研究／物語論の認知的転回に向けて

I 物語能力と物語運用

1 物語文法

2 物語構造

3 認知的推論とレトリック

4 発話態度とアイロニー

5 時制と視点

6 言説戦略

7 物語の会話

II 文学コミュニケーションにおける寓意

1 政治小説の解釈戦略

2 時間意識の政治性

3 〈日本〉イメージの自明化

4 『自由新聞』の言説空間

5 自由民権運動におけるデュマ

A5判・二五六頁・四五〇〇円

阿部眞司

大物主神伝承論

◉古代大和最大の神・大物主神の原像から『古事記』『日本書紀』での役割までを芋環伝承、丹塗矢伝承、箸墓伝承、御諸山、三輪君、蛇神等の分析より明らかにする。

〈目次より〉

一章 さまざまな大物主神像

二章 御諸大と大物主神

三章 『古事記』の中の大物主神—「国作り」と「天下」成立の中での役割

四章 『日本書紀』の中の大物主神

五章 『古事記』の中の丹塗矢伝承と芋環伝承

六章 箸墓伝承考——『崇神紀』の中での位置づけを中心に

七章 三輪君の始祖伝承とその変遷

八章 古代三輪君

九章 古代文献にみる水神・蛇神・山神——古代蛇神解釈のために

四六判・二七八頁・二八〇〇円

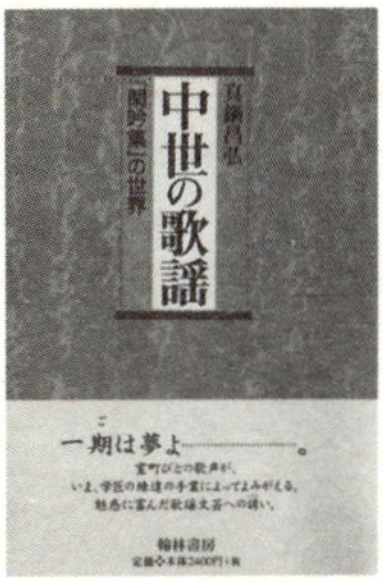

真鍋昌弘［著］

中世の歌謡『閑吟集』の世界

◉室町時代流行歌謡集『閑吟集』のそれぞれの小歌を27章に仕立て、歌謡文芸としての特質やおもしろさに及ぶ。

閑吟集の世界

花の錦の下紐は／めでたやな松の下／赤きは酒の咎ぞ／吹上の真砂の数／えいとろえいと えいとろえとな／新茶の若立ち／なよな枕よ なよ枕／篇ないものは尺八ぢゃ／あら卯の花や卯の花や／我御料に心筑紫弓／何をおしやるぞせはせはと／人は何とも岩間の水候よ／吉野川の花筏／生らぬあだ花／他

歌謡の流れを辿る

物言舞・室町小歌・白秋小唄／記紀歌謡から現代流行歌謡まで／「忘れしゃんな」の系譜

四六判・一九二頁・二四〇〇円

《公開講座》《言葉と文学》

『源氏物語』をいま読み解く

～文化からのアプローチ

〈講座のねらい〉

昨年、好評だった「『源氏物語』をいま読み解く」シリーズの第二弾です。今回も、現代の文化学・歴史学・身体論などの研究の動向をふまえながら、前回とは違った切り口から『源氏物語』の魅力にふたたび迫っていきます。音楽や調度といった文化環境を中心に、男君と女君の人間関係、その交感や葛藤の力学をたどります。講師は、ＮＨＫ教育テレビの「古典への招待」でお馴染みの三田村雅子氏をはじめ、雑誌『源氏研究』を共同編集する三人の気鋭の研究者です。

〈講座スケジュール〉

回	日程	講義内容	講師	
1	5月20日	若菜下巻の女楽～男と女の交響	フェリス女学院大学教授	三田村　雅子
2	6月10日	晴の調度・褻の調度	東京学芸大学助教授	河添　房江
3	24日	家長としての髭黒	駒沢大学教授	松井　健児
4	7月 8日	灯影と月影の女君		河添　房江
5	15日	玉鬘と鏡		松井　健児
6	22日	縫う女の宇治		三田村　雅子

■期　　間　2000年5月20日～7月22日　全６回

土曜日　13：00～15：00

■受 講 料　会　　員　15,000円

一　　般　16,800円（入会金不要）

※受講料には５％の消費税が加算されます。

■場　　所　新宿住友ビル43階　朝日カルチャーセンター（申し込みは４階受付）

朝日新聞の文化活動　朝日カルチャーセンター

〒163-0204　新宿住友ビル内　私書箱２２号

東京都新宿区西新宿2-6-1　TEL 03-3344-1965 (直)